梅ノ原物語

Tomo Nogami
野上とも

新潮社
図書編集室

梅ノ原物語　目次

装幀　大森賀津也

梅ノ原物語

第一部　先生のマンションと片桐君

母が一月に亡くなった
父はすでに亡くなっていて
幸子《さちこ》は一人になってしまった

月曜日
先生はいつもの時間に大学病院に出かけた。

幸子は先生に頼まれて、毎週月曜日は先生のマンションの隣に住む水越《みずこし》に昼食の世話をしている。先生と水越は、中高一貫校で進学校としても名高い清和《せいわ》学園の同級生だ。

水越は大学には進まず、現在は高級フランス料理店のオーナーシェフをしている。

水越はイケメンだ。ただ感じは少し硬い。スーツを着て、髪を七三に分け、黒縁メガネを掛ければ東京地検特捜部と言って通用するくらい頭の良さそうな顔をしている。幸子に会えば挨拶はする。「こんにちは」、食事の前には「いただきます」、食事が終わると「ごちそうさま」と言って、使った食器を流しまで持って行く。でも、このおばさんは相手にしない。私に近寄るな、のオーラを全身に発散させて、幸子の作った昼食を食べている。

幸子の家は梅ノ原《うめのはら》にある。梅ノ原は都内でも有数の高級住宅地として有名だ。

梅ノ原の駅の改札を出て右側はその高級住宅地だが、左側は普通の住宅地で、幸子の家は左側の方にある。母が亡くなって幸子は一人になってしまった。家はあるのに、どうしてか先生のマンションに月曜日から金曜日は住んでいて、家事を担っている。その理由が自分のことなのに、幸子にはハッキリしない。

母が亡くなった頃は放心状態だったようで、その頃の記憶が大分欠けている。最近少しずつ頭がハッキリしてきたように幸子は思っているのだが。そうすると、どうしてとの疑問ばかりで、いきさつの記憶も記録もないので幸子は困っていた。


先生は幸子の母親の主治医で脳神経内科を専門としている。独身だ。

先生のマンションは鷹羽《たかはね》にある。鷹羽も高級住宅地として有名で、富裕層や外国人向けのスーパー、おしゃれなレストラン、生活雑貨店、美容院、洋装店が街のあちこちにある。

ただ鷹羽は梅ノ原のように住民の層がハッキリ区分けされた街ではなく、高級マンションの足元には普通の住宅が並んでいたり、一般向けのミニスーパーや普通の飲食店が営業したりと色々入り混じった街だ。

先生のマンションに住み始めた頃のことは幸子にはあまり記憶にないが、変に真面目な性格のせいか、先生に出した毎日の料理の献立帳はしっかり付けていた。

季節や栄養も考慮し、品数も多いので、先生に出した献立は結構充実したものになっている。それに対して水越に出した昼の献立は、水越がこのおばさんとは付き合いたくないという気持ちがよくわかるものだった。

幸子は献立帳の余白に簡単なメモを時々書いていた。

「月曜日の昼食、水越、麺、軽め」と書かれているところがあって、それ以降水越に出していたメニューが記載されている。それは恥ずかしいくらいひどいものだった。

第一週目は「おかめそば」だった。そばの上にかまぼこ、伊達巻、野菜が載っているそばなので、水越の注文には合っていたし、幸子はかまぼこやなると巻きのような味があるような、ないようなものが好きだったので、おかめそばは幸子の好きなものの一つだったのだが、その後がひどかった。

二週目　「おかめうどん」

三週目　「おかめそば」

四週目　「おかめうどん」

五週目　「おかめそば」

六週目　「おかめうどん」

さすがに水越も怒ったらしく、献立帳の余白に「水越からクレーム」と書かれていた。

そして、次の週　　　「山菜そば」

その次の次の週　　「きつねそば」

その次の次の次の週　「おかめそば」　に戻っていた。

その頃になると脳も少し動き始めたらしく、献立帳の記載を見て幸子は驚いた記憶がある。

それで次の週のメニューは「塩味のコーン入りもやしラーメン」を作った。

もやしは一袋使うと量が多いので、もやしをラーメンスープで少し煮て、スープの味を含ませ、しんなりさせ、麵の上にもやし、その上にコーンを載せた。今思えばもやしの量が少し多かったようで、もやしが富士山のようなゆるやかな山になってしまった。

そのまま食べると、もやしの上のコーンがラーメンどんぶりからこぼれそうなので、取り皿を添えた。

それを見た水越が声を出す直前、携帯電話が鳴ったので「ちょっと、失礼」と言って水越の傍を離れた。水越の表情は変わらないが、口角が少し引き締まったような感じがした。

そのことがあってから、水越は食事の内容に関しては今まで以上に何も言わないことに決めたようだ。

でも何か気に入らないことがあると、口角が無意識に引き締まるので、食事を見た水越の口角を見る習慣がついた。

先週、先生からの話で、先生と水越の同級生に片桐《かたぎり》という人がいて、夏休みの間だけ水越が片桐さんの息子を預かることになった。水越には仕事があるので、月曜日から金曜日の間その息子の昼食の世話をしてもらえないかと頼まれた。

それで、今日は水越と片桐君、二人分の昼食を幸子は用意した。

お昼になると、水越の後ろから片桐君が部屋に入って来て、幸子に「こんにちは、よろしくお願いいたします」と挨拶をした。

片桐君は中学一年生で、今年の四月に父親と同じ清和学園に入学した。

中学生といっても、四か月ぐらい前は小学生だったので、顔にはまだあどけなさが残っている。いつものように水越が食堂のテーブルではなく、テレビの前のソファーに座ってテレビを点けた。片桐君は水越の隣に座って、黙って麦茶を飲んでいる。

今日のメニューは無難なところで天ざるにした。片桐君には野菜の天ぷらの他に、ちくわとウインナーの天ぷらを付け、そばの量を少なくして、小さなおにぎりも付けた。

水越の顔には変化はない。まあまあだったようだ。幸子は少しホッとした。

水越ぐらいのイケメンがそばにいたら、ほとんどの女性が水越を意識すると思うが、母親を亡くして、精神的に立ち直っていない今の幸子にとっては、たとえ不細工でも心根のやさしい犬のエサの世話係の方が気持ちが癒されるように思う。

火曜日
お昼になると片桐君は一人でやって来た。「こんにちは」の挨拶はするが、その後は黙ってテレビを見ている。

幸子は中学一年生の男子との会話の糸口が見つからず、ちょっと困ってしまった。

火曜日はいつも加山珈琲店《かやまコーヒー》に行って、ホットドッグかサンドイッチを食べて、珈琲豆を買ってきていたのだが。取りあえず、ごはんは炊いてあるので、片桐君が外に行くのがいやだと言ったら、それをお昼に食べてもらう用意はしていた。

片桐君に聞いてみると、昼食後出かけるところがあるので、外に行ってもいいと言うので、二人で加山珈琲店に出かけた。

先生のマンションでの幸子の仕事は、先生の朝食と夕食を作るのが主な仕事で、部屋の掃除は幸子が来る前から業者の人に定期的に依頼していた。洗濯物も先生の実家の方から毎週取りに来て、洗濯した後、所定の場所に置いていく。幸子が来る前は先生の食事はすべて外食だったので、冷蔵庫には飲み物ぐらいしか入っていなかった。それも先生の実家の方が冷蔵庫の中を見て補充していたようだった。

献立帳を見ると、先生の朝食と夕食は幸子が先生のマンションに引っ越しした当初から、しっかり作っていた。先生は料理をなされないのに、先生のマンションには料理道具やお皿がしっかり揃っていたが、細かいものや食材を買う店を捜すために、幸子は引っ越し当初、鷹羽の街をウロウロ歩き回っていたようだ。それを買った分のレシートが献立帳とは別のノートに貼ってあった。加山珈琲店を見つけたのは、鷹羽に住み始めてから二か月ぐらい後の四月の初め頃だったか。

加山珈琲店は大きい通りから離れた住宅街の中にあり、看板も出していない。

店の入り口は十字路の角にあり、加山は店の後ろに住んでいるらしく、家の周りは生垣で覆われていた。十字路の角に金属製の門扉があり、それを開けて進んで行くとドアがある。そのドアを開けると喫茶店になっている。喫茶店はあまり広くない。四人掛けのテーブルが二つあるが、椅子はカウンターの前に並べてあるものを客が自分で動かして座っている。入り口の両サイドの壁には窓があるが、生垣があるので外からは窓は見えない。

カウンターの右側のカーテンの奥に作業場があり、加山はそこで珈琲豆の焙煎《ばいせん》の仕事をしている。

加山珈琲店は珈琲豆の販売が主な業務だが、一応喫茶店も営業している。

以前は近所の方がコーヒーを飲みに来ていたが、だんだん高齢化が進んで出歩くのが大変になってきたらしく、常連さんから出前を頼まれることが多くなったようだ。

朝やお昼頃にはどこからか人が現れてコーヒーをテイクアウトで買っていく。

看板を出していないので、店内でコーヒーを飲んでいくお客も増えず、幸子が店を利用し始めてから今まで店の中でコーヒーを飲んでいるのは二人だけだった。

一人は持田《もちだ》という大分年配の女性で、昔宝塚の男役をやっていたと言われても納得してしまうような人だった。背筋が伸びていて、髪は短くて、口数も少なく、声も少し低めで、いつも英字新聞を読んでいた。

もう一人は大分前に会社を定年退職した森山《もりやま》という男性だ。森山は退職後、家でブラブラしていたが、奥さんは昼間色々と忙しいらしく、奥さんが元の飼い主に捨てられた保護犬を見つけてきて、「家に居るばかりだと健康に悪いので、お友達と一緒に散歩に出かけましょう」と言って奥さんにリードを渡されたそうだ。森山と犬はしばらく一緒に行動を共にしていたが、犬が老衰で亡くなったので、森山はバスを利用して東京探索を始めた。一駅ずつバスを降りて街の中をウロウロしていて加山珈琲店を見つけたらしい。

サラリーマン時代、森山は土木関係の仕事をしていた。人のあまり住んでいない場所でトンネルを掘ったり、橋を作ったりしていたので、家族を置いて単身赴任する期間が長かった。その間、奥さんが家のことや子供のことを一人で頑張ってきたので、会社を退職し、子供が独立した今は奥さんの指示に従っているようだ。

会社の規模が大分小さくなって、社長が男性から女性に変わったようなものですから、と言って森山は笑っている。

以前は加山が一人で店を切り盛りしていたが、最近大谷《おおたに》君という二十歳ぐらいの若者が加山の手伝いをしている。大谷君は子供の頃いじめに遭って、引きこもりの生活を長くしていた。大谷君の兄は、大谷君が昼間、部屋の外に出るようになって、家族以外の人と言葉を交わすようになったので、とても喜んでいるらしい。

他人と話をするといっても、相手は加山、森山のおじさん二人と持田、幸子のおばさん二人の四人だけなのだが、毎日のように会っていても警戒心が抜けないのか、カウンターの外にはまだ出られないようだった。

帰りに買い物をしようと幸子は自転車を引いて歩いている。幸子の少し前を片桐君が歩いている。背中のリュックサックに参考書でも入っているのか少し重そうだ。一段と気温が上がり、街路樹のように日差しを避けるものもないので、ただ歩いているだけでも背中に汗が張りつく。早く涼しい所に座りたいと思って幸子が歩いていると片桐君が交差点になるたび幸子の方を振り向く。その都度幸子は手と指を使って方向を指図した。

加山珈琲店のドアを開けて幸子は持田と森山に「こんにちは」と挨拶をして、二人に片桐君を紹介した。片桐君も二人に「こんにちは」と挨拶をした。加山は出前に出かけているというので、カーテンの奥の大谷君に声をかけた。幸子の携帯電話が鳴ったので発信者を見ると中西《なかにし》と名前が出ていた。急に疲れを感じた。中西は先生の母親の華子《はなこ》の秘書である。

幸子は毎週水曜日のお昼は先生の実家に行って華子と昼食を共にしている。その打ち合わせで毎週火曜日か水曜日の朝に中西から幸子に電話がはいる。

話が長くなりそうなので、片桐君にメニューを渡して、店の外に出た。

電話に出た幸子は中西に、今他の人がいるのでのちほどお電話いたします、と何度も言った。

中西はすぐ終わりますからと言って、なかなか幸子を解放しない。

やっと電話を切って店の中に入ると持田の声が店中に響いていた。

「男ならうじうじするな。あなたに彼の気持ちがわかりますか。やっと自分の居場所を見つけられるかと毎日頑張っている彼に向かって、よくそんなことが言えますね。彼にあやまりなさい」持田も興奮しているらしく、いつもより声のトーンが高かった。

持田と片桐君が向かい合って立っている。二人の横に森山が腰に手を当てて立っていた。大谷君はカーテンの奥に入ってしまったようだ。片桐君が大谷君に何か言ったらしい。

幸子が店に入ると森山が「初めての客だったので、大谷君がナーバスになって」。

顔なじみのおじさんとおばさんだけの世界に片桐君が現れたので、大谷君は緊張してしまった。カウンターの中からトレーを片桐君に渡す時に水の入ったコップが揺れてコップの水が少しこぼれた。声もよく出なかった。それを見た片桐君が「男なら、ちゃんとしろ。うじうじするな」と言ったようだ。

「後のことは私達が何とかするから、取りあえずこの子を連れて行って下さい」と森山が言うので、「すいません。すいません」と持田とカーテンの奥にいると思われる大谷君に言って幸子は片桐君を店から連れ出した。

幸子からすれば、片桐君は子供だとしか思えなかったが、大谷君の心の問題を知らない片桐君を連れて来てしまい気配りが足りなかった、と幸子は後悔した。

幸子の子供の頃は「いじめ」が問題になることはなかった。幸子には子供がいないし、幸子の周りに「いじめ」の問題で悩んでいる人もいない。「いじめ」と言われても実態がよくわかっていなかった。だから大谷君が「いじめ」「引きこもり」と聞いても、その実態をあまりわかっていなかったのかもしれない。大谷君が自分から相手を挑発するような言動を取ることはないので、何で片桐君がキレたのかわからず幸子は困惑するばかりだった。

失敗した。この後どうしようか、と思いながら歩いていた幸子が、そうだ自転車はと立ち止まると、幸子の右横に「冷やし中華始めました」の旗が揺れていた。

片桐君は幸子の自転車を引きながら幸子の後ろを歩いていたが、幸子が後ろを向くと歩みを止めた。視線を合わそうとはしない。

「お腹空いたでしょう。のども渇いたし。取りあえずここに入ろう」

そこは幸来軒《こうらいけん》という名の店だった。ラーメン屋だしガラス窓から中を覗くといつも男性の客しか入っていなかったので、幸子がその店に入ることはなかった。

中に入ると四人掛けのテーブルが四つと六、七人座れそうなカウンター席があってカウンターの奥には小さなおばあちゃんが座っていた。カウンターの上のメニュー表を見ると中華料理のお品書きが書かれていた。幸来軒はラーメン屋ではなく中華料理屋だったようだ。

奥の席が空いていたので、壁を背中にした席に片桐君を座らせて、その前の席に幸子は座った。奥の壁に「麦茶はセルフサービスです」と書かれていたので、幸子は席を立って片桐君と自分の席に麦茶のコップを置いた。厨房では五十歳ぐらいの女性が一人、頭にバンダナを巻いて中華なべを振っていた。だれも注文を聞きに来ない。カウンターの奥のおばあちゃんが「すいません、奥さん。注文が決まったら大きな声で言ってもらえますか。歩くと少しふらつくので、席にお伺い出来ません。すいません。それから注文は順番に作っているので、少しお時間がかかります。すいません」と何度も「すいません」と言った。

席を立って、「冷やし中華、二つ」とおばあちゃんに注文した。幸子が片桐君の前に座ると片桐君は、視線をずらして麦茶を飲んでいた。

幸子が中学生の頃と今とは大分時代が違っている。「誰かがキレた」というような話を幸子は中学生時代に聞いた記憶がない。未成年者が「キレた」ことが問題になったのはいつ頃からのことだか。子供も孫もいないのに、「キレた」中学生を相手にするとは思いもしなかった。

「片桐君、少しお話をするので、聞いてもらえますか」と幸子が言うと、片桐君が「はい」と答えた。さてどうしたものか、うまく着地できるかと思いながら幸子は片桐君に話し始めた。

「言葉は話をする人そのものだと私は思うのです。その人がどんな言葉を遣い、どんなことを話すのか。その人の教養、人格が自然と出てきてしまいます。だから私は、言葉というのは大切なものだと思っています。

これから大人になって会社や組織に所属した時、話をする相手によって話す内容が違ったりすると、例えば上司とかお客様に対してとか、周りの人達の信頼を失う以上に自分で自分がわからなくなって、自分が信じられなくなります。その時の状況やその時の自分の感情のままに言葉を発すると自分が恥ずかしいと感じる時もあるかもしれません。

これからは、自分が言葉を発する時、この言葉は本当に自分の考えなのか、自分の普段の思いとかけ離れていないか、ちょっと考えてみて下さい。

時には言葉が刃物のように鋭く人を傷つけることがある、怖いものだ、と片桐君も気が付いているでしょう。

たとえ独りぼっちになっても、あの無人島のロビンソン・クルーソーも言葉がなくては考えることも出来なかった。これから言葉とは長い付き合いになると思うので、言葉というものを少し考えてみて下さい。

そして、自分の言動にプライドを持って下さい。今日のこともあれでよかったのか、少し考えてみて下さい。いつまでも子供でいられないのですから」

取りあえず、勢いにまかせて話をしたが、幸子は少し自信がなくなってきた。

銀行に勤めていた時、この話のポイントは何か、話の簡潔さに注意して頭の中で文章を組み立てていたが、銀行退職後は普通のおばさんになったようで、幸子が片桐君に話をした内容で片桐君が自分の言動を考えるという役割を果たせるものなのか。少し話がずれたような気もするが、どうだろう。

片桐君の言葉が大谷君の心を傷つけたことは、持田が片桐君に強く言っていたので、少し別の角度から話をしてみたが、幸子は考えてしまった。

幸子の話が終わっても、片桐君は視線を下に向けたままだった。

中学生の子供を独身で子供もいない水越に預けるには、何か深い理由があるはずなのに、先生からも水越からもその説明がなかった。今の幸子は自分のことで精一杯なので、他人の事情も考えず、言われるままに片桐君を預かったのは軽率だったようだ。

片桐君も気詰まりなのか盛んに麦茶を飲んでいた。

「奥さん、お話し中すいませんが、冷やし中華出来ました。取りに来てもらえますか。すいません」

幸子は片桐君の前に冷やし中華を置いて「これからどこかに行く用事があるのでしょう。遅れるといけないから早く食べましょう」と言って幸子も食べ始めた。

あまり食欲が湧かないが、残すとカウンターのおばあちゃんに悪いような気がして無理して冷やし中華を飲み込んだ。男性客が多いせいか、冷やし中華の量が普通より多いようだ。半分も食べるともうお腹に入らなくなった。どうしたものかと考えているとおばあちゃんと視線が合った。

「奥さん、うちの冷やし中華は他の店のものより量が多いから、お腹がいっぱいだったら残して下さい」

と言うので、「すいません。もうお腹いっぱいで入りません」と言って残すことにした。

片桐君はうつむいて冷やし中華を食べていた。壁のお品書きを見ていると、「チャーシューあります。一枚百円」の短冊が見えた。

幸子が席を立っておばあちゃんの近くに寄って、「あのチャーシューはお年寄りが食べられるくらい、柔らかいですか。失礼な質問ですが」と聞くと「あれは柔らかいし、美味しいですよ。大分手間ひまかけて作っているみたいで」とおばあちゃんが答えた。

枚数制限はありますかと聞くと、ないと言われたので、片桐君に二枚と夕食の中華サラダ用に四枚購入した。

「一枚百円と聞くと高いと思うかもしれませんが、原材料代と出来たチャーシューをわざわざ横浜から持って来てくれる交通費だけで、うちもチャーシューを作ってくれる人も儲けはないのです。もしかしたら持ち出しになっているかもしれなくて、申し訳ないことです」

チャーシューの作り手はおばあちゃんの亡くなった夫の友達らしい。いつまでもお父さんのことを忘れないで、私たちのことを気にかけてくれて、本当にありがたいことです、とおばあちゃんは言った。

食事が終わると片桐君とは幸来軒の近くにある地下鉄の入り口で別れた。

片桐君の表情は硬いままだった。

入行三年目頃の朝、「幸子、女は男と違うのだから、うじうじするものじゃない」と母に言われた。今日は銀行に行きたくない。休もうか、どうしようかと布団の中でもぞもぞしている幸子に向かって母は言った。母は家の事情で女医にはなれなかったが、頭の回転が速く、本を読むのが好きな人で、言葉の豊富な人だった。父が早くに亡くなり、女手一つで幸子を育て、あれこれ考えるよりもまず動いてみるしか、母親には選択肢はなかった。

あの頃どんな思いで母がこの言葉を発したのか、今は聞くことは出来ない。

片桐君が大谷君に言った「うじうじ」という言葉で、母のことをまた思い出してしまった。母を亡くした喪失感で落ち込み、自分のことで精一杯だったので、大谷君のことを本気で考えていなかったようで、今日のようなことが起きてしまった。どうしたら大谷君にも片桐君にも納得いくように出来るのか、幸子は考えてしまった。

片桐君が自分の言動の残酷さと軽率さを本当に理解しないと、言葉だけが空しく大谷君と片桐君の間を行き交うだけだ。このことを水越に言わないと、でもあまり話しやすい相手ではないので、幸子は余計気が滅入った。

そろそろ夕飯の支度をしようかと幸子が台所に立つと、加山からメールが入った。

「色々と気になさっているとは思いますが、問題は無事解決いたしました。加山」とあった。

加山に電話をしたかったが、先生の帰宅時間もあるし、明日になったら加山に会いに行こうと思い、幸子は夕食の支度を始めた。

水曜日

朝、先生が病院に出かけられるとすぐ、幸子は加山珈琲店に出かけた。ドアを開けるとカウンターの中に加山がいた。「おはようございます」とお互いに挨拶を交わして、幸子が奥の方を覗いて「大谷君、今日はお休みですか」と聞いた。

「出前に行ってもらいました」

「出前ですか。大丈夫なのですか」

「犬がいるのですよ。本当に気のよさそうな犬で、あとはおじいちゃんとおばあちゃんだけなので、大谷君もその犬に会うのはうれしいようで。その家の出前なら行ってもいいと言うので彼にお願いしています」

それは吉田《よしだ》という元大学教授の家だった。以前は毎朝、犬の散歩がてら加山珈琲店でコーヒーを飲んでいたようだったが、犬も高齢化して歩けなくなったので、朝のコーヒーを吉田家に配達するようになった。

「昨日はすいませんでした。大谷君のこと」と幸子が話を続けようとすると、

「当事者間で話は済んでいますから、鈴木《すずき》さんがあやまることはないと思いますよ。大谷君にも今まで通り普通に接して下さい」と加山が話を遮った。

「どういうふうに解決したのですか」と幸子が聞くと、加山が昨日のことを話してくれた。

夕方遅くに、片桐君と水越が菓子折りを持って現れた。カーテンの奥の作業室で大谷君と片桐君の二人だけで一時間近く話し合いをした後、大谷君が加山と水越に「もう、大丈夫ですから」と言った。片桐君が加山と大谷君に「すいませんでした。もう少し、自分の言動に注意します」と言った。片桐君と大谷君は「じゃあ」とお互いに言葉を交わして別れた。

「それは私も思いました。大谷君は店に残っていたのですか。家に帰ったかと思っていました」

「大谷君に聞いたらお客さんがいるので、私が帰るまでお店をカラに出来ないと思ったようで、それに」と言いかけて加山が笑った。

「それに。どうしたのですか」と幸子が加山に言うと、

「二人が帰った後、森山さんが奥にいる大谷君に『僕は君の作ったホットドッグが好きです。味は微妙に加山さんの方が美味しいのだけど、君の丁寧な仕事は良いと思います』と言ったみたいで。そうしたら持田さんに『それじゃダメでしょ、誉め言葉にならないじゃないの』と森山さんがお叱りを受けて。そのやりとりが漫才みたいで可笑しかったと大谷君が。それに今まではいじめられている大谷君を守ってくれた人があまりいなかったようで、世の中には良い人もいる、うれしかったと」

大谷君と兄の健太《けんた》の母親の美子《よしこ》は銀座でクラブのママをしている。

美子の父親の病院代を支払うため、美子の母親はあちらこちらに借金した。結局父親は亡

くなったが、借金だけが残ってしまった。紹介する人もいて、美子は水商売の世界に入っていかざるをえなかった。そこで、大谷君と兄の健太の二人の父親と出会ったらしい。

二人は父親のことは何も聞かされていない。父親には別に家庭があったが、美子は二人を産んで育てることにしたようだ。

美子が水商売をしていることがいじめの原因だった。そういう話はどこからかもれてしまうらしい。いじめも小学生の時はまだそれほど露骨ではなかった。小学校低学年の時は同じ小学校に通っていた兄の健太がそれとなく見守り、健太が中学校に進んだ時も、中学校は小学校の近くにあったので可能な限り健太が大谷君の様子に注意していた。それに家に帰れば優しい祖母が待っていたので、いくらでも甘えることが出来た。

中学生になるといじめは露骨になり、兄の健太も高校に進んでそばにいない。一番つらかったのは優しい祖母が亡くなって家に帰っても誰もいなかったことだった。だんだん学校に行くのがつらくなってきて、不登校になってしまった。

それでも、中学校はなぜか卒業出来て、高校で再出発と思っていたら、当然ながら同じ中学校の生徒がその学校に進んでいて、同じ状態になってしまった。

高校は中退して、引きこもり生活が始まった。

兄の健太の方は中学校の同級生に久保《くぼ》君という、学校の成績も良くクラスのリーダー的な存在の男の子がいて、その子のグループに入っていたので、久保君やグループの生徒がいつも誰かしらそばにいてくれたので、表立ってのいじめの被害には遭わなかった。

ただ、兄の健太の学校生活が幸せなものだったかというと、そうでもなかった。いつも弟のことが頭から離れない。健太の周りには自分の味方になってくれる人達がいたのに、弟にはそんな人がいなかった。自分だけ運が良かったようで、弟に済まないという気持ちがいつもあった。

健太は母の美子に水商売を辞めて他の職業に就いてもらえないかと言ってみようと思った時もあったが、そんな時はいつも「お母さんは好きで今の仕事を始めたわけではないの。おじいちゃんや私に甲斐性がないので、こんなことになってしまって、お母さんを責めないで」という祖母の言葉を思い出した。

仮に別の仕事に就いても、手に職があるわけではないので、パートの仕事の掛け持ちで美子が体調を壊すか、それほど稼げず貧乏が原因でまた別のいじめに遭うかもしれない。

自分が大人になって稼げるまではどうしようもない。

健太は、大学を卒業して仮に一流と言われる会社に入社しても、いつか誰かに「君の母親は銀座で働いているんだってね」と言われ、周りの人達から好奇の目で見られるならば、自分の腕で稼げる仕事、美容師になろうと、専門学校卒業後は美容院で働いている。

「大谷君がまた、家に引きこもってしまわないか、昨日はそれが心配でした」

「私もそこを心配したのですが、以前から大谷君のお兄さんも、お店に出ていると色々な人が客として来るのでそれが心配ですと言っていたのですが。店でコーヒーを飲むのは三人だけなので、私もちょっと油断しました」

「大谷君は片桐君のこと、何か言っていましたか」

「彼も色々大変なんだなぁ、と言っていました。どういう意味かわかりませんけれど。

今朝はいつもと同じで変わった所はなかったので、私からは敢えて昨日のことは触れていません。昨日のことは大谷君のお兄さんにはメールしました。そういえばお兄さんからも何も言ってきませんね。取りあえず様子見ということで。

それにしても水越さんはイケメンですね。噂以上ですね」

「水越さんのこと、ご存じでしたか」

「ほら以前、珈琲豆のことで電話ありましたでしょ」

それは、母親が亡くなって放心状態だった幸子の頭が少しずつ目覚め始めた頃のことだった。加山に頼んで先生用に焙煎してもらったコーヒーを昼食後に水越に出したところ、これはどうしたのですか、と水越が幸子に尋ねてきた。幸子が説明すると、「そうですか、私の好みに焙煎してもらえるのですか。電話番号を教えて下さい。その方が話は早いでしょう」。

自分で電話をしたらしく、次の週に加山珈琲店に行くと出来ていますと言って、珈琲豆を持たされた。その時の話を加山は覚えていたようだ。

「うちのお客さまにも水越さんの店の常連の方がいて、料理も素晴らしいがシェフもイケメンだと言っていました。水越さんが私と大谷君にも、よかったらうちの店に来てくださいと言われて、名刺を置いていかれました」

「行かれるのですか」

「若い頃と違って、フォークとナイフを使って食事するのはもういいでしょう。美味しいフランス料理より美味しいお魚が少しとお新香があればもうそれで十分です。鈴木さんはどうですか、招待されたでしょう」

「もうスカートを穿いて、夜出て行くのは面倒。うちで面白い本でも読んでいたほうがゆっくりできますから」

水越に招待された記憶もないが、絶対ないかと言われるとその自信もない。

まあ、どうでもいいか、と幸子は加山と話をしながら思った。

なんかしっくりしないが、大谷君が普段と同じように仕事をしていると加山が言うので、コーヒーを飲んで、幸子はマンションに戻った。


後から考えると、あの頃片桐君は精一杯頑張っていたのだった。

いくら頭が良くても、まだまだ子供で痩せっぽちの男の子が自分を支えるため、力の限り頑張っていた。片桐君から見れば大谷君はかなり年上のお兄さんだ。それなのに大谷君の自信なさそうな態度はどうだ。イラつく。大谷君に暴言を吐いたことを認めることはできないが、その時の片桐君の気持ちを考えると切ないものがある。

毎週水曜日は先生の母親の華子との昼食会がある。先生の実家からは片桐君もどうぞと言われていたが、昨日の今日なので、片桐君には家にいますと言われた。

正直、なんで先生の母親の華子と毎週昼食を共にするのか、そもそものいきさつがわからないので、幸子も困っていた。華子は口数も少なく、デザートを食べ終えると「ごちそうさま」と言って席を立ってしまうので、先生には悪いが先生の実家は幸子には非常に居心地が悪い。けれど断るうまい理由も浮かばず、幸子は水曜日になると朝から気が重い。それにお昼をごちそうになるので、手土産《みやげ》を用意するのだが、先生の実家は経済的に大分余裕があるようなので、そういう家は何を持って行ってもあまり喜ばれない。華子が喜ぶようなものを探すのも気が重くなる原因の一つだ。先生は何も気にすることはありませんと言ってくれるが、そういうわけにもいかない。

毎週水曜日、時間になると信吉《しんきち》が車で迎えに来てくれる。

先生の実家は本田《ほんだ》整形外科リハビリテーション病院という病院で、地元ではかなり有名な病院だ。病院の先代の病院長であった先生の父親の洋一郎《よういちろう》はすでに亡くなっていて、現在は先生の兄の宏和《ひろかず》が病院長をしている。先生の姉は裁判官で、今は単身赴任で関西の裁判所に勤めている。先生は三人兄弟の末っ子だった。

信吉は病院の運転手をしている。では使用人かといえばそうでもなく、血は繋がっていなくても先生達三兄弟にとっては生まれた時から一緒にいる優しい叔父さんのような存在だった。

初めて先生の実家を訪問する時も、信吉が幸子を車で迎えに来てくれた。幸子は後ろの座席に座り、特に信吉との間には会話はなかったように記憶している。

先生の実家は普通の個人病院ぐらいの規模と幸子は思っていたので、そばで病院を見た時はとても驚いた。本田整形外科リハビリテーション病院は広い敷地に恵まれた、とても大きな病院だった。先生の祖父が病院を開業した時は小さな個人病院だったが、父親の洋一郎が自分の病院の周りの土地を少しずつ買い増しして、現在の病院になった。

病院の入り口付近には大手コーヒーチェーンの喫茶室もあり、散歩の途中にそこに入りお茶を飲んでいる近所の人もいて、一家に一枚は本田整形外科リハビリテーション病院の診察券があると言われているような、地元ではかなり有名な病院だった。

本田家の住居は病院の奥にあり、住居部分もかなり広い敷地だった。

広い玄関を抜けて、居間兼食堂のような場所に幸子は案内された。幸子が座るとお手伝いさんがお茶を出して、「少しお待ち下さい」と言って彼女は去って行った。後には幸子だけが残され、しばらく待っても誰も出てくる気配がなかった。

こんなことなら何か読む本を持ってくれば良かったと幸子は思ったが、いまさらどうしようもなかった。

庭に目を向けると、テニスコートが一面取れそうな芝生が広がっていて、その奥にはこれまた個人の庭には広すぎるくらいのローズガーデンが見えた。ちょうど幸子が本田家に伺った五月の下旬は、バラの花が見頃の時期だった。どうも忘れられているようなので、バラをもう少しそばで見てみようかと思い、庭に下りる履物を捜したが何もなかった。

結局幸子はボーッと誰か出てくるのを待っていた。

正午を少し過ぎた頃にやっと先生の母親の華子と、華子の秘書の中西という女性が出てきた。「こんにちは。今日はお招きいただきましてありがとうございます」と幸子は二人に挨拶をした。本田家に来るのはこれが最初で最後だと幸子は思っていたので、大人の対応を心がけた。庭がよく見える席に華子が座り、幸子と中西が向かい合って座り、幸子の視線の先には壁があった。華子が座るとすぐお昼の食事が次々と並べられた。前菜、煮物、揚げ物、焼き物等々と料理が続く、味は出汁《だし》を丁寧に取っている、そのへんのお店以上の味のよさだった。でも毎日この料理を食べるのか。美味しいのだが、我が家の味というくだけた感じがしない。母親の作った煮物や炊き込みご飯が懐かしい。華子は最初の「こんにちは。よくいらっしゃいました」の挨拶以降は話をしないし、食事もゆっくりと食べているだけだ。秘書の中西もしゃべらないので、幸子は話題に困ってしまった。

年齢からいったら華子のほうが少し年上だが、家事は一切お手伝いさんがやっているらしく、華子の指はとてもきれいだった。若い頃はさぞかし可愛らしいお嬢さんだったのではと思わせる容姿だし、表情も柔らかく、衣装もお化粧も幸子のそれよりかなりお金がかかっていて、この広い住居の女主人に相応《ふさわ》しいものだったが、何か引っかかるものを幸子は感じた。

「先生のご実家がこんなに大きな病院とは思いませんでしたので、病院を見て驚きました」

「そうですか」

「お料理、お出汁がきいてとても美味しいですね」

「ありがとうございます」

これでは会話が続かない。華子には会話を続ける意志が感じられない。しかたがないので、目の前に座っている秘書の中西に「バラはどなたがお好きなのですか、とても見事で」と幸子が聞くと「本田家の皆様、バラの花が大好きなのです」と中西が答えた。

「どなたか、専門の方に見てもらっているのですか。バラは手入れが大変だと聞いておりますが」

「時々は園芸家の人にアドバイスしていただくこともありますが、基本的にはうちの者がバラの手入れをしています」

なんだかお互いに相手に失礼のない話し方をしているだけで、相手との距離が近くなるどころか、もっと中西が話を発展させて華子を巻き込んでくれないと話が終わってしまう。

結局幸子の善戦空しく、最後のデザートのメロンを食べ終えると華子は席を立った。

中西も華子に続いた。本田家にはお手伝いさんが三人いて、二人は若い女性だが、昔で言うところの女中頭は勝子《かつこ》という女性だった。勝子はもう四十年近く本田家に勤めている。二人が席を立つと二人の若い女性が出てきて、「お粗末様でした」と言ってテーブルの上のものを片付け始めた。

「お料理とても美味しかった。お手数でなかったら、もう少し、お茶を頂けますか」と幸子が言うと勝子がお茶を持ってきてくれて、「少し、お待ちください。今、車の用意をしておりますので」と言って勝子は台所に引っ込んでしまった。

幸子だけが取り残された。帰りも信吉が車の運転をしていた。疲れたので、後ろの座席にボンヤリ座っているうちに車は先生のマンションに到着した。

幸子は病院から帰ってきた先生に今日はどうでしたか、と聞かれたのだが、まさか疲れましたとも言えないので、広い病院で驚きました、バラの花がきれいでした、と当たり障りのない返事をした。

先生の実家訪問は一度だけだと思っていたら、中西から次の週も来るようにと電話があった。それから毎週、なぜか先生の実家を訪問している。華子との距離は縮まらないままだが、車の運転手の信吉とは色々な話をするようになった。

時計が「9：00」に変わると同時に、幸子の携帯が鳴った。華子の秘書の中西からの電話だ。

華子との昼食会に関して何か伝達事項があると、いつもこの時間に電話がかかってくる。幸子はこれを「朝の業務連絡」と呼んでいる。係員は幸子一人なのだが。

「おはようございます」と中西。

「おはようございます。今日もよろしくお願いします」と幸子。

「今日の昼食会は中止となりました。今日はとても大切なお客様が急にいらっしゃることになりましたので、奥様はその方とお昼を召し上がります」

昨日の今日で疲れていたので、内心、良かったと幸子は思った。

「そうですか。先生のお母様や皆様にと用意していたものがあるのですが」

「それは信吉さんが取りに伺います。いつもの時間に伺いますので。家にいて下さい。じゃ、そういうことで」と中西は電話を切った。いつも中西のもの言いは上から目線で、この自信はどこからくるものなのか、どうもわからない。

いつもの時間に信吉が来た。「急にすいません。昨日の夜、突然電話があって今日いらっしゃるというので、勝子さんたちも今朝から大慌てで準備をしています。本当にすいません」

信吉は何度も「すいません」を口にした。

「別に良いのです。ここだけの話ですが、昨日ちょっと問題が発生して、それは解決したのですが、昨日の夜はよく眠れなくて今日は家にいたいなと思っていたので、かえってよかったかも」

「そうですか。よくわかりませんが、取りあえず、鈴木さんがよかったなら、それが一番です」と相変わらず信吉はやさしい。

　二回目に本田家を訪問した際、幸子は庭のバラをゆっくり見ることが出来た。バラは専門家がコーディネートしたようで、バラを色々な角度から見ることが出来るように中にも通路があり、通路の端には大人の膝丈ぐらいのフェンスが張っていて、そこにもツルバラが絡ませてあった。バラの花の大きさ、色、枝の広がり、高さなど、全体の調和が取れていて、それは見事なものだった。

　バラ園の向こうに日本家屋があり、その境目は今では珍しい竹垣だった。竹垣を隠すように竹垣の前にはフェンスが立てられており、そのフェンス一杯にクレマチスが絡まれていて、そのクレマチスも種類も多く、色も多様で幸子はバラよりそのクレマチスに魅了された。幸子の母親が好きだった濃い紫色のクレマチスがたくさん咲いていて、母に見せたかったと幸子は思った。

　先生の実家に毎週水曜日に通うようになってから、幸子は信吉と車の中で話をすることが多くなった。

「東屋《あずまや》があると良いですね」と幸子が信吉に話しかけると、「東屋ですか」と信吉が言った。

「バラとクレマチスのよく見える場所に東屋があれば、先生のお母さまもそこに座って庭を楽しめますよね」

「そうですね」と言ったきり信吉は黙ってしまった。

あんなに見事な庭なのに、庭に下りるための履物もないし、本田家では庭の話はタブーなのかと幸子は思った。

その後、信吉と色々な話をしているうちに、本田家に着いてからお昼の時間まで手持ち無沙汰でどうしたものかと困っている、と幸子は信吉につい言ってしまった。そのことに関しても信吉は何も言わなかったが、次の週に信吉が「もし鈴木さんがよろしければ、お昼まで私の家でお茶でも飲みませんか」とお茶を誘ってくれた。信吉の後について行くと信吉は庭に下りて、バラ園を通り過ぎてクレマチスのフェンスの端にある竹垣を押した。

そこがバラ園から日本家屋に入る入り口だった。

「どうぞ」と言って信吉は日本家屋の方に幸子を誘った。

「これも本田家のお宅の一部ですか」と幸子が聞くと、「私の家です。今は一人住まいなので、散らかっていて申し訳ないのですが」と信吉が答えた。

かなり贅沢な作りの平屋の日本家屋で縁側も広々としているし、部屋数も多いようだった。庭の様子は竹垣の向こうと大分違っていた。通路には砂利が敷かれ、飛び石が置かれ、庭の梅の木が象徴しているように昔から日本にあった草花が植えられていた。竹垣の前にはたくさんの桔梗《ききょう》が咲いていて、紫陽花《あじさい》も見頃を迎えていた。玄関から上がって仏壇のある部屋に案内された。

「この部屋からの庭の眺めが一番良いようですので。すいません。もうすぐお昼なので、お茶だけと言われまして、本当にお茶だけで申し訳ないのですが」と言いながら信吉は麦茶をテーブルに置いた。

「この家は別のお宅だと思っていました。お庭もきれいになさって、素敵なお家ですね」と言いながら幸子が視線を仏壇に移すと位牌が二つと遺影が二枚飾られていた。大分古い写真のようで、二枚とも白黒の写真だった。三十歳前後の女性の写真と二十歳前と思われる女性の写真だった。三十歳前後の写真は信吉の母親で若い方の女性は信吉の姉さんだろうか。写真の二人はよく似ていた。

「お母さまとお姉様ですか」と幸子が信吉に聞くと「母親と妻です」と信吉が答えた。

「失礼しました。でもお二人があまりに良く似ているものですから。それに二人とも美しい方ですね」

「私も初めて妻の智恵子《ちえこ》に会った時、母親が若返って生き返ったのかと思いました。心の優しいところも一緒です」

「ごちそうさま。信吉さんものろけるのですね」

「そういうことではないのですが」そう言って信吉は仏壇の二人を見つめた。

その後、信吉は母親のこと、妻、智恵子のこと、先生の父親の洋一郎、祖父の正洋《まさひろ》のことを、少しずつ車の中や信吉の家で幸子に話をしてくれた。

信吉は子供の頃から大変な苦労をしたようだった。

信吉の最初の記憶は、田中《たなか》という農家の庭の物置に母親の静江《しずえ》と暮らしていたものだった。

本田病院はその家の近くにあった。その頃の本田病院は患者を一人か二人入院させられるぐらいの規模で院長は先生の祖父の正洋、先生の父親の洋一郎はまだ学生だった。

その物置は「ブーフーウー」の木の家のようにちょっと強い風が吹いても傾いてしまうようなもので、それを田中のおじいちゃん、巳之吉《みのきち》がどこからか廃材を貰ってきてすきま風が入らないよう補強していた。屋根は上ると抜け落ちそうなもので、巳之吉が屋根の上にトタン板を載せて雨漏りしないようにしたが素人のやることで、トタン板も新品ではないので、雨が激しく降る時は悲惨なものだった。

信吉の母親の静江は体調をくずしていたので、ほとんど寝たきりの状態だった。

元々は物置小屋なので土間の上にいくつもリンゴ箱を並べてその上に畳、敷き布団と重ね静江はそこに寝ていた。夜になると信吉はその布団に潜り込んで静江に抱かれて寝ていた。

田中の家には巳之吉とおばあちゃんの喜美《よしみ》、他に息子とその嫁、孫が三人いた。

巳之吉と喜美はいつも信吉と静江のことを気遣ってくれた。息子とその嫁は二人を邪険に扱うことはなかったが、農作業で忙しいこともあり、二人に積極的に関わることもなく、信吉が三人の孫と遊ぶこともなかった。

戦後、食糧のない時代でも農家だったので、食べるものはあったが、巳之吉と喜美は息子や嫁にも気を遣っていたので、お腹一杯になるまで食べた記憶が信吉にはなかった。

母親の静江に何か栄養のあるものを食べさせたいと、その当時の信吉は時間があると隣近所の農家に仕事をもらいに行っていた。小さくて、力のない信吉に仕事を頼む農家はなく、それでも信吉に同情して売り物にならない野菜をくれる農家は何軒かあった。

小学校に入学しても信吉の生活は変わらない。早く仕事を見つけて静江を病院に入れたいと思っても義務教育で小学校と中学校に行かざるをえず、だんだん痩せ細って、顔色の悪い静江を見るたび信吉は情けなくなった。

その頃、本田病院の方では祖父の正洋が、学業は優秀だけど家庭の事情で上の学校に進めない生徒に奨学金を与えるという慈善事業を始めていた。その人数は毎年、一人か二人だったが、奨学金の受給者は毎年増えていくので当時の病院の規模からいったらその程度の人数が限度だったようだ。毎年病院の周りの中学校に声をかけていて、その年は信吉が小学校を卒業したら通う予定の中学校に声がかかった。それで川上政雄《かわかみまさお》という少年が中学校からの推薦を受けて正洋、病院の事務長、洋一郎の面接を受けることになった。

川上君は少し大人びた生徒で、内申書に記載された成績も優秀で、二人の質問に対する受け答えもしっかりしていて性格も良さそうなので、今年はこの少年に決まりかと三人が考えていると、急に川上君が信吉とその母親の静江の話を始めた。

住んでいる家がどんなにひどいものか、母親は病気で寝たきりなので、小学生の信吉が近所の家を回って仕事をもらい、それを生活の糧にしている状況を川上君は三人に訴えた。

聞いてみると信吉はまだ小学生なので、正洋達としては信吉の件は調べてみると答えた。その答えを聞くと川上君が泣き出して言った。「僕のことはいいのです。あの子と母親を助けて下さい。あのままだと母親は死んでしまいます」。

正洋が困ったなと思っていると、洋一郎が「それなら僕がちょっと見に行ってきます。それならいいだろう」と言った。

洋一郎も若かったので、病人と聞いてほっておけなかったようだった。

洋一郎と川上君が田中家に行った時には田中の家には喜美しかいなかった。洋一郎は静江の状態の悪さとその住宅環境に驚き、すぐ川上君に正洋を呼んでくるように頼んだ。やって来た正洋も「これはひどい」と絶句してしまい、ちょうど病室には空きがあったので、静江を病院に連れ帰った。

喜美は本田病院のことは知っていたが、何が何だかわからなかった。その頃は携帯電話がなかったので誰か帰ってこないかとウロウロしているところに信吉が帰ってきた。

信吉は喜美から静江が本田病院に連れていかれたと聞いて、静江の容態が悪くなったかと勘違いして、ものすごい勢いで家を飛び出していった。

正洋が病院で静江の診察をしていると信吉が病室に飛び込んできた。着ているものは継ぎはぎだらけで、雨上がりの道を走ってきたせいか泥があちこちに飛び跳ね、なにより信吉本人が痩せて目ばかりが大きく、真っ黒に日に焼けていて、そんな少年が「お母さん、お母さん」と言って静江のそばを離れないので、病院のスタッフは信吉を静江から引き離すのが大変だった。

正洋が信吉を静江から離して、跪《ひざまず》いて信吉の目を見ながら「落ち着いて。お母さんの身体が良くなるにはどうしたらいいのか、みんなで考えているところだから。少し病室の外で待っていてくれるかな」と優しく語りかけると、信吉は「うん。わかった。お母さんのことよろしくお願いします」と言って病室から出た。

結局、その時から信吉と静江は本田病院の世話を受けることになった。

信吉と川上君の間には直接の繋がりはなかったし、信吉が川上君の家に仕事をもらいに行ったこともなかった。

川上君が上の学校に行けるかもしれないというチャンスを棒に振るかもしれないのに、どうして信吉親子のことを正洋達に言ってくれたのか、それにそのことを信吉は大人になるまで知らなかった。

信吉は言う。

「結局、川上さんとは一度もお会いする機会もなく、お礼を言うことが出来ませんでした。母はちゃんとした屋根のある、清潔ですきま風の入らない部屋で本田病院の方が作ってくれた温かい、栄養のあるものを頂くことが出来て、川上さんには言葉で言い表せないほど感謝しています。私がもっと早く大人になっていたら、母も長生きできたのでしょうけど。それが残念です」

静江が亡くなった後も信吉は本田病院に住み、中学を卒業すると就職した。高校にも行かせてくれると正洋は言ったが、早く就職して母親の墓を作りたかった。それに勉強はそれほど好きでもなかったので、働くほうが自分に合っていると思い、就職を決めた。

時が移って、信吉が二十六、七の頃妻となった智恵子との見合いの話が本田家に持ち込まれた。

それは田中家の親戚が日頃お世話になっている地元でも有力者の一人娘とのものだった。ただその女性は生まれつき体が弱く、二十歳まで生きられるかどうかと医者に言われていた。

女性の家族はたとえ短い間でも人並みの幸せを願い結婚相手を捜したが、いつまで生きているのかわからないし、なによりも子供は望めないとあってはいくらお金があっても見つかるわけがなく、回り回って信吉のところに話が持ち込まれたようだった。

最初、その話を聞いた喜美は「貧乏人だと思って馬鹿にしている」と怒っていたが、見合い写真を見ると黙ってしまった。見合い写真を真ん中に巳之吉と喜美は顔を見合わせてため息をついた。その写真の娘はあまりにも信吉の母親の静江に似ていた。小さい頃から、大事に大事に育てられてきたのか、おっとりした感じで、働き過ぎでやつれはてた風情の信吉の母親とは様子が違っているが全体的な印象はとてもよく似ていた。それで二人には判断がつかず本田家に相談に行った。

信吉は中学校を卒業後も本田病院に居候していた。卒業と同時に本田病院を出るつもりだったが、正洋の妻の聡子《さとこ》が信吉の性格の良さと気配りの良さを気に入ってくれて、手放そうとはしなかった。なにしろ信吉は「それ、僕がやります。僕に任せて下さい。僕が持ちます」と、困っているとどこからともなく現れて手を貸そうとするので、本田病院の女性陣の評判はとても良かった。

正洋は娘の写真を見ると黙ってしまい、写真を妻の聡子の前に置いた。「そんな娘さんでは困ります」と言って憤慨していた聡子も写真を見て絶句してしまった。二人とも口を開かず、そんな時間がしばらく続いた。結局、写真を信吉に見せることになった。

「奥様の写真を見てどう思われたのですか」と幸子が聞くと、「驚きました。とても驚きました」と信吉は答えた。

それでも信吉は自分が育った環境を思い、お金の心配をしたこともなく、乳母日傘《おんばひがさ》で大切に、大切に育てられた女性では結婚生活が上手く行くとは思わないので、最初は断るつもりだったらしい。ただ母親に似ているだけで、すべてが解決するとは思えなかった。

それなのにどういう訳か話が進んで見合いをすることになった。

「お見合いはどうでしたか」

「智恵子さんはお雛飾りのお雛様のようにちょこんと座っていました。外の世界を知らず、家の人しか相手をしたことがなく、人を疑うことを知らないせいか無邪気というか、あまり物怖じしなくて、私の方が緊張しておりました。智恵子さんの家は資産家でお兄さんたちは高学歴で有名な会社に勤めていて、私は孤児のようなもので、学歴もお金も住む家もない。差があり過ぎます。私に会って、冷静になって考えたらこれはちょっと無理、と思って向こうから断ってくると思っていたのですが」

「向こうが断ってこなかった」

「智恵子さんがなぜか私を気に入ったらしく、話を進めて欲しいと。どうして？　と思いました」

その後、結納、二人の住居、智恵子に付き添う人数等々、多くの調整事項があったらしいが、正洋と聡子が根気強く智恵子の実家と交渉して、やっと結婚に漕ぎ着けたらしい。

住居の敷地は本田家が提供し、家屋の建築費は智恵子側が出した。

信吉は子供の時、病弱の母親の介護をしていたので、体の弱い智恵子に対してきめ細かく気配りが出来た。そんな信吉を智恵子は信頼してくれたので、二人の結婚生活は幸せだった。

「私は母を守れませんでした。母によく似た智恵子さんに会って、これもなにかの縁かと、自分のような者でいいのであれば、と智恵子さんと一緒になりましたが、今になって思うと守られていたのは私の方だったように思います。学校から帰ると母親が迎えてくれて、仕事から帰ると智恵子さんが待っていてくれて、自分のことを本当に思ってくれる人がいる。幸せなことです。毎日毎日、同じような生活でしたが穏やかに時が進んでいったので、この生活がいつまでも続いていくと、つい油断してしまって。千恵子さんの具合が急に悪くなって、亡くなった時は信じられませんでした」

智恵子が亡くなった後も智恵子の実家の方からいくつか信吉に見合い話を持ち込まれたが、信吉はその話を断り続けて今に至ったようだ。

あまり思い出が美し過ぎると、その思い出から抜け出せなくなるものなのか。

一人になって、幸子は母親のことを考えてしまった。幸子が勤めてからも母の元子《もとこ》は看護師として近くの個人病院に勤めていたが、食事の支度は母親がしていた。

銀行員時代の幸子は、銀行から帰ってくると疲れているせいか「飯、風呂、寝る」の生活で母親の話もよく聞かず、「疲れているの」とか「その話はもう何度も聞きました」と言って母親の話を遮っていた。本当に出来の悪い娘だった。

木曜日

通常だと木曜日は「吉岡《よしおか》」でお昼を食べるのだが、片桐君はどうだろう。

地下鉄の入り口の少し先に横道があり、横道を入ってすぐの所に「吉岡」はある。

「吉岡」はお客のほとんどが常連さんという、少し値段の張る日本料理屋だ。

以前は夜だけの営業だったが、大分高齢化が進み持病もあるので、家族から夜の外出を止められているかつての常連客が友人と旧交を温めたいと希望がある時だけは特別に昼間も営業をするようになった。客はその一組だけだが。ただ当人もその友人も高齢者になっているので、どちらかの体調が芳しくない時もままあり、そんな時はキャンセルの電話が入ることも少なくなかった。ある日キャンセルの電話が入ったので、女将《おかみ》がのれんを下ろしていた時、「吉岡」の前を通り過ぎようしていた幸子と視線が合った。以前から気になっていた店だったので、幸子は女将に聞いてみた。

「お昼も営業していらしたのですか。前を通るたびに気になっていたものですが。今日はもう終わりですか」

「ちょっと、お待ち下さい」と言って女将が店の中に入っていった。しばらくすると女将が出てきて「キャンセルの電話が入って、そのお客様に用意していたお料理でよろしかったら、どうぞ」と幸子を中に誘った。

今日キャンセルしたお客は「だし巻き卵」が好物だったのでその用意をし、それ以外の料理の準備もすでに終わった段階の電話だった。「吉岡」の主人も女将もこの料理は自分達で食べるしかないかと思っていた時に幸子が声をかけた。どなたかに食べてもらえるのならば、そのほうが良い。お昼はかつての常連客のみの営業だったが、今日は特別ということにしたらしい。

「吉岡」の中は六、七人程度しか座れないカウンター席だけだった。席と席の間はゆったりとしているので、窮屈という印象はなかった。

ただ、カウンターの向こうの主人の背中の後ろ壁にもカウンターの上にもお品書きがなく、幸子は思ったより高そうな店、思わず財布にいくら入っていたか記憶をめぐらした。

それが幸子と「吉岡」の主人、女将との出会いだった。二人の家は別にあったが、店の二階にも部屋があり、子供も独立して夫婦二人きりの生活なので、暑い夏の間は仕事が終わった後、お風呂に入ってゆっくりしようということで営業日は店の二階で寝泊まりするようになったようだ。

木曜日の朝、「吉岡」に電話して、昼に伺ってもいいかと尋ねると予約は入っていないとので、どうぞと言う。片桐君も幸子とマンションの中で二人だけだと気詰まりなのか、行くと言うので片桐君を連れて「吉岡」に出かけた。相変わらず暑い。火曜日の件はすでに解決済みなので、特別片桐君に言うこともない。片桐君も黙って歩いている。

昼の予約が入っていないので、「吉岡」ののれんは掛かっていなかった。引き戸を開けて

「吉岡」の中に入ると片桐君も「この店は高そう」と感じたらしく落ち着かない様子を見せた。「すいません。お休みのところいつもお邪魔して」と幸子が二人に言うと「うちのお客さんはなぜか昔から男の人ばかりで、空いている時間も主人と一緒の時が多いので、たまに女の人と話をするのが楽しいからお気になさらないで下さい」と女将が言った。

「吉岡」のお客はほとんど二人連れ、多くても三人連れの男性客が多く、客が次の客を紹介してくれるというかたちで店が継続してきた。今の主人は二代目だった。

「今日は久しぶりに若い方がいらっしゃるというので、豚肉の生姜焼きを作ってみました。気に入ってくれるといいのですが。昼間、家内と二人だとついざるそばか、そうめんになってしまうので、なんかねえ、作っていてもあんまり楽しくないので、今日は変わったものが作れるのでいい気分転換になります。遠慮しないでたくさん食べていって下さい」

二人とも客商売が長いせいか如才ない。片桐君の前には「豚肉の生姜焼き、だし巻き卵、ポテトサラダ、酢の物、おしんこ、味噌汁、ご飯」が出され、幸子には「焼き魚、だし巻き卵、ポテトサラダ、酢の物、おしんこ、味噌汁、ご飯」が出た。

片桐君は「いただきます」と言って、豚肉の生姜焼きに箸を伸ばした。「どう」と幸子が聞くと「とても、美味しいです」と如才のない答えが返ってきた。それを聞いた主人が「そうですか。それは良かった」と頷いた。

「この前いただいたトマト、とても美味しかった。あんなに沢山いただいてよかったのですか」と女将が言った。

「あのトマトは、差し上げたどなたにも評判がよくて。知人の知り合いの農家さんが作っているもので、気に入っていただけてよかったです」と幸子は答えた。

大谷君の兄の健太が、弟が世話になっているお礼として母親の知り合いの農家が作っているトマトを加山に送ってきた。それを加山が幸子達にも分けてくれたのだった。

あんまり美味しかったので、本田家への手土産にもと思い大谷君に頼んで買ってもらった。それをいつもかなり割安の値段でお昼を食べさせてもらっている礼として「吉岡」の主人と女将にも差し上げたものだった。

「あんまり美味しいから息子夫婦にも送りました」

片桐君は黙々と豚肉の生姜焼きを食べている。食事は気に入ったようだ。

先生のマンションのある鷹羽に住み始めた頃の幸子は、昼間空いている時間に鷹羽の街をブラブラと歩き回っていたようだ。最近、梅ノ原の幸子の部屋の整理をしていたら、同じようなブラウスが三枚あることに気が付いた。値札も付いたままだった。でも買った記憶がない。

母親の元子が亡くなってから七か月が過ぎた。一人の時間が多いので、幸子は自分と話をすることが多くなった。

元子が高齢化し、いつか元子との別れがくると元子が亡くなる寸前まで幸子は思っていた。実際元子が亡くなると、元子が本当に幸子を置いていなくなるなんて、心の奥底では思っていなかったことに気が付いた。幸子が中学生の時に父親が亡くなって、それから五十年近く元子と二人で暮らしてきた。ずーっと一緒だった。

元子を介護、見守りしていたはずなのに、実際はずーっと元子が幸子を精神的に守っていたことに気が付いた。だから元子が亡くなって、茫然としてしまい、頭が現実についていかなかったようだった。

これでは、幼稚園に行くのがいやで泣いて元子にしがみついていた幼稚園児と同じだ。あれから六十年以上経つのに、全然成長していない。鷹羽に住んで、新たな出会いもあった。それは悪いことではないが、そろそろ今後のことを考えないといけない。

金曜日

本来ならば金曜日は加山の店に行くのだが、家で食べようと片桐君に言うと、片桐君は幸子に遠慮しているのか、どうせ今日も外出するので外で食べます、と言った。

店はもう決めていると片桐君が言うので、幸子は片桐君について行くことにした。

マンションの坂を下って、横断歩道を渡ると加山珈琲店、幸来軒、「吉岡」の店がある。横断歩道を渡らず左にまっすぐ行った先にも地下鉄の入り口があり、その先の角を曲がった先に「カトレア」という昭和レトロの喫茶店があった。

「カトレア」は角店で、入り口のドアの上半分はガラス窓で、そこにレースのカーテンが掛かっていた。両サイドの壁の窓ガラスを通して中の様子が良く見えた。テーブルをくっ付けてその周りに中高年の女性が座っていた。ドアを開くと、カランカランと呼び鈴が鳴った。

目の前のテーブルには六十代と思われる男性が座っていて、男性の前のテーブルの上にはパソコン、本、はさみ、のり、マーカー等々の文房具が散らばっていて、なにか作っているようだった。

幸子と片桐君が店に入ると、その男性が「カナリヤさん、お客さん」と叫んだ。

「だれ」とカウンターの奥の方から女性の声が聞こえてきた。

「初めてのお客さん」

「すいません、お客さん、ちょっと今手が離せなくて。南《みなみ》さん、三点セットお客さんにお出しして」

「はい、はい。了解です」

残り一つのテーブル席の上にはテーブルを囲んでいる女性たちの荷物が置かれ、座る席がなかった。南と呼ばれた男性は入り口の左側の窓の下に掛かっていた板を上げ、留め金を掛けて、テーブルを作った。椅子はカウンター席から持ってきた。

「どうぞ。ここが一等席だから、食事は静かにしたいでしょう」と片桐君にささやいた。片桐君は返事に困ったらしく「はあ」と答えた。

その後、南は「水、お手拭き、メニュー」を出して自分の席に戻った。

メニューには、サンドイッチ、スパゲティナポリタン、ピザトーストなどが書かれ、特に変わったものはなかった。メニューに書かれた店名は「カトレア」、入り口にも「カトレア」とあったのに、南は「カナリヤさん」と呼びかけたようなので幸子は少し不思議に思った。

二人がメニューを見ていると「ここの料理はまあまあだから。コーヒーと紅茶よりは彼にはメロンクリームソーダなんか良いかも。奥さんには日本茶が美味しいですよ。カナリヤさんはお茶にはお金をかけているみたいで良いお茶ですよ」と南が説明してくれた。

メロンクリームソーダも日本茶もメニューには載っていないのだが。

南の言うところのマダム達は編み物の手を休めることなく、おしゃべりをしていた。

「こちらではカルチャー教室も開いているのですか」と幸子が南に聞くと、

「メンバーをみればわかるでしょ、一種のデイサービスですよ。別に編み物でなくてもいいんです。刺繍でも折り紙でも自分のやりたいことで。そして良く食べ、良くしゃべり。

家の人もマダム達のお昼の用意をしなくていいので大助かりで、マダム達も一人でいるより楽しいし、カナリヤさんは商売繁盛で、みんなが喜んでいるので、いいんじゃないでしょうか」

「お待たせしました。テーブルの上、ちょっと片付けていただけますか」と言いながら、八十歳前後の女性が沢山のおにぎりを載せた大皿を持ってカウンターの中から出てきた。

「あれが、カナリヤさん」と南が言った。

「南さん、お箸とお皿を出して。重たいから豚汁も運んで」とその女性が言うと、

「私は客で、介護士じゃないのですが。老いては子に従えじゃなくて中高年のマダムには理屈は通らないですよ。はい、はい、やらせていただきます」とブツブツ言いながら南は箸と取り皿を並べた。そのあとカウンターの奥の部屋からすこし大振りの椀に入った豚汁をマダムたちにくばった。

「南さんの豚汁にはお肉を多めに入れてありますから」と言って南の分のおにぎりと豚汁の椀が載っているお盆を女性は南のテーブルに置いた。

「お客さん、お待たせしました。ご注文は決まりましたか」

外はとても暑かったが、喫茶店に入るとエアコンが効いているので少し小ぶりのおにぎりと豚汁が幸子にはとても美味しそうに見えた。でもメニューには載っていなかったので「おにぎりと豚汁はまだありますか」と幸子が聞くと、「ごめんなさい。ご飯あれだけで終わりなの。お昼は常連さんしか来ないので、すいませんねえ」と本当にすまなそうに女性が答えた。でも、そう言ったあとですぐに、「お客さん、大丈夫。こうしましょう」と言って南の前に置いたおにぎりと豚汁のお盆を片桐君の前に置いた。

「南さんには別に何か作ってあげるから。新しいお客さんを獲得するための営業協力と思っ

て、我慢我慢」

女性の話と「えーっ」と言った南の鳩が豆鉄砲を食ったような顔、片桐君のビックリした顔を見て、幸子は笑い出しそうになった。

「すいません。南さん」と言って幸子はお盆を南のテーブルに戻した。

「お気を遣わせてすいませんでした。私はミックスサンドと日本茶をお願いします」

「僕はスパゲティナポリタンとメロンクリームソーダ」

「そうですか。すいませんねえ。この次の時にはご飯用意しておきますから」と言って女性はカウンターの奥に向かった。

「やれやれ、一時はどうなることかと思いました。じゃ、いただきます」

南が食べ始めたので見ているのも悪いと思い、幸子と片桐君は窓の外の方に体を向けた。

真夏の暑さのためか住宅街には人影はなかった。

「夕方から雷注意報が出ているけど、今日は早く帰れそう?」

「傘は持っています」

「雷が落ちて電車が止まるといけないから、これを持っていきなさい。電車が止まっても駅員さんに電車は何時《いつ》動きますかなんて聞いていないで、すぐタクシー乗り場に並びなさい」

と言って五千円札を二枚、お守りの袋に入れて片桐君に渡した。

「大丈夫です。お金は持っています」

「今は夏休みでヒマを持て余している子達に言いがかりをつけられた時にもこれは使えるから。片桐君、クレジットカードは持っている」

「持っていません」

「言いがかりをつけられたら、抵抗しないで、みんなあげてしまいなさい。携帯とＳＵＩＣＡはちょっともったいないけど、抵抗してけがでもしたら、馬鹿らしいから。それからお守り袋はベルト通しに括り付けておきなさい。ここまでは誰も気が付かないから。何かあったら、このお金でタクシーを使って帰ってきて。後のことは水越さんがやってくれると思うから、気を付けるんですよ」

片桐君はしばらく幸子から渡されたお金の入ったお守り袋も見ていたが、「ありがとうございます」と言ってジーパンのベルト通しにそれを括り付けた。

この店の人はあの女性だけのようだ。食事中のマダム達は女性に「カトレアさん」「カトレアさん」と話しかけるが、南だけは彼女を「カナリヤさん」と呼びかける。

「このお店の名は『カトレア』ですよね」とメニューに書かれた店名を見せながら、幸子が南に聞くと、「それは半世紀以上前の話でしょ。今の姿でカトレアなんてカトレアが泣きますよ。今はちょっとふっくらして、黄色いエプロンを付けて、ピイチク、パアチクよくしゃべっているカナリヤそのものですよ」と答えが返ってきた。

「まったくそんなことを言っているのは南さんだけですよ。南さんはうちの綾小路《あやのこうじ》きみまろなの。だから何を言っても気にならないの。それにこれでも南さんは東大を出ているの、すごいでしょう」

その後も南のマダム達への老いを皮肉る言葉とそれをまるで母親のように柔らかく受け止める女主人と明るく笑い飛ばすマダム達の会話が続いた。片桐君はスパゲティナポリタンを食べながら、二人の会話を聞いていて、時々小さく笑った。

月曜日に会った時から水曜日以外四日間、幸子は片桐君とお昼は一緒にいる。時々片桐君の様子を見てあれっ、と思うことが幸子にはある。何かの瞬間にボーッとして、自分だけの世界に入ってしまう時があるし、一番変だなと思うのは、片桐君は携帯電話を手近なところに置いていない。今の若い子はヒマがあれば携帯電話を操作しているし、食事の時もテーブルの自分のそばに置いて常に着信をチェックしているのに、片桐君はそれをしない。片桐君の携帯電話が鳴ったことがある。その時の片桐君の顔が硬直してしまって、片桐君は電話を恐れているようにも見えた。

先生も水越も何も言わないし、幸子も母親を亡くした喪失感から立ち直れていないので、最後まで他人の世話をする自信がない。それで片桐君の事情を先生と水越に聞くことをしなかったのだが。

土曜日
幸子は梅ノ原の家に帰った。空気を入れ替えるため雨戸を開けて、簡単に掃除をする。隣の中村《なかむら》夫妻は幸子が声をかけるとすぐ来て、昼食やお茶の時間になる。今日は、二人の好きそうなものを途中のデパ地下で買って、それをお茶菓子にした。

幸子の父親は幸子が中学生の時に亡くなった。父親は真面目な人だったが、家庭的な父親とは言えない面もあった。同じ時間に仕事に出かけ、同じ頃に仕事から帰ってくる。帰ってくるとテレビで野球中継を見るか、趣味が写真だったのでその関係の雑誌を見ていた。幸子に声をかけることもあまりなかったし、母親の元子ともあまり会話はなかった。どこかに出かけても「ちょっと」と言ってカメラを持って一人で行ってしまい、母親と幸子は残された。写真が趣味なのに元子や幸子の写真を撮ることもあまりなかった。

だから父親が亡くなった時も驚きはしたが、淋しいかと聞かれてもなんと答えてよいか幸子は返事に困った。

当然ながら、父親が亡くなったことで母親の元子はかなり困ったとは思う。あの頃の幸子は内気で少しボーッとしたところのある子供だったので、あまり頼りになるとは思えず、元子の両親がしょっちゅう来ては何か置いていった。特に元子の母親、幸子にとっては祖母が毎週のように来ては元子と話をしていた。父親の死後、元子は看護師の資格を持っていたので、病院勤めに就いた。大きな病院だったので夜勤もあり、そんな時は隣の中村夫婦が幸子の面倒を色々と見てくれた。中村夫婦に双子の男の子が生まれてからは、その双子がしょっちゅう幸子の家に来ていた。そんなことがあったので、中村夫婦は幸子にとっては親戚のような存在だった。元子が亡くなってからも、中村夫婦が年を取ってきたこともあり、時間があると幸子は二人と食事やお茶を一緒にしている。

「暑いねえ」と言いながら、夫の年男《としお》は幸子が買ってきたプリンを食べている。

「幸ちゃん、気が付いた？　交差点に立って右の方を見ると大きな欅《けやき》があったでしょう。あれ切られちゃったの」と妻の恵子《けいこ》が幸子に聞いた。

「切ったのは二年ぐらい前ですよね。春の頃の欅の葉がきれいなので、毎年楽しみにしていたのに、どうしてと思いました」

「そうなの。ちょっと前に交差点に立って右を向いたら木が見えないからビックリして、お父さんに木がなくなっちゃったと言ったら、だいぶ前に切ったらしいよって」

「しょうがないよ。あの家の奥さん一人暮らしで剪定《せんてい》や落ち葉の掃除も大変だったらしいよ」と年男が言った。

「おじさん、詳しいんですね」

「本でも借りようかと区民センターに行くとみんなヒマで話をしたいから、摑まって。色んな人から同じ話を何度も聞かされて、私もヒマだし、まあいいかと思って。男の井戸端会議でお母さんの話し相手になるくらいは、このあたりのことに詳しくなりました」

「でもあの奥さん、私達より大分若かったですよね」と恵子が言うと、

「生きていたら七十歳過ぎたくらいかな。ご主人が亡くなってから、お子さんが家に全然寄り付かなくなって、元気がなかったらしい。落ち葉も多くて、隣近所の人にも色々気を遣っていたけど、もう無理だと思ったみたいですよ」

「あの奥さん、すごくきれいな人なの。だいぶ前にお亡くなりになったのだけど、あの家のご主人は大学の先生で長い間一人暮らしで、通いのお手伝いさんが年を取ってきたので、代わりに雇ったのが奥さんなの。

　最初はあの家の住み込みのお手伝いさんとして働いていたので駅前の商店街にも買い物に来ていて。来たばかりの頃はちょっと垢抜けなかったのだけど、だんだんきれいになって。

　商店街の男の人はその娘さんが来るとにやけて、若くてあれだけきれいで、性格も素直だと商店街の奥さんたちも仕方がないと思うしかなかったみたい」

「おじさんも会ったことがあるのですか」と幸子が年男に聞くと、

「話だけ。仕事をしていた時、朝は早いし、夜もあんまり早く帰ってこられなかったから、その時間だと専業主婦の人達は家にいる時間でしょ」

「その大学の先生はおいくつだったのですか」

「娘さんが勤め始めた時は、先生は五十歳を大分過ぎたくらいで、娘さんのほうは二十歳くらいで、まさか二人が結婚するなんて、周りの人もビックリしたみたい」

「お母さん、話の腰を折って悪いが、お茶を入れてもらえるかな。エアコンが効いてきたせいか温かいお茶が飲みたい」

「お父さん、ここは幸ちゃんの家ですよ。幸ちゃんの家とうちを間違えるなんて。しっかりして下さい」

「そうか、いやにエアコンの効きが良いと思ったはずだ。うちのエアコンはそろそろ買い替え時かと思って。幸ちゃん、悪いが温かいお茶を貰えますか」

「すいません。エアコンの温度上げますね。おばさんも温かいお茶を飲みますか」

会社が休みの日には中村夫妻の二人の息子が妻と一緒に来ているが、平日は幸子も先生のマンションに行っているので二人きりの生活になる。その分、幸子が家に帰ってくると二人の話は止まらなくなる。妻の恵子がどんなに感情的になっても夫の年男がひょうひょうと受け流し、人の悪口は言わない人だったので、聞き苦しいことを幸子が二人から聞くことはなかった。

「今日、息子さん達は来るのですか」

「夕方ね。たまには『梅の木』のチキンライスが食べたいと言うし、それ以外のものはお嫁さん達が用意すると言うので、今日は何もしません」と恵子が答えた。

梅ノ原は都内でも有数の高級住宅地として有名だが、駅の改札口を出て右側だけが高級住宅地で、改札口の左側は昔ながらの住宅が並ぶ普通の街だった。

「梅の木」は駅前の商店街の中にある洋食屋で、その店の一番人気がチキンライスだ。出前もしてくれるので、中村家では今晩は出前を取るようだった。

プリンを食べて、話すだけ話をすると二人は帰っていった。

二人が帰ると、幸子は駅の通路を通って改札口の右側にある高級住宅地へ向かった。

幸子の銀行の先輩に岸本響子《きしもときょうこ》という女性がいる。幸子の勤めていた銀行は他の銀行と合併して、行名も変わっていた。合併前は女子大生の就職先としては人気のある銀行で女性の勤続年数も長い人が多く、女性でも転勤はよくあることだった。国内の営業店が少なく関東地方でも東京都、横浜市、成田市にしか営業店がなかったので、転勤と言っても、転勤先は交通の便の良い、駅の近くの繁華街の中の営業店が多かった。

転勤も一回だけではなく、二回、三回と転勤する女性もいて、新しい転勤先で親しくなった人と以前の職場の女性とで食事会を開くこともままあったので、一度も同じ場所で働いたこともない人と友人関係を結ぶことや、会ったこともないのにその人の噂を聞いたりすることもあった。岸本と幸子は一度も同じ場所で働いたことはなかったが、岸本の家も梅ノ原にあったので、当然一緒に帰ることもあり、そんなことが何回かあるうちに幸子と岸本は親しくなった。

静謐《せいひつ》な人というのが岸本の第一印象だった。学生時代の岸本はイギリスの児童文学を勉強していたので、幸子は岸本に勧められて色々の作品を読み、中でもアン・フィリッパ・ピアスの「トムは真夜中の庭で」やアリソン・アトリーの「時の旅人」が好きだった。

幸子が小学生の頃、母親の元子が「少年少女世界名作全集」という赤い表紙の本を定期的に購入してくれたので、幸子も有名な児童文学はかなり読んでいた。

大人になった今でも、気に入っている物語がいくつかある。岸本と知り合い、物語の話をする知人が出来て、幸子はうれしかった。

岸本がロンドン支店勤務の時はピーターラビットで有名な湖水地方も案内してもらった。

岸本には英司《えいじ》という兄が一人いて、父親の海外勤務が長かったので、二人とも英語は堪能だった。英司は商社に勤め一度結婚して家を出て行ったが、五年ほどで離婚してそれ以降は親子四人で暮らしていた。父親、母親が亡くなり、定年後の岸本は同じく会社を退職した兄と二人で暮らしていた。その兄の英司が六月に亡くなり、岸本も一人になってしまった。

急に英司が亡くなってしまい、岸本は茫然自失の状態になってしまい、幸子も時々様子を見に行っていたのだが、四十九日も終わった七月の末に岸本が今後のことを考えたいからと言って急にイギリスに行ってしまった。帰国は何時になるのかはわからないと言って、幸子と英司の幼なじみの若林《わかばやし》電機店の主人の若林に留守を頼んで旅立っていった。

それで幸子と親戚の人が一つずつ合鍵を預かり、幸子が時々来て家の中のチェックをして、若林が外回りのチェックと庭の植物の世話をすることになった。

電気、ガスは止めていったが、庭の植物の水やりに必要なので水道は使えるようにしてある。

岸本の家に入り、空気の入れ替えのためにカーテンを開け、窓を開けるとほこりがゆっくりと舞い上がる。主だった家具の上にはシートが被せてあるので、ほこりを吸着モップで払い、簡単に水拭きして、それで終わり。

家の前も庭も何時もきれいになっている。夏の暑さで水切れしている植物もないし、英司の幼なじみは若林の他にもたくさんいる。定年後、英司は若林達と草野球チームを作って、その仲間と楽しく遊んでいたらしい。その仲間たちがチームで家の管理をしてくれている。

母親の元子が亡くなった時、幸子も放心状態になってその後の記憶がないところが多い。最近になって、動きの止まっていた頭と心がゆっくりと動き始めた。

父親の死後、幸子は五十年近く、元子と二人きりで生活をしていた。

元子は時間の移ろいと共に年老いていって、どんな名医でも高価な薬でも元子の老いを止めることは出来ないと幸子が思うようになった時から、この時がくると心の準備はしていたつもりだったが、現実は幸子にとってはもっとつらいものだった。

ジェットコースターが上り始めると乗客は心の中で、下って行く状況を想像して、身構えてはいる。でもジェットコースターの下る角度もスピードもいつも想定以上で、乗客は恐怖のあまり顔を引きつらせ、歯を食いしばるか絶叫する。

母親の最後の頃も今も、幸子は誰か姉でも妹でもいいから女の姉妹がいたらよかったのにと思った。母の生命も亡くなった後の喪失感も一人で背負うのはあまりに重すぎる。母の行状、性格をよく知った姉妹がいれば母を失った喪失感も少しは和らぐかもしれない。

人が生きていくには何かが必要だ。人でも物でも何か夢中になるものでも。人生に意味などないただの時間潰しだとうそぶいている人でも、時間をつぶすには材料が必要だ。

兄を亡くして気落ちしている岸本の傍にいても、幸子に出来ることは何もなかった。

一緒にお茶を飲み、岸本が見ている窓の外の風景を同じように見るぐらいしか幸子には出来なかった。だから岸本が子供の頃に住んでいたイギリスで、好きな児童文学の勉強を再開するのも良いかなと思う。

日曜日

昨日は、中村夫妻の二人の息子が夫婦でやって来て、泊まっていったようだ。

中村夫妻の二人の息子は双子だ。兄が信康《のぶやす》、弟が裕康《ひろやす》。幸子が銀行に入行した頃、二人はまだ小学生で、親に叱られたりお腹が空いておやつが欲しい時などは幸子の家に来て、漫画本を見たり母の元子の出したおやつを食べていた。

幸子が大学を卒業して、銀行に就職するのと同じ頃、母の元子は大病院を辞めて、梅ノ原にある中平《なかひら》病院という個人病院に勤め始めた。夕方には仕事を終え、駅前で買い物をして、家に帰って夕食の支度をしていた。その頃、二人の母親の恵子は駅前の商店街でパートの仕事をしていたので、元子が家に帰ってくると二人はまるで自分の家のように幸子の家に上がってのんびりしていたらしい。日曜日になると元子はカレーをたくさん作り、中村家、鈴木家の六人で「サザエさん」を見ながらみんなでカレーライスを食べていた。

信康、裕康にとって、元子は親戚のおばさんで幸子は年の離れた姉のようなものだった。

日曜日の夕食は、母親の元子の新盆供養の打ち合わせでいとこの英雄《ひでお》一家と焼肉屋に行くことになっていた。

母親の元子は六人兄弟の長女で、元子の下に友子《ともこ》、昭雄《あきお》、達男《たつお》、清子《きよこ》、正子《まさこ》と続く。

英雄は四女の正子の長男で、上には姉が三人いる。英雄の母親の正子は、夫婦で長女の一家の世話になっていた。

元子の新盆供養も夏の暑い盛りのことなので、最初は高齢の叔父や叔母ではなく、いとこ達を幸子の家に呼ぶつもりだった。ところが、叔父や叔母たちがこの先五人で集まる機会があるかどうかわからないので自分たちが出席する、と言い出した。そうすると誰かが叔父たちを車に乗せて連れてくることになる。全員で二十人程度の人数になる。幸子の家では狭すぎる。じゃお金は掛かるがお店を利用しようと幸子がいとこ達に言うと、幸子の家ならば叔父たちが疲れて横になることもできるし、叔父たちが寝てしまったら幸子の家に一晩預けることも出来るので、幸子の家が良いと言った。叔父や叔母たちの最近の様子を見ていないので、そんなに老齢化が進んで弱っているのならば、よけい何かあると困ると幸子は言ったのだが、押し切られてしまった。

ビールを飲んで、いい気分になってくると親の面倒を見るのも億劫になる。幸子の家で新盆供養をすれば、幸子か幸子の家に何かあると駆け付けてくる英雄一家が最後まで親の面倒を見てくれる。英雄の三人の息子は全員運転免許証を持っているし、車の運転を頼むことも出来ると、いとこ達は考えたようで、家は老人介護施設じゃないと言うことも出来ず、結局幸子の家で母親の新盆供養をすることになった。

いとこの英雄は僕たちが何とかするから安心して、と言ってくれたが幸子は気が重い。新盆供養の当日には英雄、英雄の妻の良子《りょうこ》、息子三人に色々と手助けをしてもらうので、その事前の慰労会のようなものだった。

英雄一家との焼肉屋での食事会は息子三人がよく食べるので、それを見ているだけでお腹が一杯になり、あまり食事をした気持ちにはならないのだが、「夏バテ対策には肉！」という息子たちの希望なので、まあいいか、当日お世話になるのだからと思い、そこに決めた。

食事会では英雄の息子達はひたすら食べて、英雄はひたすら新盆供養や親戚の噂話をして、幸子と英雄の妻の良子はそれを見て、聞いて、あまり肉を食べないうちに最後のデザートが出てきて終わり、というのがお決まりの成り行きだろうと幸子は思っていた。

日曜日で水越は今日の夕食はどうするのかと思い片桐君に電話して、「今日は焼肉屋に行きます。一緒にどうですか」と聞くと、最初は断っていた片桐君も、「一番いい肉をひたすら食べるだけで、話をしなくてもいいから。私の家には本がたくさんあるから興味があったら面白いものが沢山あるけど本だけでも見てみない」とちょっとしつこく誘うと「じゃ、行きます」と言った。

南ではないけど「中高年のマダムはウザい」と思ったかもしれない。

英雄たちが幸子の家まで迎えに来るというので、片桐君を駅まで迎えに行って家で英雄たちを待つことにした。

片桐君とは梅ノ原の駅で待ち合わせ、幸子の家に連れてきた。本を見せると「沢山ありますね」と驚いた。幸子も読書が趣味だが、母親の元子もよく本を読んでいたので、個人の家としてはおびただしいほどに本があった。最初は二階の幸子の部屋に本を置いていたが、本の重みを考えて裏庭に書庫を作りそこに本をまとめていたが、そこも満杯になったので、また二階に本を置くことになってしまった。これでも、大学の勉強に必要で買い求めた本は古本屋に売ってしまっていたのだが。

本があまりにたくさんあるし、あまり時間もないようなので、片桐君は「何が良いですか」と幸子に聞いた。片桐君の年齢を考えて、広瀬正《ひろせただし》の作品のいくつかと、秋山瑞人《あきやまみずひと》の「イリヤの空　UFOの夏」、それと園山俊二《そのやましゅんじ》の漫画を何冊か選んだ。リュックサックには入りきれないので、紙袋を二重にして残りの本を入れた。「大丈夫。持てそう？」と幸子が心配すると「大丈夫です。夜、よく眠れないので。ありがとうございます」と急に片桐君があれっと思うことを言い出したので、何か困っていることがあるのかと幸子が聞こうとすると玄関のチャイムが鳴った。

幸子達が行く焼肉屋は「肉の山崎《やまざき》」という店名で、地元では有名なお店だった。店は地元に三軒あり、現在は三代目の男性三人が各々の店を任されている。元々は肉屋だった店を二代目が焼肉屋に転業し、「良い肉を適正な価格で提供する」をモットーに地元で営業してきて、現在は三軒と店舗を増やしていた。

各々の店はその店を任されている兄弟の考えに基づいて運営されているので、客層が各々違っていた。長男の経営している本店は開店当初からのままで、次男の店は質よりガッツリと肉を沢山食べたいという若者や男性向け。いつも幸子達が使っている三男の店は女性にも高齢者にも優しい店を念頭に、入り口からして女性や高齢者が入りやすいように作られていて、トイレも広い。特に食後のデザートには気を遣い、アイスクリームなどの種類も多く、味も良い。アイスクリームのみの持ち帰りもできる。

いとこの英雄には息子が三人いる。息子達が全員運転免許を取っているので、車の運転は息子達が順番に行っている。今日は長男の番のようだ。

予約席に案内され、幸子が片桐君を英雄の家族に紹介した。英雄は「太郎。次郎。三郎」

と息子達を紹介した。息子達の本当の名前は「太郎。次郎。三郎」ではないのだが、幸子の母親の元子以外の兄弟は子供が二人か三人いて、みんな結婚している。幸子のいとこの子供も二人か三人いる。母親の実家の姓名は斎藤《さいとう》だが、斎藤家を全員集めると五十人以上になる。英雄は斎藤一族の名前を全部覚えるのは無理と思ったらしく、いつの頃からか、全員が覚えやすいように息子達の名前を「太郎。次郎。三郎」と一族に紹介していた。当然のことに子供達はいやがったが、最近は祖父や祖母の年代だけでなく、叔父や叔母の世代も年を取ってきて自分の子供や孫の名前がなかなか出てこないし、言い間違えるようになってきたことからしょうがないか、と思うようになったみたいだ。

片桐君は年が近いこともあり、次郎と三郎の間に座らせた。

英雄が「片桐君、今何年生」と聞いたので、「中学一年生です」と片桐君は答えた。

「じゃ自分で注文できるね。好きなものがあったら、遠慮しないでじゃんじゃん頼んで」

全く勝手なことを、と幸子は英雄の言葉を聞いて思った。

元子が生きていた頃から英雄一家と外で食事をした時の代金は元子か幸子が支払いをしていて、今日の支払いも暗黙のうちに幸子がすることになっている。

「いらっしゃいませ。差し入れを今日も頂きましてありがとうございました」と言って「肉の山崎」の店主の山崎が幸子達のテーブルそばに立った。

「幸ちゃん、今日の差し入れはなに」と太郎が聞いた。

いくら高齢者に優しい店と言っても、幸子の母の元子は年を取るにつれてあまり肉を食べられなくなって、「何か他にないの」と言うようになった。幸子は山崎に説明して、元子用の食べ物を家から持ってくるようになった。

元子がそれを食べていると、山崎が遠慮しないで食べてくれるようにとの配慮から「それ、美味しそうですね。僕も食べたい」と元子に声をかけてきた。

元子は面倒見の良い性格で、店の人もそれを食べたいならと幸子に、お店の人の分まで作るように頼んだ。幸子はそう言ったのは山崎の配慮だとわかっていたが、元子が幸子にこうしたいと言うことがだんだん少なくなってきたこともあり、山崎には迷惑だとは思ったが母の気持ちですと山崎に差し入れを渡した。

それが意外に山崎の店員に好評で、英雄一家と「肉の山崎」で食事をする時、幸子は差し入れを用意するようになった。

「今日は巻き寿司と奮発してカツサンド。材料はすべて火が通っています。食中毒がこわいですから」

「鈴木さんの作るカツサンドは店の者はみんな大好きで、喜んでいます。いつもの席を用意しましたので、ゆっくりしていって下さい」と言って山崎は奥の方に引っ込んで行った。

幸子が黙って見ていると次郎と三郎は片桐君の世話をしっかりとやっていた。焼けた肉を皿の上に載せてあげたり、ゲームや漫画の話とか片桐君も話題に参加できるよう考えて話をしているようだった。英雄の三人の息子は他人に対する気配りが出来るので、参加させても大丈夫だと思い、幸子は片桐君を誘った。それに男の子なので、たまには肉をお腹一杯食べたいかとも考えた。

「ヒデ、人数は固まった？」

「大体。昨日、博美《ひろみ》さんがうちは四人ではなく、五人になるかもしれないと電話がかかってきて」

「博美さんって、誰だっけ」と幸子は聞いた。

「達男おじさんの長男の嫁さん。達男おじさんはいつもおばさんと一緒だから、それで二人。長男が車を出して二人を乗せて来るのだけれど、暑いから、他の人がビールでも飲んでいると長男も飲みたくなるからと博美さんが運転することになりました。それで四人。でも博美さんも酒好きだから孫に運転させると。それで五人」

「どこが問題なの」

博美が、店ではなく幸子の家で母親の新盆供養するのならば、五人で二万円包めば良いかしらと英雄に言ってきたようだ。

英雄が、それだと一人四千円ですよねと言うと、今時駅前の居酒屋ならその金額で飲み放題よと博美が言ったらしい。

「居酒屋が菓子折りのお土産付けてくれますかと言い返したら、さすがに黙っていたけど、あの分だと五人で三万円かな。おばさんは常識がない」

「どうもご苦労さまでした。でも、母さんの新盆供養で残った兄弟五人がそろうならば母さんも喜んでくれると思うから、赤字になってもいいよ」と幸子は言った。

幸子の母親の元子が亡くなって、幸子の頭はしばらく現実に対応出来ていなかったようで、母親が亡くなった以降の記憶がないところが多々ある。

いとこの英雄がすべて仕切ってくれて、元子の葬儀は何事もなく無事に行われた。

英雄は、六人兄弟の末っ子で四女の正子の長男だった。英雄の上には姉が三人いて、英雄の両親は長女と暮らしている。英雄は子供の頃から幸子の家が気に入って、一人で幸子の家に来られるようになってからも、良子と結婚し子供が生まれてからもしょっちゅう幸子の家に来ていたので、英雄の三人の息子たちも元子のことを本当の祖母のように慕っていた。

元子は一月に亡くなった。その時、元子の五人の兄弟の年齢は八十代、九十代前半だったので、兄弟たちは葬儀に少し顔を出しただけで、幸子のいとこ達が通夜、告別式に参列してくれた。

「料理の希望とかあった」

「誰だったか、たまには『梅の木』のチキンライスが食べたいと言っていたけど」

「人数分チキンライスを頼むとテーブルの上がチキンライスのお皿で一杯になるけど」

「まあ、そのことは栄《えい》さんに頼んでみるよ。他にも料理があるから、お茶碗に半分。一杯分。

どっちかなあ」

「梅の木」は梅ノ原商店街にある洋食屋で、店の一番人気はチキンライスだった。栄さんは「梅の木」の従業員だったが、「梅の木」の主人と奥さんが年を取ってきたこともあり、この頃は店全体の気配りを栄さんがするようになり、栄さんが大丈夫ですと言うとすべてうまく行くようだった。

「ヒデのおばさんは誰が連れてくるの」と幸子が聞くと、

「三人の旦那のうちの誰か」と英雄が答えた。

「お姉さんじゃないの」

「姉さんたち、おふくろが昼間居ないので、三人でどっかに出かけるって」

「おじさんはどうするの。日曜日はデイサービスお休みでしょう」

「僕もそれを言いました。三人で、そうだったと言って爆笑していました。まったく、おやじの前でそれを言うんだから、おやじも可哀相だ」

「お姉さんたち、だんだんパワーアップしているもの」

「姉さんたちは、東京都のおばさんではなく、大阪府のおばちゃん」

「母さんと一緒にヒデの実家に行くと、他の二人の姉さんたち何故か来るの」

「それはおふくろが居ないと困るからおばさんが前の日に電話をかけてきたから。それに姉さんたちは毎日実家に来ているから。不思議じゃないでしょ」

「だからいつも三軒分のお土産を用意して」

「土産も貰ったこともあるけど、姉さんたちもおばさんには一目置いていた。おばさん、頭が冴えていたからなあ。姉さんたちのたくみな言葉のバトンリレーを一言で断ち切って、『この紋所が目に入らぬか』『へっへぇー』という感じで。おばさんが来るとおやじも喜んでいた。なにしろ姉さんたちの会話にいつもおやじは口を挟めない。でもおばさんが来るとおやじに話を振ってくれて、おやじも話が出来て満足そうだった。うちの家族以外で、おばさんが亡くなったのを親戚中で一番がっかりしているのはおやじかも。『もっと光を』と言って死んでいった有名人もいるけど、おやじの最後の言葉は『もっと話がしたかった』じゃないでしょうか」

と言って肉を網の上に置いた。

「まあ、そのうち姉さん達もパワー全開になって『シュワッチ』とか言って宇宙に飛び出して行くとか、そうならないかなあ」

英雄と一番下の姉との年齢差は八歳あるので、小さい時から姉三人におもちゃにされていた。英雄がしょっちゅう幸子の家に来ていたのは姉たちに必要以上に干渉されることがいやだったせいもある。

「お父さん、デザートはどうします」と太郎が聞くと、「俺、全然食べてないんだけれど」と英雄が言った。

「僕たちお腹一杯」と三郎が言った。片桐君もデザートに入ったようだった。

「良子さんも食べ終わったの。幸ちゃんも。お皿の上には何もないか。まあいいか。じゃあ、僕はフルーツ杏仁豆腐《あんにんどうふ》」

「ヒデ、これ持っていく」と幸子はカツサンドのパックを英雄に見せた。

「何これ」と英雄が聞くと、

「片桐君が緊張してあまり食べられなかった時に持って帰ってもらおうと思って、余分に作ったの」

「それじゃ、片桐君に悪いから」と良子が言うと、「僕、お腹一杯です。それに今アイスクリーム食べていますから、大丈夫です」と片桐君が言った。

「お父さん、よかったね」と次郎が言った。

「よかった。幸ちゃんのカツサンド、美味しいし、いくつ食べてもお腹にもたれないから。片桐君、悪いね。ありがとね」

「じゃみなさん、次の日曜日大変そうですが、よろしくお願いいたします」

「幸子さん、気にしないで下さい。私や子供たちもおばさんにいつもよくしてもらっていたので。幸子さんも頑張りすぎないよう、何かあったら私たちに言って下さい」

「じゃ幸ちゃん、ごちそうさまでした」

「ごちそうさまです」と英雄が言って、いつものように勘定書きを幸子に渡した。

幸子は結婚しなかったので、幸子と母親の元子は二人だけの暮らしだった。元子は英雄一家が来ると、家の中が賑やかになると言って喜んだ。英雄と英雄の家族も元子のことを、祖母のように慕ってくれたので、ひと月に何回も幸子の家に来てくれて、幸子の家で夕食を食べることもあった。子供たちの希望で、回転寿司、ファミリーレストラン、焼肉屋と色々な飲食店に行き、元子が働いていたこともあり、元子がいつも支払いをしていた。

元子の高齢化が進んだ頃は、幸子が支払いをしていた。

元子の新盆供養で英雄一家の協力を仰ぐので、幸子はお礼の意味から焼肉代を支払った。

片桐君を駅まで送り、幸子を家まで送り、英雄たちは帰って行った。

月曜日

水越の経営するフランス料理店は、厨房と店のリフォームの期間に夏休みの期間を加えて二週間ほど店を休業する。来週はお盆に入り、母親の新盆で誰かが来るといけないので実家にいます、と幸子は先生に言ってあった。

今週の月曜日から金曜日の夕食だけ片桐君と水越を誘っていいですかと先生に聞かれたので、どうぞと幸子は答えた。

工事初日で水越は出かけたので、今日のお昼は片桐君一人だ。昨日はどうだった？　楽しかった？　と聞くと、僕は兄弟がいないので次郎と三郎が親切にしてくれて楽しかった、と返事が返ってきた。昨日はかなり焼肉を食べていたようだったので、昼はざるそばと海苔とおかかのおにぎりにして、デザートにコーヒーゼリーを出した。

食べ終えて、片桐君が帰る時に幸子はＣＤとＣＤラジカセを出して、

「これ見たことある？　ＣＤラジカセというんだけれど」

「見たことはあります」

「この人は荒木《あらき》一郎《いちろう》という歌手なんだけど」と幸子はＣＤのジャケット写真を片桐君に見せた。

「その人は知りません」

「昨日、夜眠れないと言っていたから。この人の歌聞いてみない。イヤホンもあるから水越さんに迷惑はかからないから」

片桐君がどうしようかと考えていたようなので、

「『空に星があるように』という曲が一番好きなんだけど。ちょっと聞いてみて」と言って片桐君にラジカセとＣＤを持たせた。はあと言って、片桐君はそれを持って帰って行った。

荒木一郎は幸子が若い頃に活躍していた歌手で、彼のやる気があるのかないのか、ちょっと気だるい感じの歌いかたが幸子は好きだった。彼の歌う「空に星があるように」はひたすら優しく、理由はわからないが夜眠れないという片桐君のいい子守唄になると思う。

母親の元子もそうだったが、幸子も年を取るにつれてお節介になる時があるようだ。

人数が増えるのはいっこうにかまわないのだが、水越が加わるとなるとちょっと気持ちが重くなる。水越が夕食の前に片桐君が昨日食べた分の代金を支払いますと言ったので、私のほうが無理に誘ったのでお金は要りません、と答えたのだが、なぜかはわからないが、水越の口角が少し上がったような気がした。余計に気が重くなる。

片桐君が魚は大丈夫ですというので、今が旬のアジを使い「アジの南蛮漬け」を作った。「アジの南蛮漬け、ナスの肉みそ田楽、トマトのサラダ、冬瓜《とうがん》の煮つけ」と先生の好きな枝豆、最後にお雑煮を出した。

お雑煮の中身はお餅の他に鶏肉ととうもろこし、彩りにいいかと思い枝豆も少し入れた。片桐君のお椀には鶏肉を多く入れた。

お雑煮を出すと水越が「今は夏ですけど」と言ったので、「一年中お雑煮料理」という本を水越の前において黙らせた。だからおばさんはいやなのだ、と水越がブツブツ言っている。

水越がお雑煮の汁を飲み「ちゃんと出汁は取ってあるみたいですが、雑味が少しあります。かつお節を濾《こ》すタイミングが少し遅かったみたいで。でも味はまあまあです」とほめているのか、けなしているのか。

料理とデザートの後、先生と水越にはコーヒーを、片桐君にはアイスティーを出した。

片桐君のアイスティーを見て水越が「それは何ですか」と聞いてきた。幸子が黙っていると、

「鈴木さん、それは何ですかと聞いているのですが、聞こえませんでした？　それに何が可笑しいのですか」

「これは何ですかと聞かれると This is a pen. と答えたくなって」と幸子が答えると片桐君が急に下を向いた。水越の口角がはっきり上がった。

「きれいかなと思って、フルーツアイスティーを作ってみました」

切れ端で残っていた、メロン、スイカ、夏みかんなどを小さく切ってアイスティーに入れただけのもので、普通のアイスティーよりはきれいなので片桐君を喜ばそうと思って作ったものだった。水越もプロの料理人なのだから、見ればアイスティーだとわかると思うのだが、何でわざわざ聞いてくるのか。何か思惑があるのか、とつい考えてしまった。

「水越さんも飲みますか」

「結構です」と水越が言って、また、おばさんがどうとかとブツブツ言っている。

「水越さんもフランス料理店のシェフならば、中高年の女性のお客様のことも考え、おばさんではなくマダムと言われたほうがよろしいのでは」

幸子と水越の年齢は親子ほど離れている。普段なら相手をする気にもならないのだけれど「カトレア」での南の会話を思い出して、つい言ってしまった。

ぷっと片桐君が吹き出して、慌ててティッシュペーパーでテーブルの上を拭いた。

それを見て、先生と水越は視線を交わし、水越の口角も上がらないし、口も利かない。

少し不思議な雰囲気だった。

「鈴木さんと片桐君だけがわかる話ですか」と先生が口を開いた。

片桐君が黙っているので、片桐君が捜してきた喫茶店「カトレア」のこと、店の中の様子、女店主のこと、そして南のことを、幸子は先生と水越に話をした。

「スパゲティナポリタンか、懐かしいですね。今度、私も連れていって下さい。

ここに暮らして何年も経つのですが、実を言うとあまりこのあたりのことは知らないのです。必要なものは信吉さんが用意してくれるので」と先生が片桐君の方を向いて言った。

「鈴木さんの電話みたいですよ」と水越が幸子に言った。なにか先生と水越の様子がいつもと違うような気がして、幸子は自分の携帯電話が鳴ったのに気が付かなかった。

見ると中西からのものだった。いつもの業務連絡の時間ではないので、何か起こったのかと思い、先生に失礼しますと言って幸子はテーブルを離れた。

「もしもし、鈴木ですが」

「今週の水曜日も奥様の都合が悪くて、昼食会は取りやめということで。でも、幸子さんのほうで信吉さんに用事があるのならば、信吉さんにいつもの時間に伺うよう言っておきますが」

先生の祖父の正洋は、成績は優秀だが経済的な理由で上の学校に進めない学生に奨学金の援助をしていた。それを父親の洋一郎が引き継いだのだが、お盆の頃になると援助を受けた人達が二人の仏壇にと、線香や果物等のお供え物を送ってくる。なかにはわざわざ本田家を訪れる人もいるらしく、それでお盆の前後は本田家の人達は忙しくなる。

幸子は信吉からその話は聞いていた。

信吉に伺わせる。幸子がいつも本田家を訪問する際は、手土産に先生の母親の華子が好みそうなものを持っていくので、今週はすでにその手配を幸子がしたと思ったのか、中西のいつもとは違った微妙な言い回しに幸子は内心笑ってしまった。

「時間に関しては信吉さんと打ち合わせますので、私のほうから信吉さんに電話をいたします。信吉さんにそうお伝え願えますか」

幸子が電話を終え、テーブルに戻ると他の三人は食べ終え、片桐君を真ん中にして、テレビの前のソファーに座り何か話をしていた。三人の声がいつもより小さいので内容まではわからなかった。

火曜日

先週の火曜日に食べた幸来軒のチャーシューは柔らかくて、美味しかった。本田家へ行く時の手土産にしようと幸来軒のおばあちゃんに、チャーシューを一本売ってもらえるのか聞いた。あれは亡くなったお父さんのお友達がうちの店にと作ってくれているものなので、その人に余分に作ってくれるか聞いてみます、とおばあちゃんは幸子に言った。

幸子は幸来軒のことを加山に聞いたことがある。

加山が言うには、亡くなった主人が元気だった頃は、主人の腕が良かったので、加山も食べに行っていた。その頃は今のように客がほとんど男性ばかりの店ではなく、近所の家族連れが多い中華料理店だった。幸来軒の夫婦には今厨房に立っている娘の上に息子が一人いた。よく出来た息子だったらしく、忙しい両親に代わって妹の面倒もよく見ていた。

その息子が中学生の時、交通事故に遭い亡くなってしまった。青信号で横断歩道を渡っていたのに、信号無視で進入してきた車にはねられた。その車はそのまま走り去ってしまい、犯人は見つかっていない。

夫婦は悲嘆に暮れたが、自分達がいなくなったら娘一人になると考え、今まで以上に仕事に励んだらしい。主人は真面目な人間だったので、頑張って無理をしたらしい。それで倒れてしまった。その頃は娘も厨房で父親の手伝いをしたので、娘が厨房に立つことになった。

ただ父親と腕が違いすぎて、客が離れていったらしい。その時、息子の轢き逃げ事件を担当していた警察の人達が食べに来てくれたり、何か目玉商品をとチャーシューを作ってくれたりと助けてくれた父親の友人達のおかげで、なんとか店を続けてきたらしい。

いざという時のために、主人はだいぶ高額の生命保険に入っていたし、あの店の土地を売れば母親と娘の二人暮らしならなんとかやっていけるのに、どうして二人で苦労しているのか、と訝《いぶか》る近所の人もいる。まあ他人は色々言うから。それに生命保険の話が本当か、直接二人に聞いた人はいないのだけど。たとえ聞いたとしても答えてはくれないと思うけど。

「私はこの店は私一代で終わりと考えているけど、おばあちゃんや娘さんにとってはあの店はご主人や息子さんのこともあり、思い入れが深いみたいで。息子さん、店を継ぐと言っていたみたいだから。他人にはわからないことが世間には沢山あります」と加山は幸子に幸来軒の話を詳しく教えてくれた。

　おばあちゃんから電話があって、チャーシューを一本、売ってもらえることになった。ただ、沢山の人に食べてもらいたいので今回限りです、と言われた。

片桐君に話すと、幸来軒でいいですと言うので、二人で幸来軒に行った。

　壁を見るとメニューがたくさん書かれているが、先週の冷やし中華の味は可もなく不可もなしというものなので、幸子はどうしようかと困ってしまった。日曜日の母親の新盆供養のことで気が重くなってきていたので、あまり食欲が湧かない。

　片桐君は肉野菜炒め定食にした。幸子は無難なところで醤油味のラーメンにし、量は少なめにしてもらった。醤油味のラーメンの味は普通だった。スープの味だけだったら、もしかしたら市販のインスタントラーメンのスープのほうが美味しいかもしれない。

　量は少なめにと言ったのに、普通の量のラーメンだった。幸来軒は男性客が多いので、普通盛りでも他の店より量が多いのかもしれない。片桐君に少し助けてくれるか聞くと、少しならと言うので、取り皿をもらって片桐君に分けた。幸子が貸した本のせいか、荒木一郎の歌のせいでか、よく眠れるようになったのか、以前より表情が柔らかい。

片桐君は相変わらず自分の方からは幸子に話しかけない。幸子を鬱陶しいと感じているとは思わないし、以前に比べれば、体全体から醸《かも》し出す雰囲気が柔らかくなったような気がする。でも、もう一歩片桐君に近づけない壁のようなものを幸子はいつも感じている。


今日の夕食は「中華風の野菜サラダ、鶏もも肉を焼いたもの、くらげの和えものとキュウリを添えたもの、チャーハン、デザート」。

「中華風の野菜サラダ」はひき肉、野菜に味噌等の調味料を加え練り味噌状態にし、その味噌の上に別の野菜を載せ、それをレタスで包んで食べる料理。

「練り味噌の味はまあまあですね。野菜が美味しい」と水越が言った。野菜が美味しいと言われても、農家の人が作った野菜なので、なんと答えていいのか。

水越は実家でも「ママ、この料理まあまあです」とか変なダジャレを言って母親を笑わせているのかと想像していたら、麦茶が変なところに入ってむせてしまった。

「鈴木さん、大丈夫ですか」と先生が言った。

「鈴木さんの料理のレシピはどこから探してくるのですか。インターネットですか」と水越が聞いてきた。

父親が亡くなった時、幸子は中学生だった。母親の元子は看護師に復帰して、夜勤があると夜は幸子が一人の時もある。そんな時は隣の中村夫婦、特に妻の恵子が色々教えてくれて、幸子も出来ることが増えていった。料理のレパートリーが飛躍的に増えたのは大学に入学してからだ。大学の講義の空き時間を利用して、今まで作ったことのない料理とお菓子作りに励んだ。その頃はインターネットがなかったので、幸子の先生はNHKの「きょうの料理」のテキストだった。毎月購入し、あの頃は家族四人分の分量で料理のレシピが書かれていたので、しょっちゅう中村家にお裾分けしていた。特にお菓子作りにハマった時には、中村家には二人の男の子がいて、いくらでも食べてくれるので一層楽しくなった。

テキストは増える一方だった。母親の元子が大病院を退職して、近所の個人病院に勤め、平日の夕食は元子が作るようになったこともあり、銀行に入ってしばらくして、本の購入は止めた。他の本も増える一方だったので、テキストの整理をして、一度作って評判の良かったもの、まだ作ったことはないが美味しそうなもののレシピだけを切り取り、料理、洋菓子、和菓子と大きく区分けして、料理も材料別に、洋菓子はケーキ、パイ関係、プリンとゼリーというように後で探しやすいようにファイルも色別にした。

先生にお出しする料理はそのファイルとインターネット検索で見つけたものを参考にしていた。

幸子がそう説明すると、水越が「そうですか、だから味に統一感がないのですね。練り味噌はそのテキストのレシピで少し味が濃い目、チャーハンは少し塩が足りないし、味噌汁の味つけも昨日より濃いし」と返してくる。

参ったなあ、としか言いようがない。プロが素人相手に本気を出すなんて。なんて答えようかと幸子が考えていたら片桐君が心配そうに幸子を見ていた。

「水越、ここは大学の研究室ではないから。私は鈴木さんの料理は美味しいと思います。品数も多いし、季節を考えた献立で、家庭料理なのだからこれで十分でしょ」と先生が言ってくれた。

「これでダメだとは言っていません。この次、鈴木さんが料理をする時の参考になれば、と助言したまでです」と水越が言った。

先生は幸子の母親の主治医だった。病院での先生は穏やかで、頭の良い人という印象だった。母親の元子に付き添って、家庭での元子の様子を話す幸子の言葉をよく聞いてくれて、幸子の質問にも丁寧に答えてくれた。幸子と先生は親子ほど年齢差があったが、先生がいつも大人だったので、年の差を感じたことはなかった。

幸子が先生のマンションに住むようになってからも、先生から受ける印象は変わらなかった。それに比べて水越は対応が難しい人だ。いつも神経を張りつめているようで、幸子は水越の母親ぐらいの年齢なのだから、何か気に障ったことがあっても、しょうがないなあと笑って許すぐらいの度量があってもいいのにと思うのだが、現状は幸子の方がしょうがないと受け流している状態だ。

水曜日

今日は本田家に行かないので、どうしようかと片桐君に聞くと、借りた本が読み終わりそうなので、別の本を貸して欲しいと片桐君が言った。

それなら片桐君に「梅の木」のチキンライスを食べてもらおうかと、それに先生の母親の華子に用意したチャーシューを取りに来る信吉にもチキンライスを食べてもらおうかと、信吉に尋ねると、お相伴《しょうばん》になりますと言った。

信吉の車で梅ノ原の駅まで行き、駅前の駐車場に車を止め、三人で「梅の木」に行った。

「梅の木」の店の中には客があまりいなかった。

「こんにちは、今日はお客さん少ないですね」と幸子が聞くと、

「暑いからねえ。平日の昼間は皆さん出てこなくて、その分出前が多くて大変なの」

と奥さんが答えた。

「チキンライスも美味しいけど、中華そばも美味しいの。頼めば半分ずつというのも頼めます」

「私は年なので、半分ずつでも多いかも。半分の少し少な目というのも頼めますか」と信吉

が幸子に言った。幸子がそれを奥さんに言うと「栄さん、そういうことで」と栄二《えいじ》に言った。

「わかりました。大人用はチキンライスと中華そばの半分より少な目で」と言い、片桐君の分は「彼はチキンライスと中華そばの半分より気持ち多目ですね」と言い、厨房に食器を並べ始めた。

しばらくして、チキンライスと中華そばがテーブルに並んだ。

「どうですか」

と幸子が二人に聞くと、

「美味しいですね」

「美味しい」

の返事が返ってきた。

「バラはどうですか。毎日暑くて、庭に出るのも大変では」

と幸子が言うと、

「バラは手間のかかる花で、今月は毎朝、水やりと虫がついていないかチェックしなくてはいけないのですが、私も年を取ったようで、若い頃のようにはいきませんね」

「バラはどなたがお好きなのですか。本田家のみなさん、あまり関心がないようですが」

信吉はすぐには答えず、水を飲んでいたが、

「バラは洋一郎先生がお好きで、ご自分でも手入れをなさっていたのですが、だんだん病院

のお仕事がお忙しくなってしまい、私が任されるようになりました。洋一郎先生がお亡くなりになってからは、母や私が受けた御恩に対するお礼の気持ちで、私が少しずつ増やしていったのです」と言って、また黙ってしまった。

片桐君はチキンライスと中華そばが気に入ったようで、信吉の話を聞いているとは思うが、いつものように黙々と食べている。

「最初の頃、奥様は洋一郎先生とご一緒に嬉しそうにバラをご覧になっていたのですが、洋一郎先生がお亡くなりになってからは、奥様にも色々なことがあって。洋一郎先生がご存命ならば、今頃はお友達と芝居見物やお買い物にお出かけになられたり、洋一郎先生とかねてよりご希望の世界一周のクルーズ船の旅にお出かけになられたり、と毎日楽しい時間をお過ごしになっていたはずなのに、奥様は洋一郎先生が生きていればといつも思っていられるようで。ですから、バラをご覧になると洋一郎先生のことを思い出されてつらいようで、バラを増やしたのが、良かったのか悪かったのか」

本田病院の院長が先生の祖父の正洋から、父親の洋一郎に代わった頃から、洋一郎は本田病院を大きくしようと考え始めたようだ。その頃、洋一郎は華子と結婚した。

華子の実家の上林《かんばやし》家は地元でも有名な資産家で、華子は一人娘だった。華子の父親と正洋とは以前より面識があり、洋一郎と華子がお互いに気に入ったこともあり、結婚の話はすぐ決まった。その時、華子は二十歳だった。

何年もかけて、洋一郎が病院を拡大しようと、各方面との調整、根回し、融資を得ようと金融機関との交渉も行い、ことは順調にいっていると思われていた矢先、洋一郎はくも膜下出血で亡くなってしまった。洋一郎が生きていてこその病院経営であり、拡張計画だったので、病院経営は困難な状況に追い込まれた。

その時、病院の事務局長の立場にいたのが須賀《すが》だった。須賀は元霞が関の官僚で、将来の次官候補と言われていたが、体調をこわし、医師からは今までのような無理は出来ないと言われた。そんな須賀に声をかけたのが洋一郎だった。大きくなっていく病院の事務を任せられる人を捜していたのだった。須賀は今の自分の体では九時－五時の通常勤務にも耐えられないと断ったが、洋一郎は病院を大きくしていく過程で、気が付いたことを自分に忠告してくれれば良いし、勤務時間も制限勤務にすると言った。それに役所を辞めたら現在住んでいる官舎も出ることになり、家も必要になる。洋一郎が病院の近くに須賀の家は用意するとまで言ってくれたので、須賀は病院に勤務するようになった。

洋一郎が亡くなった頃、須賀の体調は以前よりは良くなっていたが、まだ無理は出来ない状態だった。洋一郎の考えていた計画を進めるにしろ、中止するにしろ、洋一郎があまりに手を広げすぎていたため、どちらにしても沢山の資金が必要だった。

その時、華子の実家の上林家が病院に協力を申し出た。結局、病院は大きくなったが、上林家の土地、住居、美術品、宝石等はすべて手放すことになってしまった。華子の両親は上林家の財産はすべて一人娘の華子に相続するつもりだったので、今まで住んでいた家を売り払い、ほとんど無一文で華子と一緒に住むことになっても、最後の瞬間まで一人娘と居られてありがたい、と言って悠然としていた。

華子のほうは洋一郎を失った喪失感、すべてを失った両親に対する悔恨の気持ち、体調の悪い須賀だけに病院を任せることは出来ず、様々な関係者との慣れない折衝等、色々なことが重なりすべてが終わった時には華子の精神は少し変調を来たしていた。

信吉は運転手として華子と行動を共にしていたので、華子の様子をいつも心配して見ていた。いまの華子の状態だとバラ園をどうしたら良いのか、信吉が悩んでいることを幸子は知らなかった。

信吉は話が暗くなってきたと思ったらしく、「勝子さんからお土産を買ってくるように言われました。梅ノ原は高級住宅地だから美味しいスイーツの店がたくさんあるみたいだと言っていましたが、何かありますか」と話を切り替えた。

「駅の向こう側に美味しいケーキ屋さんがあります。ケーキは少し小さいわりにはお値段が少し高いのですが、それでいいのならば」と幸子は答えた。

食事が終わったあと、三人でケーキ屋に行き、信吉はケーキと、人にあげるからと言って焼き菓子の詰め合わせを買って帰って行った。

幸子の家に行くと、中村夫妻はどこかに出かけたのか、二人とも家にいなかった。

幸子が小学生の時、母親の元子が「少年少女世界名作全集」という児童書の定期購読を幸子のためにしてくれていた。出版社は忘れたが、赤い装丁の本で幸子は毎月楽しみにしていた。

中学、高校の時の幸子はあまり本を読まなかった。再び本を読み始めたのは、大学生になってからだった。それで、中学生の片桐君が、読んだことがなくて興味を持てそうな本が、幸子の蔵書にはあまりなかった。

ロビン・ホブの作品、テリー・ブルックスのランドオーヴァー・シリーズ、アーシュラ・K・ル＝グウィンの「ゲド戦記」、小松左京、筒井康隆の本を何冊か選んで、幸子は片桐君に渡した。筒井康隆は「七瀬ふたたび」「時をかける少女」の作品で有名だが、幸子が大学生の頃夢中で読んだのは二作品のように若い女性が主人公の作品ではなく「俗物図鑑」のような、幸子の記憶ではグロテスク、ナンセンスな作品だった。

今日の夕食の献立。

「酢の物、豚肉とトウモロコシ、グリーンピースの炒めもの、ポテトサラダ、ドライ・カレーと先生のお好きな枝豆」である。

枝豆は大谷家の知り合いの農家の方が作っているものだった。幸子は居酒屋の突き出しで出てくるものでしか枝豆を食べたことがなかったので、大谷君の兄がくれた枝豆の美味しさに驚いた。それで先生にもと夕食の時に枝豆を出したところ、先生は大変気に入ったみたいだった。

ワルツの三拍子のようだった。一拍目で枝豆を取り、二拍目で枝豆をさやから外し、三拍目で豆を口に入れる。先生はそうやって次から次へと枝豆を食べていた。

それを見ていたのは、幸子だけではないようで、幸子の隣に座っている水越も気が付いたようだ。あんなに夢中になって枝豆を食べる本田を見たら、本田家のお手伝いさん達はどう思うだろう。本田は手間ヒマかけて丁寧に作った料理を淡々といつも食べている。枝豆に負けるとは、泣きたくなるだろうなあ、と水越は思った。

先生の実家の本田家にも枝豆を送ったが、特になにも言ってこない。

幸子が先生に出した料理の献立表を見せるように中西が言ってきて、本田家に行く際は献立表を書いて持っていっていた。

栄養のバランスを病院の栄養士にチェックさせるためかと、幸子は考えたのだが、献立に関してなにか言われたことはなかった。

先生の母親の華子は幸子との昼食会を喜んでいるとは思えず、先生のマンションで先生の食事を作っているのも、母が亡くなった頃の記憶が欠けていることもあり、よくわからないことが多くて、幸子も困惑するばかりだ。

先日、母親の新盆供養を行うので、そろそろ今後のことを梅ノ原の家に戻って考えたいと幸子は先生に言ってみた。先生はわかりましたと言って、でも片桐君の夏休み中の昼食を幸子にお願いしているので、引っ越しは出来たら九月に入ってからにお願いできますか、と先生から頼まれた。

それで、九月の初めに鷹羽のマンションの荷物を持ち出して梅ノ原に帰ることにした。梅ノ原の家に帰ったら、先生にも華子にも、もちろん水越にも会うことはないような気がする。

幸子は母親の死のショックで放心状態になったが、先生の食事を作るという仕事があったので、なんとかここまでやってこられた。もし何もなかったら、立ち上がることが出来ず、どうなっていただろう。母を亡くした喪失感がなくなることはないが、取りあえず他者との交流、社会的な生活は営むことが出来るようになったので、わからないことは多いが先生と本田家の人達には「助けて頂きまして、ありがとうございました」の心境だ。

木曜日

「吉岡」の主人夫婦の二人の息子は、二人とも料理人になった。長男は京橋でステーキハウスを営み、次男は関西の老舗《しにせ》日本料理店で修業をしている。

ステーキハウスのオーナーは別にいる。将来はその店を自分の店にするために息子は妻と一緒に頑張っていた。日本橋、京橋には老舗の店が多く、その店の主人たちの贔屓《ひいき》を得て、商売は順調に行っていた。

お盆になると、夫婦と二人の息子は夫婦の故郷の静岡に帰省していた。

長男は休みの前には食材の整理をするので、夫婦を店に呼んで四人で食事をしようと思った。

その食事会に幸子と片桐君に一緒にどうか、と「吉岡」の女将が声をかけてくれた。

本田家から貰ったものや、大谷君の知り合いの農家が作った野菜を、幸子が「吉岡」にお裾分けしていたお礼とのことだった。ステーキハウスに興味を持ったのか、片桐君が行くと言うし、「吉岡」の主人夫婦と一緒なら話題に困ることはないと思い、幸子はその招待を受けることにした。

今日の夕食の献立。

「アスパラや野菜を豚バラ肉で巻いて焼いたもの、トマトのサラダ、白和え、とろろかけご飯、デザート」

思っていた以上にステーキハウスの肉が美味しかったので、幸子はいつも以上に肉を食べてしまった。肉もそうだが、エビなどの海産物も美味しかったので、片桐君もいつも以上に食べた。それで夕食は軽めの献立にした。

「ステーキハウスはどうでしたか」と先生が聞いてきた。先生には片桐君をステーキハウスに連れて行く話をしていた。

幸子が店の様子や肉も海産物も美味しかったと先生に説明していると、「ステーキハウスですか、どこの何という店ですか」と水越が言った。

京橋という地名とステーキハウスの店名を幸子が水越に答えると、「いくら払ったのですか」と水越。

幸子が支払った金額を言うと、「いくら招待されたといってもその金額では非常識すぎる。あそこは近頃評判の高級ステーキハウスですよ」と水越は幸子に強い口調で言った。

「大丈夫です。埋め合わせは考えて、それで良いとステーキハウスのご主人と奥様は喜んでくれました」

「なんですか、埋め合わせって」

「水越さんの名刺を置いてきました」

ステーキハウスの主人夫婦の趣味は食べ歩きとのことで、高級フランス料理店として料理人の中でも有名な水越の店にも何度か電話をかけたが、いつも予約が取れなかった。いつか水越の店で食事をしたいと二人で思っていたようだ。

片桐君が水越の家に同居しているので、片桐君の名前を出せば融通を図ってくれると幸子は言って、水越の名刺を夫婦に渡しました、と水越に説明した。

水越の口角が上がった。片桐君は困ったなあという顔をしていた。

「それは良い考えだ。片桐君もたくさん食べたようだし。水越、そうしてあげたら」と先生が言った。

「わかりました。でもうちの店を利用するのは今回限りにして下さい。うちの店は常連さんが多いので、係の人はいつも断るのに苦労しているのです」

水越は、おばさんはという、いつものブツブツを今夜は言わなかった。その代わり「片桐君はどうだったの、美味しかった」と片桐君に優しくたずねた。

冗談を言ってみただけだった。ステーキハウスの主人夫婦の趣味の食べ歩きは本当だった。その話の中で水越の店の話も出て、予約が取れないというのも本当だ。幸子はなにかしてあげようかとは思ったが、水越とはそれほど親しい関係でもないし、九月になって先生のマンションを出たら、水越と会うこともないと思っていたので、黙っていた。

幸子の冗談が下手なのか、水越が店のことなのでむきになったせいか、また、水越を怒らせたようだった。でも片桐君がいつになく多弁で、先生と水越はそんな片桐君の話を熱心に聞いていた。

片桐君の表情が明るくなるようなことがあると、先生と水越は嬉しいようだった。

金曜日

台風の影響で午後から雨、風は強くなるらしい。片桐君にそれを言って、今日も出かけるのかと幸子が聞くと、用事があるので出かけますと。今日は「カトレア」に行きたいとも言うので、二人で「カトレア」に行った。

店の中には南一人しかいなかった。

「こんにちは。今日はお一人なのですね」と幸子が聞いた。

「台風が近づいているので、みなさん家にいるようです。今日はご飯があるので、おにぎりが出来ますが、奥さんどうなさいますか。坊ちゃんはどうします」と女主人、歌子が二人に聞いた。

片桐君がおにぎりで良いというので、二人はおにぎりを注文した。それと片桐君はメロンクリームソーダで、幸子は日本茶を注文した。歌子がカウンターの奥に引っ込むと、

「昼間来る客は中高年の女性ばかりなので、杖を使っている人が多いのです。杖をついて、荷物を持って、傘を差すというのは無理だし、その上、風が吹いてバランスでも崩したら、救急車を呼ぶ騒ぎになりかねないので、今日みたいな日は、カナリヤさんがみなさんに連絡して、お休みにしています」と南が言った。

「南さんはいつも何をしているのですか」と幸子が、教科書、はさみ、ペン、マジック、のりなど文房具で溢れた南の前のテーブルを見ながら言った。

「まあ、参考書のようなものです」

「カトレア」の店主、歌子の知り合いの植木屋の娘の子、つまり孫はひどい勉強嫌いだった。夫婦喧嘩が絶えない家庭で、家の居心地が悪かったのか、昼間はほとんど家に居ることがなかった。悪い友達とつるんでいたわけではなかったようで、警察に補導されることはなかっ

たが。当然ながら勉強に身が入らず、完全に落ちこぼれ状態だったのが、急に勉強をする、空師《そらし》になる、と祖父である植木屋に言った。

空師というのは高い木の枝や幹を切る職業で、林業と違って切り出す対象の高い木は山の中でなく、町中にあることが多い。日本でも三十人前後しかいない、あまり人に知られていない職業だ。知り合いの空師が近くで仕事をするというので、植木屋は孫を連れて見学に出かけた。植木屋の仕事はチマチマと木を切っていて男らしくない、と言っていた孫が空師の仕事を見て大分興奮したようだった。孫は祖父に、すぐ学校を辞めて空師になると言ったが、その空師は、高校を卒業した段階で気が変わらなかったらおいでと言った。

この仕事はチーム・ワークが大切なので、作業内容が相手に正確に伝わるようにちゃんとした日本語が出来ないと困る、と付け加えた。学校ではしっかり勉強してきてくれと言って、その空師は植木屋の方を向いてにんまりと笑った。

勉強する気になったのは良いが、何から手を付けたら良いかわからなかった。中学生になっていたので、小学校低学年の教科書はなんか馬鹿馬鹿しいし、かといって小学校高学年の教科書、特に国語の読み書きは出来ないし、算数は問題が解けない、なにしろ九九が満足に言えないのだから。

それで、植木屋が顔の広い歌子に相談した。良い先生はいないかと。歌子はすぐ南を思い付いた。歌子は「南は東京大学を卒業しているのだから、勉強なら任せて、大丈夫」と植木屋に請け合った。

「参りました。暴走するマダムを誰か止めてくれないかとその時は思いました。でも、その男の子と会って、彼が空師の仕事の格好よさを熱く語るのを見て、若いっていいなあと思いました。もう自分が何かを熱く語ることなどないだろうし、東大入学は無理だとしても、取りあえず授業がわかるくらいならなんとかなるかと。学校の授業で国語と数学さえ理解出来るようになれば、あとはなんとかなるかと。これは数学の問題集です。ゲーム・ソフトの主人公のようにゴールを目指す道筋に色々な問題を配置して、出来ない時のためにその問題の攻略本をつけています」

南は我を忘れたように問題集の話を熱く語った。

「お待たせしました。おにぎりとお味噌汁、おにぎりだけだと元気が出ないでしょうから坊ちゃんにはハムエッグを付けましたから。これはおばさんからのサービスよ」

「おばさんではなく、おばあちゃんでしょう」二人の言葉の応酬が始まるかと思っているとカランカランと呼び鈴が鳴った。

「遅くなりました」と言って、中学生くらいの男の子とその子の父親と思われる男性が店に入ってきた。

「ありがとうございました。若い人が来たので、みなさん喜んだでしょう」と歌子が二人に声をかけた。

「これ全部、おばあちゃんたちに貰いました。いらないと何度も言ったのに、持っていけ、持っていけと何度も言うので、これ歌子さんにあげます」と中学生くらいの男の子が歌子に言って、テーブルの上にペットボトルの飲料水やお菓子の袋を置いた。

中学生くらいの男の子は南の孫で智也《ともや》、その父親で南の息子の名は雅之《まさゆき》だと、歌子が幸子と片桐君に紹介してくれた。

「お天気が悪いから、みなさんはお家にいらっしゃることにしたのですが、お昼はお一人の方もいらっしゃるので、おにぎりを届けようかと思ったら、二人が行ってくれると言うので、お願いしたの。これは智也君が貰ったものだから、お駄賃だと思って家に持っていって」

と言って歌子は飲料水等を智也の方に置いた。智也がどうしようかと南と雅之を見ると

「智也、貰っておきなさい」と南が言った。

「いつも父がお世話になっているので、何かあったら声をかけて下さい。智也と私で出来るだけのことはやりますから」と雅之も言った。

「南さんはお幸せね。優しい息子さんとお孫さんがいて。そうそう、お昼ご飯が遅くなってしまって、みなさんお昼は何を召し上がりますか」

「お父さん、これ間違えているよ」と智也がビニール傘を見せながら雅之に言った。

「本当だ。これ、うちのじゃない。どこで間違えたんだろう」

「ビニール傘なんかどれも一緒だから、別に構わないよ」と南が言うと、

「うちの傘は一か所ビニールと骨を糸で結んでいるから、糸が切れたらおばあちゃん困るよ」と智也が言った。

二人はオムライスを注文して、間違えた傘を持って出かけて行った。外をのぞきながら、「午後からお天気が悪くなるようなので、智子《ともこ》さん早く帰ってくるといいですね」と歌子が言うと、

「今日はむこうに泊まるみたいだよ。お天気がひどく悪くなったら、あぶないからむこうに泊まるように雅之が智子さんに言ったみたいだから」

「今日は智子さんのご実家で、何があるのですか。こんな日にわざわざ出かけるなんて」

「なんだろう、詳しい話は聞いてないから」

「雅之さんと智也君も優しい人におなりで、これで奥様が生きていらしたら、もっと良かったですのに」

「しょうがないね。病院の先生も頑張ってくれていたのだけれど、最後は薬がなくなってしまって。君子《きみこ》も雅之も楽しかったと言っているのだけれど、二回も地方に飛ばされて。何回も引っ越し作業をさせて、君子には苦労をかけました。もうしばらくして、君子に会ったらあやまろうと思っています」

南は東大を卒業して、一流企業に入社した。しばらくして見合いの話が持ち上がったが、愛嬌はあるけど、お世辞にも美人とはいえない見合い写真の女性が君子だった。

間に入った人への義理から、断るつもりで南は見合いに臨んだが、なぜか君子と結婚することになった。君子と結婚して、息子の雅之が生まれた。南は仕事はよく出来たのだが、思ったことを口に出し、上司を上司とも思わない態度だったので、二回ほど地方の支店に飛ばされた。南が支店に飛ばされるたびに、最終的には社長、会長になった清水《しみず》が南を東京本社に呼び戻してくれた。

二回目に東京に呼び戻された頃、妻の君子の病気が発覚した。その病気の専門医が東京の病院に勤務していた。君子の病気の治療のため東京を離れたくない一心から南は口に封印をして、口数の少ない会社員として勤務し続けた。その頃君子の病気の治療薬は開発途上で、完全ではなかった。ある薬を飲み、それが効かなくなると別の薬が処方される、ということを繰り返していたが、最後には薬がなくなってしまった。

君子が亡くなってからは、南は父親として頑張ってきた。雅之が智子と結婚して智也が生まれ、智子が仕事を続けていきたいというので、取りあえず年金の受給資格が出来たこともあり、南は会社を退職した。それからは南が智也の育児担当になった。サラリーマンはもういいと思ったようだ。

ドアの呼び鈴が鳴って、「あの傘は吉沢《よしざわ》さんの家のものでした。ビニール傘はみんな同じなので時間がかかってしまいました」と言いながら、雅之とその後ろから智也が入ってきた。

「お腹空いたでしょう。オムライスたくさん食べて下さい。今南さんと、南さんが地方に飛ばされた話をしていたの」と言いながら、カナリヤさんは雅之には麦茶、智也にはメロンクリームソーダを出した。

「そうですか、父は不満のようでしたが、私と母はそこでの暮らしを楽しんでいたのですが。海が近いせいか、食べ物は美味しいし、安いし、それにみんな親切で友達は良いやつが多くて、東京に戻らずここでずーっと暮らしてもいいと母親と話をしていたのです」

南は何も言わず、雅之の話を聞いていた。

「うちは両親の仲がとても良くて。子供にとっては父親と母親の仲が良くて、家庭が明るければ、どこに住んでも良かった。だから、母が入院してからの父は可哀相でした。元気がなくなって、病院に母の見舞いに行くたびに、母が〝お母さんに何かあったら、お父さん元気をなくすと思うから雅之、お父さんを支えて〟。母が亡くなったら、私もガッカリするのに、変でしょう。中学生の子供が父親をサポートするなんて。

母の最期の頃の父親は子供の私からも見ても心配な状態で、眠れないようですし食欲もないようで、いつ倒れてもおかしくない様子で。母が亡くなった時には放心状態でボンヤリしていました。だから母に言われた通り、母の葬式の時には父親が倒れないよう、私は父のそばを離れませんでした。父の見守りをしていました」

「そうか、君子の葬式の時、雅之が私のそばを離れなかったのは君子が亡くなって不安になったのかと思っていたんだが、そういうことか。不肖の父親で申し訳ありませんでした」

「いいんですよ、お父さん。お母さんと約束したのですから、困ったことがあったら、なんでも息子の私に相談して下さい」と冗談めかして、雅之が答えた。

そのあとも南と妻の君子の話で、場が盛り上がっていた。


食事が終わって、南たちの話もあらかた聞いたので、幸子と片桐君は「カトレア」を出た。幸子がきょうも出かけるのと聞くと、片桐君は用事があるのでと答えた。地下鉄の入り口に向かった。地下鉄の入り口で「どんなに大切に思っても死んでしまうのですね。南さんや信吉さんは頑張ったのに、やっぱりみんな死んでしまうのですね。それなら、最初から一人のほうが良いですね」と片桐君が言い出した。

幸子は地下鉄の階段を下りていく片桐君の腕を摑んで、

「片桐君、誰にも会わなくていいの、たとえ自分の命を削ってもその人の命を守りたいと思う人に会わなくていいの。誰も愛したことがなくて、自分の心にも、自分の手元にも大切な宝物がなくて、たとえ人生なんか意味がないとうそぶいている人だって、人生を彩ることは拒否しないと思うけど。病院で表情もなく車椅子に座っているおばあちゃんで、他の人から見たらボケ老人かもしれないけど。そんな母親でも、あの人が私の母親で良かったと思っている。あの人に会えて良かったと思っている。会えるものなら、また会いたいと思っている」

幸子は自分の声がふるえていることに気が付いた。片桐君は真剣な表情で幸子を直視していた。急に我に返った。

「夏の花粉症かな。鼻水が出てきたみたい。水越さんだったら『おばさんはだからいやなんだ。季節まで間違えている』と言いそう」と言って片桐君の腕を離した。

「お金まだ持っている？　何かあったら、タクシーで帰ってきなさい。じゃ、気を付けて」

片桐君はうつむきかげんに階段を下りていった。幸子はハンカチで鼻水をふき取り、子供相手に本気で熱くなってしまったと思った。何しているのだろう、私は。

土曜日
金曜日の夕食も作る予定だったが、いとこの英雄から電話がかかってきて、金曜日の夕方は梅ノ原の家にいるようにと言われた。幸子の家にもテーブルとイスはあるが、高齢の叔父や叔母の席を作り、叔父や叔母の席の間にいとこの誰かが彼らの世話をするための席を設けるので、イス等が足りない。英雄がそれらを無料で借りる手配をしてくれた。土曜日の午前中に幸子の家に持ってきてくれる予定だったが、都合が悪くなったので、金曜日の午後に搬入すると言ってきたらしい。金曜日の午後は会議があるので、英雄は梅ノ原には行かれない。幸子が家で待つことになった。先生に相談すると、水越がいるから大丈夫です、と簡単に言われた。念のため、カレーを作って冷蔵庫に入れてきた。その他にサラダ、冷やっこ、デザート、それに先生の好きな枝豆をたくさん茹でて、それらも冷蔵庫に入れた。

朝、岸本の家に行って、簡単な掃除をした。それから両親の墓に行って、草むしりと墓石を掃除した。墓には毎月来ているのだが、雑草の成長が早く、このところ毎月のように幸子は草むしりをしている。

昨日、片桐君に言ったことが頭から離れない。確かに介護は空しいと言える面もある。母親の元子の具合が悪くなるたびに、幸子は病院に連れていった。脳神経内科、内科、循環器科、呼吸器内科、耳鼻咽喉科、眼科、皮膚科と、元子は病院のほとんどの科を受診した。でも元子の老いを止めることは誰にも出来ない。病院を受診しても、薬を飲んでも元子の老いを、死んでいくのを止めることが出来ないと実感した時、幸子は絶望し、虚無感にとらわれた。

結局、元子は老衰で亡くなった。でも、時間が巻き戻され、同じスタートラインに立てば、結果はわかっていても、また同じことをすると幸子は思う。もう一度、母親に会いたいという気持ちが他の気持ちを凌駕《りょうが》するように思う。マザーコンプレックスなのか。
十二、三歳の子供に熱く自分の気持ちを吐露するなんで、結構恥ずかしい。この次会った時は、そんなことありましたかという顔で面の厚いおばさんになろう。

月曜日

昨日の母親の新盆供養はまあまあという感じで終わった。疲れた。

幸子は朝の五時に起きて食事の用意を始めた。親戚一同が食中毒になると大変なので、原則、料理は火を通したものにした。酢豚、エビチリ、青椒肉絲《チンジャオロース》を作った。

前の日に、当日揚げる、春巻き、串カツ、コロッケ等の下ごしらえをしておいたので、当日、幸子はずーっと揚げ物を揚げていた。午前九時頃には英雄たち五人も幸子の家に到着した。叔父や叔母たちが到着するとテーブルの上には料理が並べられ、冷たい飲み物が入ったコップも置かれ、それに取り皿、箸が置かれたのでテーブルの上はかなりごちゃごちゃしていた。「梅の木」のチキンライスの皿もあって、幸子は作り過ぎたかと思った。

それでも、幸子、英雄一家、それに母親の五人の兄弟とその子供たちと合計でも二十人近くいたので、お皿は次々と空になっていき、幸子は揚げ物用の中華なべの前から離れることが出来なかった。

エアコンは点けていても人の多さと油の温度のせいで、熱中症になりそうだった。

幸子の揚げた揚げ物を皿に盛り付け、空いてしまった皿を片付け、その代わりに揚げ物の皿を置き、片付けた皿を素早く洗い、布巾で拭くという作業を、良子は幸子の隣でひたすら繰り返していた。さすが、だてに動きの激しい男の子を三人も育てていない、と幸子は汗を流しながら良子の動きを見ていた。

母親の元子の五人の兄弟の食事の世話はいとこがする予定だった。酒が入って、話に夢中になると誰もそれをしなくなったので、英雄の三人の息子が叔父たち五人の世話を最後までしていた。英雄はまあそうなるだろうと思って、息子たちにも言い含めていたので、息子たちもそのように対応したようだ。夏の暑さか酒のせいか、途中で寝てしまった人もいたが、母親の元子の兄弟は久しぶりにみんなで会い、話をし、たくさん笑って満足して帰って行った。

運転手としてついてきたはずが、暑くてついビールを飲んでしまったといういとこもいて、それも想定内だったので、英雄の息子が車を運転して帰って行った。

料理は隣の中村夫婦の分と、要望があった英雄の実家の分も作った。

疲れたので今日は帰る、と言って英雄たちも帰って行った。「良子さんと息子たちのために、あとで慰労会をお願いします」としっかり英雄には言われた。「なんでも、お望みのままに」と幸子は答えて玄関を閉めた。

母親の一周忌は冬なので、いとこたちを呼んでどこかの店でやるだろう。取りあえず、母親も久しぶりに妹や弟に会って良かったと思ってくれればいいのだけれど。

火曜日

「幸ちゃん、疲れはとれたかい」と年男が言った。

「まあまあですね。それよりお盆休みには息子さんたちと、どこかに行かれたのですか」

「お盆はどこも混んでいて、息子たちが遠出はしたくないと言って。それより、井《い》の幡《はた》の駅の奥の方に健康ランドがあるの。幸ちゃん知ってる」と恵子が言った。

井の幡というのは梅ノ原より三つ先の駅である。

「健康ランドには行ったことがないので。何があるんですか」

「大きなお風呂と食事処があるくらいかな。なんとかいう大衆演劇の人が来て、芝居と歌謡ショーをやるみたいで、お母さんが行きたいと言ったら、息子のお嫁さんたちも見たことがないので一度見に行こうかと。それで明日はみんなで行くことになった」と年男が幸子に言ったが、あまり行きたそうには見えなかった。

「お父さんはあまり乗り気ではないのだけれど」

「わかっております。お風呂に入って、お腹がいっぱいになったら、仮眠室でゆっくりしていますから、ご心配なく」

「息子たちが連れて行ってくれるという時は、ありがたいと思って行かないと。それより幸ちゃん、息子たちから聞いている?」

「何のことですか」

「幸ちゃんの家のこと」

中村夫婦には双子の男の子がいる。幸子とは一回り以上年が離れてはいるが、子供の頃から幸子の家にも遊びに来ていて、幸子の母親の元子も双子を可愛がっていた。

二人とも結婚して、別の場所に住んでいた。子供も独立し、中村夫婦が高齢になってきたので、両親と同居しようと双子夫婦四人が言ってきた。中村夫妻が現在住んでいる家では三家族、六人が住むには部屋数が少ないし、使い勝手が悪いので、現在の場所に家を新築したい。出来たらもう少し土地が広いほうが理想的な家が出来る、と双子夫婦は考えたようだ。

母親の元子が亡くなり、一人になった幸子には今の家は広いし、幸子の家の築年数はかなりのものなので、耐震強度の点からも、建て替えの時期を迎えている。それで、幸子の家の土地の一部もしくは全部を中村家に売ってもらえないか、という話を恵子は言っているようだった。

「お母さん、その話はあとにしたら。元子さんの一周忌も済んでいないし、幸ちゃんも今後のことを考える時間も必要でしょう。それに私たちもそれでいいのか、よく考えないと」

「お父さんは反対なのでしょ。息子たちとの同居に」

「反対とは言っていないよ。ただ、男の井戸端で聞いた話では、子供たちと同居してみると生活のリズムや食事のことなどが問題になるみたいだ。息子たちが結婚、独立してから二十五年以上経っている。その間三家族は別々の暮らしをしていたわけだから、起床時間、食事の時間、はたまた入浴時間と三家族で同じということはないだろう。そうすると、世話をしてもらっている私たちが我慢をすることになる。私たちが年老いれば、息子たちとの食事の好みも違ってくるし、息子たちの気持ちはありがたいが、結局お互いに無理をすることになると思うと、どうしたものかと、迷っているだけだよ」

「お父さん、変なところ律儀なんだから。先のことも寿命も誰にもわかりません。だから、こういうことは出たとこ勝負ですよ」

「難しい問題ですね。土地の件は息子さんたちから正式には聞いていませんし、私の今後のこともありますので、正式にご要望があっても時間をいただかないと答えを出せないと思いますが」

「幸ちゃん、ごめんなさいね、気が急《せ》いてしまって。本当は家を建て直して六人で住んで、隣に幸ちゃんが住んでいるというのが一番良いのだけれど、幸ちゃんは私たちの好みをよく知っているから。それならお父さんも安心でしょう」

「お母さん、それは虫のいい話だよ。幸ちゃんには幸ちゃんの人生がある。すまないね幸ちゃん、元子さんが亡くなって、次は自分たちの番かと少し気弱になったようで、年は取りたくないものだ」

「お茶、入れ替えましょう」と幸子は台所に向かった。

　年男と恵子が帰ったあと、以前とは違って二人の来訪に気が重くなっていることに幸子は気が付いていた。

　九月になって幸子が毎日家に居ると、いつものように二人がやってくるであろう。母親の元子が生きていた時は、二人も四人も同じだと思い、年男や恵子の昼食、おやつ、夕食などの用意をしていたが、元子が亡くなって、今後のことを考えたいと思っている幸子にとっては、二人の毎日の来訪は気が重い。父親が亡くなり、元子が看護師として働き始めた時、幸子は中学生だった。夜勤で家にいない元子に代わって、二人が幸子の面倒を見てくれた。そのことを思うと、自分は薄情者なのかと思い、二人に対して罪悪感を覚える。

幸子の家は梅ノ原の駅から近いし、駅前商店街が充実しているので、日用品の購入に困ることはない。近くに新宿や渋谷のデパートもある。幸子が住んでいる梅ノ原は高齢者にとっては暮らしやすい街だとは思う。一人になって、最後はどこに暮らすのか。年男や恵子だけでなく、幸子もそろそろ考えなければならない年齢になったようだ。

水曜日

今日は和《かず》ちゃんの家に行く。鈴木《すずき》和子《かずこ》は幸子の二年後輩だ。新入社員だった和子の指導員が幸子だった。和子は京都の大学を卒業して、専攻は日本史だった。頭の切れる、ハッキリとした物言いの女性で、仕事は積極的に行うが人前で話すのは苦手という、その頃の幸子となぜか馬が合って、国内、海外とあちこち二人で旅行に出かけた。

和子は大学で学んだこともあり、古墳時代、飛鳥時代、奈良時代と歴史の知識を豊富にもっている。入行時に行員食堂で食事を取っていると「おくらが」と急に和子が言い出した。

今日の定食にオクラはなかったので、「オクラ?」と幸子が言うと「山上憶良《やまのうえのおくら》」の話を和子は始めたこともあった。

ただ、和子と奈良、京都に旅行に行くと、和子が神社仏閣、遺跡などの説明を長々と始めるので、聞いているのも大変だった。

明日香村で石舞台を見るとまた歴史の授業の一時間目が始まった。古代遺跡を見ても、「来た。見た。帰ろう。お昼どうする」の口だった幸子にとっては大変な時間だった。

そのうち国内旅行から海外旅行へと転じたので、楽しい思い出だけが今はある。

今朝早く、和子から電話があった。和子の父親の紘一《こういち》が昨日の夕方の散歩中に体調が悪くなった。道に面した家の人が紘一に気が付き、紘一を介抱してくれて家まで送ってくれた。

少し暑さにやられただけだとは思うが高齢ということもあり心配なので、今日時間があれば見守りして欲しいと。和子は還暦も過ぎて、現在は嘱託として事務処理相談室で各店からの事務の取り扱いについての相談を受けていた。お盆の頃は休みを取る人が多い。自分が抜けたら、営業店からの電話を受ける人がいないので休めない、と和子は言った。

紘一の妻の百合子《ゆりこ》はすでに亡くなっていて、和子は紘一と二人で中央線沿線の国立《くにたち》に住んでいる。

あらかじめ紘一にはお昼頃伺う、と電話をしておいた。若い頃から和子の家には何回も遊びに行っていたので、幸子は紘一とも親しくしていた。

「こんにちは。お加減はいかがですか」

「すいませんね。和子は大げさなのですよ。ちょっと暑さにやられただけなのに」

「動けなくなって座り込んでしまった、と聞かされたら和ちゃんでなくても驚きますよ。これが自分の母親でしたら、母親が働いていた病院の先生にすぐ往診を頼みます。でも、親切な人に出会って良かったですね」

「私が家の前に座り込んでいたら、ちょうど犬の散歩から帰ってきたその家の奥さんが、私に声をかけてくれて。ご主人が家の中まで支えてくれて、奥さんが冷たい麦茶を出してくれて、冷たいタオルを首に巻いてくれました。あれは気持ち良かった。そのうえご主人と奥さんが家まで車で送ってくれて。和子と休みの日にお礼に伺わないといけませんね」

「それは和ちゃんも言っていました。それより、お昼はどうしますか。和ちゃんがおじさんの具合がよければ食べるかもしれないと言っていたので、デパ地下で鰻を買ってきましたが。鰻お好きですよね」

「鰻ですか。鈴木さんの分もあるのですか」

「私は鰻よりざるそばを食べようかと、コンビニでざるそばを買いました」

「それでしたら、私もざるそばで。和子は鰻が好きなので、夕食に和子に食べさせてもいいですか」

「鰻は二人前ありますので、二人で召し上がって下さい。飲み物は何がいいですか。色々あるみたいですが」と幸子は、冷蔵庫の中を見ながら言った。

「じゃ、麦茶をお願いします。すいません、本当は私がやらなければいけないのですが」

「この家の台所のことは良くわかっていますから、気にしないで下さい。それから、水羊羹も買ってきましたので」

「和子にも、鈴木さんのような女の姉妹がいたら良かったのに、と思いますよ。私がいなくなったら和子一人になるし、私の高齢化が進んで和子の手間がかかるようになるのも可哀相だし、この頃色々と考えます。鈴木さん、和子のことよろしくお願いいたします」

十年ぐらい前の幸子だったら、「大丈夫です。安心して下さい」と元気に答えられたのだが、自分も年を取っていくことを考えると紘一にどう答えてよいか、幸子は困ってしまった。

「うちの隣の中村さんの奥さんが〝先のことはわからない。寿命のことは出たとこ勝負〟と言っていました」

「そうですか。出たとこ勝負ですか、いざとなると女の人の方が強いですね」

しばらくぶりに紘一に会ったが、以前より食事の量が少なくなったようで、ざるそばをかなり残していた。それに身だしなみに気を遣わなくなったのか、髪の毛が伸びていて、少し乱れていた。年を取って体力が落ちると気持ちの踏ん張りも衰えていくようだ。

紘一は、水羊羹も半分ぐらいで食べるのを止めてしまった。

「コーヒーお好きでしたよね。美味しいコーヒーをもらったので飲んでみますか」

「コーヒーですか、良いですね。お願いします」

幸子は加山珈琲店で購入したコーヒーを入れて、紘一の前のテーブルに置いた。

「美味しい。和子にコーヒーを頼むとインスタントコーヒーばかりで、飲む気にもなりません。百合子がいたら、と思います。でも和子には言わないで下さい。和子も和子なりに頑張っているので」

和子の母親の百合子は料理好きでレパートリーも広く、幸子は百合子の料理を楽しんでいたが、娘の和子は食べるのは好きだが、作るほうにはあまり興味がないのか、レパートリーは増えず、簡単に料理の味付けが出来る市販の調味料を多用している。市販のものは紘一には味が濃いように思えるのだが、銀行から帰ると慌ててエプロンを付け台所に立つ和子を見ると、紘一は何も言うことが出来ないでいた。

百合子が亡くなってから紘一は男の料理教室にしばらく通っていたが、最近は辞めてしまった。

紘一も銀行に勤めていた。幸子や和子とは違った銀行だったが、企業相手の仕事をしていたためか、銀行のことはもちろん、色々な分野の知識が豊富だった。

酒が飲めなかったので、話で座を盛り上げようと雑学だけは豊富になりました、と紘一は言っている。

幸子は、幸子の家と土地を今後どうしたらいいのか迷っている、と紘一に相談した。

「鈴木さんは優しい人だからお隣さんに気を遣って困っているのでしょうが、家の問題は熟慮に熟慮を重ねて決めたほうがいいですよ」と紘一は言った。

「私の世話が大変になったら、私は老人ホームに入ると和子には言ってあります。和子には和子の人生がありますから」

紘一と妻の百合子は、年を取ったら和子の世話にならず、老人ホームに入ると決めていた。百合子がまだ元気な頃、二人であちらこちらの老人ホームを見学して、いくつかピックアップしていた。百合子が亡くなり、一人になっても紘一の考えは変わらなかった。

「私がいなくなって、和子が一人になったら、うちに住んでいただいてもかまいませんよ。二階が空いていますから」

以前紘一が家を建て替えした際、和子が結婚したときのことを考え、二階は和子達家族の住居スペースとして設計してあった。自分たちのペースで生活ができるよう、二階にはお風呂はないが、シャワールームはあり、それ以外は下に降りてこなくても生活出来るように建て直ししてあった。

紘一の老人ホーム云々の話は初めて聞いたし、和子の考えがわからなかったので、幸子は、「少し、考えてみます。なにかありましたら、和ちゃんもいる時に相談します」と答えた。

紘一はゆっくり時間をかけてコーヒーを飲んだあと、幸子に読んでほしいと新聞の切り抜きを何枚か差し出した。

それはある作家のエッセイだった。その作家の夫は最近病気で亡くなった。闘病中の夫との生活と夫を亡くした喪失感にとらわれている現在の自分の心境を書いたものだと紘一は言った。

「いい夫婦だったのでしょう。この文章を読むと思います。その文章に書かれている、大切な人を亡くした喪失感が時の流れとともに薄皮をはぐようにいつかなくなっていくというくだり。鈴木さんもお母さんを亡くして、同じような気持ちでしたら、時が治療薬になることもあるかと思って、読んでみて下さい。人の死というものは誰にとっても理不尽なものです。時には自分の気持ちに素直になってみては」

母親の元子が亡くなって、幸子が放心状態の時はわからないが、頭と心が動き出してからは、「寂しい」という言葉を幸子は意識して使わないようにしていた。

和子は繊細なところもある、幸子とは長い付き合いなので、電話で話をしている幸子の声の調子が微妙に変わってくると、もう幸子の気持ちが限界だと察して「もうこのあたりで」と言って電話を終わらせてくれた。幸子が母親の死の痛手から回復していないことを和子は紘一に言ったのか。

その日、幸子は和子が銀行から帰ってくるまで、和子の家にいて、紘一の見守りをしていた。

特に目立った体調の変化はなかった。紘一は軽い熱中症に罹ったただけだったようだ。

木曜日
昨日は和子の家に遅くまでいたので、幸子は疲れてしまった。紘一から渡された切り抜きは読まなかった。夫を亡くしたという喪失感溢れた文章の中にもう一人の自分がいると知っていても、それだけのこととしか思えなかった。母親を亡くしたという空虚で重い気持ちがなくなるわけでもないし、どうなるわけでもない。変に意固地になっているのかもしれない。
隣の中村夫婦は息子たちと健康ランドに行ったらしく、お昼になっても、二人は幸子の家に来なかった。来たら来たで大変だが、来ないとどうしたのかと心配になる。

両親の墓に行って、これからどうするか母親に聞いてみたが、母の声は聞こえてこなかった。

母親が生きていた時には医療関係や介護関係の人たちが幸子の周りにいた。母親が亡くなって、その人たちは一斉に幸子の周りからいなくなってしまった。自分と世間とを繋ぐものがなくなってしまった。先生のマンションを出て梅ノ原の家に帰ってきても、特にやることもないし、やりたいことも浮かばない。銀行退職後、母親の元子の介護がスタートしたので、母親の世話をすることしか考えていなかった。一人で家にこもっていると、過去の時間にとらわれてしまう。

夜、一人でボンヤリとテレビを見ていると、家の電話が鳴った。こけしからの電話だった。こけしは銀行退職後結婚したが、義母、夫、義父と順に亡くし、今は実家の母親の介護のため一時的に実家に戻っていた。

「鈴木さん、いま大丈夫」とこけし。

「もう一人だから、いつでも大丈夫。お母さん、どうかしたの」

「この前大変だったの。トイレが詰まって」

夜明けの三時頃こけしの母親の徳子《とくこ》がこけしの部屋のドアを開けた。廊下の電球はいつも点けていたので、徳子がこけしの部屋を覗いているのがすぐわかった。

「どうしたの、お母さん」と言って、こけしが部屋を出て廊下に出てみると、水の中に足を突っ込んでしまったのがわかった。廊下が水浸しだった。トイレは徳子の部屋の前にあり、そのトイレが詰まったようだった。徳子は何かが気になるとその行動を繰り返すことが時々あった。ここ最近はトイレットペーパーを必要以上に引き、こけしが止めないと便器に座りずっとトイレットペーパーを引いていた。徳子がトイレに行く時は必ずこけしが付き添っていたので、問題はなかった。夜、何かあった時のために、ベッドの脇机に呼び出しのベルを置いてはいたが、徳子は一人でトイレに行くこともあった。大量に引っ張り出したトイレットペーパーが詰まり、徳子は何度も水を流したが、詰まっているので便器から水が溢れ出した。自分ではどうしようもないと思って、こけしに助けを求めたようだった。

　こけしは徳子を徳子の部屋のベッドに座らせ、濡れた足を拭いて、「大丈夫だから。お母さんは寝ていて」と言って、何かの時にと思って残しておいたクタクタになったバスタオルで廊下の水を拭き取り始めた。一時間を過ぎたあたりで廊下の水の処理は終わったので、徳子の様子を見に行くと熟睡していた。なんなのと思って、急に馬鹿馬鹿しくなった。

「でも、よかったじゃない。お母さん、水に足を取られて転倒でもしていたら、救急車呼ぶことになったかもしれないし」

「まあ、そうですけど。そのあとが」

　水はきれいに拭き取ったが、トイレは詰まったままだったので、こけしは二十四時間対応の業者に電話をした。その際足元を見られてかなり高い費用を払ってしまった、とこけしは幸子に言った。

「いくら払ったの」

「ちょっと、それは。冷静に考えると高過ぎたようで、恥ずかしく人には言えません。最近、不当に高い金額を請求する業者がいるようで、鈴木さんも気を付けて下さい。今度からトイレが詰まった時に使う、じょうろを逆さにしたような、あれ買っておきます。でも一つ良かった点は、母のトイレットペーパーを必要以上に引く行為は止まりました。笑えますよね」

「それなら良かったじゃないですか。それより、お線香ありがとう」

幸子の母親の新盆供養にとこけしが線香を送ってくれたことのお礼を言った。

「お花にしようかと思いましたが、夏はお花が持たないので、お線香にさせていただきました。それに、主人のお葬式の時にも遠くなのにわざわざ来てもらってありがたかったです。鈴木さん、お母さんが亡くなって、一人になって大丈夫ですか。私も母がいなくなったら、一人だし。どうしようかと時々考えます」

「こけしは大丈夫だよ。こけしには茨城の大地とさつまいもがある」

こけしの結婚相手は茨城県で主にさつまいもの生産をしていた。義母、夫、義父と順に亡くし、子供もいないのでこけしは一人になってしまった。こけしの夫が亡くなった時、義父はまだ生きてはいたが、義父も高齢になり、将来こけし一人で暮らすことになる。

こけし一人では、広い畑を耕すことは無理と考えて、自分の家の周りのわずかな農地以外は売ってしまったらしい。夫のいとこたちや近所の人たちが何かとこけしを気遣ってくれているようで、一人になっても何とかやってこられたようだ。

「なんですか、それ。鈴木さん、時々意表を突くことを言うので対応に困ります。あっ。ごめんなさい。鈴木さん、お母さんが呼んでいるみたいで、電話を切ります。すいません」

こけしには兄が一人いて、兄夫婦の家も実家のすぐ近くにあるのだが、徳子の介護はほとんどこけし一人でやっているようだった。それに関して、こけしは何も言わないので、幸子も何も聞かないようにしていたが、一人で介護するのは大変なことだ。

昼間はデイサービスとかヘルパーさんに親の見守りを頼めるが、夜は一人になり、親の要介護度が上になるほど、介護するほうは睡眠不足になる。心身ともに疲労が溜まってくるがどうしようもない。頑張らないで下さいと言う人もいるが、誰かが頑張らないと、親の見守りは出来ない。

金曜日

昨夜、中村夫婦の息子たちは実家に泊まったようだった。お昼すぎに二人の息子が幸子の家に来て、自分達夫婦が両親の面倒を見ることにしたので、もし幸子が土地の一部か全部売ってもいいと思っているのならば、自分たちに売ってほしいと言ってきた。

中村家の土地は五十坪ぐらいだが、幸子の家の土地はそれよりやや広く六十坪ぐらいあった。今後の予定がまだ決まらないので、少し時間を下さいとしか、幸子には答えられなかった。ただ、土地を売る時は一番に声をかける、と二人には言った。

土曜日

いとこの英雄から電話があり、母親の元子の新盆供養の慰労会はいつやってもらえるのかと聞いてきた。いつでもどうぞと答えると、みんな明日の予定がないから明日お願いします、と言われた。

「また、『肉の山崎』ですか。もう予約したのでしょう」

「良子さんが、できたら焼肉以外がいいと言うので『あおやぎ』でお願いします」

「あおやぎ」は梅ノ原より二つ先の駅の小野原《おのはら》の近くにある日本料理屋だった。

「子供たちもそれで良いって言っているの？」

「メニューにしゃぶしゃぶもあるから、子供たちもＯＫです。それに値段もリーズナブルで、幸ちゃんの年金で十分お支払いになれます」

「わかりました。予約は誰がする」

「もう、予約済みです」

やっぱり、最初から決まっているのだと思ったが、英雄一家には元子の葬式、四十九日、そして新盆供養とお世話になっているので、わかりました、じゃまた明日、と言って電話を切った。

日曜日
英雄一家と「あおやぎ」で元子の新盆供養の慰労会をやった。
いつもと同じで英雄が機嫌よく話し、息子たちはやれやれと思うほど食べ、英雄の妻の良子は英雄の話に時々頷いて、食事が終わり、水菓子を食べ終わると、英雄が勘定書きを幸子の前に置いた。

幸子の家の前で「幸ちゃん、ごちそうさま」と英雄一家が口々に言って英雄一家は帰っていった。

全く、元子が生きていた時と同じだ。ただ元子がいないことだけが違っている。

月曜日
幸子が先生のマンションに帰ってみると、片桐君は水越のマンションにいなかった。片桐君の母親は片桐君が幼いときに亡くなり、そのあと片桐君は父親と二人で清和学園の裏にある家に住んでいた。片桐君の父親は末期がんで、ホスピスに入っていたとのことだった。幸子が梅ノ原の家に戻っていた時に父親の容態が急変して、亡くなった。

葬式は終わったとのことだった。

幸子は先生から片桐君の父親の死を聞いて、先生がそばにいなかったら、座り込んでしまいそうだった。可哀相にという気持ちと、片桐君を傷つけることを何か言ったかしらという気持ちがまぜこぜに幸子の頭に浮かんだ。

今後、片桐君はアメリカにいる親戚の人の世話になる。今は色々な手続きで忙しいし、それにあとから父親の死を知って、片桐君の家の方に焼香に来る方もいると思うので、もう水越のマンションに来ることはない、と先生は言った。

引っ越しの日

先生が幸子に、片桐君はもうこのマンションに帰ってくることはないので幸子の都合の良い時に引っ越して下さい、と言ったので今日引っ越しすることにした。

先生が知らせたのか中西から幸子にすぐ電話が入り、幸子のもの以外はそのままにして置いて下さい、また、冷蔵庫の中の食料品、調味料は持ち帰って下さっても結構ですとも言った。

お盆の間、先生の母親の華子は来客が多くて、疲れが残っているので引っ越しの挨拶は必要ありません、と最後まで上から目線のものの言い方だった。

朝、先生が病院にお出かけの時に「お世話になりました」と挨拶して、先生を送り出した。

引っ越しの荷物といっても、着替え、お風呂グッズ、両親の遺影、玄関に花を活けるための花器ぐらいしか荷物がない。信吉が車で梅ノ原の幸子の家まで送ってくれるというので、信吉を待っていた。

玄関のチャイムが鳴ったので、見ると水越が立っていた。

「今日、引っ越しなさるとか。片桐君がお世話になりまして、ありがとうございました」と低姿勢のもの言いだった。

幸子が片桐君に貸した本、CDラジカセ、荒木一郎のCDをもうしばらく借りたいと片桐君から言付かってきたようだ。荒木一郎の曲が気に入って、片桐親子はホスピスで曲を聞いていたらしい。

「古いもので申し訳ないのですが、片桐君が気に入ったならば、お餞別として差し上げます。それより、片桐君はどうしていますか。大丈夫ですか」

片桐君は相続の手続きや渡航の準備、あとから焼香に来る人の応対で毎日忙しくしている、と水越は言った。水越も昼間、時間の許す限りなるべく片桐君と一緒にいるようにしているとも言った。焼香でも、と幸子は思っていたが、片桐君は忙しいようだった。

そんなことを話しているうちに信吉が迎えに来た。

信吉に、片桐君の父親が亡くなり片桐君は一人になったと伝えた。父親の病気を知らなかったので、片桐君を傷つけたかもしれないと幸子が信吉に言うと、「大丈夫ですよ、子供は案外たくましいものです」と答えた。

母親の静江にしても、妻の由紀子にしても信吉のことをいつも大切に思ってくれていたので、短い縁だったかもしれないが、信吉にとっては宝物のような大切な思い出だった。

信吉の母親の静江が亡くなったあとも、信吉は本田病院に引き取られて、そこから学校に通っていた。先生の祖父の正洋、父親の洋一郎、それに病院のスタッフも信吉を気遣い、何かと声をかけてくれた。静江が亡くなったのは寂しくて辛いことだったが、周りの大人たちの優しさはありがたかった。信吉は大人になったらその人たちに恩返しをしたい、といつも思っていた。

「それに、片桐君も水越さん、鈴木さんといい大人に会っているので、きっと真っ直ぐ歩いていけますよ」

結局、幸子が先生のマンションに住むことになった理由はわからなかったし、毎週、先生の母親の華子と昼食を取る理由もわからないままだった。

先生、水越、片桐君の食事を用意するという役割や他人の存在を意識することがなかったら、幸子は母親の死がもたらす喪失感、孤独感に押しつぶされて、どうしていただろう。

一歩進んで二歩後退。二歩進んで一歩後退の状態で今のところ先には進んではいないのだけど、先生たちには「ありがとうございました」と思う気持ちだった。

大切な人やものを失い傷ついた心の持ち主が、誰かに、なにかに出会い、再生する話が小説の題材にはある。しかし現実は一冊の本に収まるほど易しくはない。

今まで生きてきて、深く落ち込むことは何度もあった。そんな時はいつも母親が穴の上からロープを投げてくれた。生きてきた中で一番深く落ち込んでいるのに、母はいない。

気が弱いのに変に偏屈で、自分の弱さを人に晒すことが出来ない性格のせいか、穴の中をウロウロするばかりで、脱出方法がわからない。

母さん、どうしたらいいと尋ねても、返ってくる声は聞こえない。これは長くなりそうだと、もう一人の自分が言う。またしばらくは自分と会話する日々が続きそうだった。

第二部　八重の欅

大きな仕事が終わり油断したせいか、朝から少し熱っぽい。腹に鈍い痛みも感じる。今日は予定が一つ。簡単な用事なのですぐ終わるはずと思い、出かけたのが間違いだった。電車が動き出した途端、腹の痛みが激しくなって、便意を催してきた。この私鉄電車は駅と駅の間が短いので、すぐに電車は次の駅に近づいている。次の駅で降りようとすると、腹の痛みが治まり、便意もなくなった。治ったのかと思いそのまま電車に乗っていると、またトイレに行きたくなった。私の体が私をからかっているのか、駅が近くなると、腹が治まり、電車が走り出すとトイレに行きたくなる。そんなことを何回か繰り返しているうちに、電車は梅ノ原の駅に着いた。

梅ノ原は都内でも有名な高級住宅地だが、駅の改札口を出て右側だけが本来の高級住宅地で左側は昔からの商店街が続く庶民的な町だ。電車を降りて駅のトイレに向かったが、掃除中の看板が立ち、個室も使用中だった。駅の改札口を左側に出て、ハンバーガーショップや全国展開をしているコーヒーショップを探したが見つからない。なぜかコンビニもない。

もう、しょうがない。一回会うだけの人でこの先会うこともない。今日予定を取り付けた人の家に向かい歩き出す。トイレはその家で借りることにしよう。痛む腹を押さえ、人が見ていなければ尻も押さえたいところだ。まるで競歩の選手が小走りで進んでいるようだった。目的の家が見つかり、表札を確認してインターフォンを鳴らす。玄関が開いて、あのおばさんが立っていた。

「相馬《そうま》から依頼を受けた弁護士の高城《たかしろ》です。高橋《たかはし》さんですか。すいません、お手洗い貸して頂けませんか」

と言いながら高城は靴を脱いだ。おばさんは慌てもしないで、廊下の中ほどのジャバラを開いてどうぞと言った。お借りしますと言ってトイレの中に入ったが、なかなかチャックが外せない。下着とズボンを一緒に下ろして便器に座るや、まるで火山が噴火してマグマが流出したようなすごい音がした。ホッとして下着を見ると汚れている。ズボンにも少しシミが出来ていた。この後どうするか、考えてしまった。

「失礼、ちょっと開けるわね」

ちょっと待ってくださいと言う間もなく、おばさんがジャバラを開けた。

おばさんはマスクとゴム手袋をしていた。慌ててワイシャツのすそで前を隠そうとすると、

「そんなことをするとワイシャツが汚れるからそのままで。吐き気はある、ない。まず体温を測りましょう。脇の下にこれをはさんで。私は看護師の資格を持っているので、安心して」

と言って今朝起きてからのことを色々聞いてきた。まだお腹は痛い。まだ出そう。今お腹

にくる風邪が流行っているから、そのせいだと思うけど。熱は少し高いかな。今お医者さまを呼んでくるけど、この状態じゃどうしようもないからまず着替えましょうか。

おばさんは私の靴下を脱がせ始めた。その次にズボンをひっぱり出そうとしたので、大丈夫ですから自分で出来ますから、と慌てて言った。おばさんは、うちのトイレは狭いから変に動くとあちこち汚れてしまう、この形が一番汚れにくいから、とズボンをひっぱり出し下着を慎重に脱がせた。ちょっと汚れたけれど大丈夫。最近の洗剤はよく汚れが落ちるから。尻をお湯で洗うとパンツ型のオムツを出して履かせ始めた。悪いけどちょっと立ち上がって、と言った。ワイシャツが汚れるといけないから、上に持ちあげて洗濯バサミで押さえておくから、さあ立ち上がって。

ここまでくると抵抗する元気も出ない。のろのろと立ち上がってオムツを上にあげた。旅の恥はかき捨て、という言葉を何度も頭の中で繰り返した。他にどうする。

身長一八〇センチを超える高城にはパジャマは少し小さかった。ごめんなさいね。家で一番大きいパジャマはこれしかないの。ちょっとお医者さまを呼んでくるから寝ていてくれる。

本当はベッドのほうが色々いいんだけれどこれで我慢して、と言っておばさんは布団を敷いて出かけて行った。おばさんがいない間、何回もトイレに行った。腹の痛みは相変わらずあるが、激痛というほどのこともない。取りあえずトイレが近くにあるし、医者も来るというので少し安心した。

しばらくして玄関の戸が開いた。

「全く、若い女の子の腰にしがみついてバイクに乗っているならいいが、時子《ときこ》さんじゃなあ。これで事故にでも遭ったらいい笑いもんだ」

と言いながら医者の中平が部屋に入ってきた。

「こんにちは。この前お会いしましたが忘れているといけないので、医師の中平です。具合はいかがですか」

先生これ、と言っておばさんがマスクとゴム手袋を差し出した。

熱はどのくらいですか。少し高いですね、ちょっと体に触りますよ、と言って聴診器を高城の胸に当てた。

その後、ここはどうですか、どうですかと言いながら高城の腹のあたりをあちこち押した。中平も高城に朝起きてからの様子を聞いた。

「風邪のようですね。まあ薬を飲んで安静にしておけばすぐ治りますよ。時子さん、薬取りに来てくれますか。私も帰りますので、送ってもらいましょうか」

じゃあ、お大事にと言って中平は立ち上がった。

先生を送って行って薬もらってきますから寝ていて下さい、すぐ帰ります、と言っておばさんと中平は出て行った。

腹にあるものがかなり出たせいか、腹の痛みも少し楽になった。寝てしまったらしい。

気が付くと左の腕に点滴が、頭の下には水枕、おでこには熱を下げるシートが貼ってあった。

「目が覚めた。脱水症状を起こすといけないから、念のため先生に点滴を処方してもらいました。具合はどうですか。熱、測ってみましょうか」

熱はまだ下がらないみたい、お腹のほうはどう、とおばさんが聞くので少し楽になりました、と答えた。今日は何も食べないほうがいいので、のどが渇いたら、湯冷ましにしかないけど、弁護士さんはまだ若いから一日や二日絶食しても大丈夫でしょう、薬をもらってきたので飲みましょう、とおばさんが言うので、起き上がると何かお腹のあたりが変だ。

パジャマのゴムを伸ばしてお腹のほうを覗くと、パンツ型のオムツを穿《は》いていたはずが、テープ式のそれに代わっていた。

おばさんが、帰ってきたら少し臭うので、オムツ、チェックさせて頂きました、少し汚れていたので交換しました、と。私は看護師だからこういうことに慣れているの、気にしなくていいのよ、とおばさんの言葉が続いていた。

東大を現役で受かり、司法試験も一回で合格したのに、風邪からくる下痢の前にはなすすべもなく、もうおばさんと戦う元気もない。それからは、そのおばさん、高橋時子さんには頭が上がらない。

あれから二か月ほどが経ち一月も終わろうとしている。

結局、高城は二日ほど時子の家で世話になり、三日目は時子の家から仕事に出かけた。

次の休みの日、お礼のために時子の家に行くと、炬燵に医者の中平がいた。

「寒かったでしょう。お腹の具合は如何ですか。弁護士さんが来るから一緒に夕食でもどうですか、と時子さんから誘われました。まあ、炬燵に入って下さい」

「高橋さんは、どちらへ」

「上で寝ています」

時子は訪問看護の仕事をしている。一人暮らしなので、夜の訪問看護の仕事が多くなってしまった。この頃は毎晩末期がんの患者さんの夜の訪問看護の仕事をしているので、昼間は寝ていることが多い。今朝、交代するはずだった患者の妻が急に会社からの呼び出しを受けて出かけてしまった。

それで昼間患者を見守ってくれる人が見つかるまで、患者のそばにいた。家に帰ってきたのは昼近くになってしまった。高城が来るのはわかってはいたが、少し眠らないと今晩の仕事が辛い。それで今寝ている、と中平は高城に説明した。

「大変でしたら、私は帰ります。すいませんがこれ、高橋さんに渡していただけませんか。この前お世話になったお礼です」

「弁護士さん、そうあわてないで。時子さん、八重さんの家、今後どうなるのか気にしていたから、説明してあげて下さい」

中平病院は梅ノ原の駅の改札口を出て右側の高級住宅地の中にある。中平の父親も医者だった。今は長男の弘明《ひろあき》が院長で内科を担当、長女の貴子《たかこ》が小児科を担当し、中平医師は昔からの患者さんで高齢者の方を中心に診察している。長女の貴子は離婚して、子供の葉月《はづき》と一緒に実家に帰ってきているので、中平家は中平医師夫妻、長男夫妻、長女の貴子と葉月の六人家族。長男の子供達は大学卒業と同時に家を出て別に暮らしている。

「うちでは、紅茶が飲みたいときには家内に入れてもらい、コーヒーの時には息子のお嫁さんが入れてくれるので、私に出来るのはこれだけです」と中平は日本茶のティーバッグをお湯に浸して、上下に振った。

「日本茶にクッキー、変な組み合わせで申し訳ない。食べて下さい」

「夜間の看護を依頼する方は多いのですか」と高城は聞いた。

「依頼を希望する人は多いのです。いまのところ、うちの病院で紹介出来るのは時子さんだけなので、断ることが多いのです。患者さんの多くは末期がんの方や高齢者で死期が近い方ですので、それなりの看護師でないと紹介出来ませんから。でも今日は時子さんに食事を誘われて、助かりました」

長男の嫁の由香子《ゆかこ》は子供の小学校時代のママ友とよく行動を共にしていた。

そのママ友の隣の家に住んでいる料理研究家が自宅で料理教室を開くようになって由香子も通うことになった。帰ってくると、自宅でその料理の復習をして、家族にその料理を出していた。

由香子がその料理を出した最初の晩、中平はそれを一口食べた途端に吐きそうになった。由香子が見ていない時に味噌汁の椀に吐き出した。隣にいた妻の康子《やすこ》は一部始終を見ていた。康子の前にはなぜかその料理がなくて、康子の前にはおにぎりと味噌汁だけがあった。

中平は妻の康子にアイコンタクトをし、これはだめだというように少し首を振った。

「そういえば由香子さん、弘明があなたに用事があると言って捜していたわ。ごめんなさい、忘れていたみたい」

「なんでしょう。すいません、ちょっと席を外します」と言って由香子は食堂から出て行った。

康子はすぐに中平の前にある料理をごみ箱に捨てると、おにぎりを作り、あたらしく味噌汁をよそった。おにぎりと味噌汁椀、お箸をお盆に載せると中平に差し出し、中平に食堂を出て行くよう、あごで食堂の出口を指し示した。

「今日もおにぎりと味噌汁になりそうで、それでも全然問題はないのですが、由香子さんになんて言ったらいいのか。料理が口に合わないと言うのも失礼ですし。困っていたところ時子さんから食事の電話があって、今日は本当に助かりました」

そんな話をしていると時子が二階から降りてきた。

「高城さん、具合はどうですか。良くなりましたか。夕飯の支度は出来ているので、後は温めるだけなので、ちょっと待っていて下さい」と時子は言って、台所に入って行き、もらい物ですと言って鍋をテーブルの上に置いた。

「うどんすきですか。美味しそうですね」と中平が言った。

「患者さんの奥様に頂きました、私一人では食べきれないからと」

「そうですか。患者さんの様子は変わりませんか」

中平病院では訪問医療も行っている。訪問医療の医師は中平、看護師は時子だけなので、昔からの高齢の患者さん数人だけ、依頼を受け付けている。現在は末期がんの患者である高《たか》木《ぎ》の依頼を受け、中平は一週間に一度、時子は毎晩高木の家に行き一晩中見守りをしている。

「今のところ落ち着いています。患者さんは我慢強い人なので、特に奥様の前では痛くても、言わないですね」

高城は二人の話を聞いてはいたが、患者のことを知らないので、黙ってうどんすきを食べていた。

時子の隣の家は高城の同級生の相馬の家だ。色々事情があって、相馬は二十五年以上実家の敷居を跨いだことがなかった。相馬の母親の八重《やえ》が亡くなって、相馬が相続した八重の家を今後どうするかは決まっていない。この家の状態がわからなかったので、相馬は同級生で弁護士の高城に家の現状調査を依頼した。母親が亡くなって以降は取りあえず時子が隣の家を管理している。高城は時子に家の中を見せてもらうために先日、時子の家を訪問したのだった。

二人の話を聞きうどんすきを食べているうちに、夜も遅くなってきた。

夜の十時過ぎ頃、時子は高木の家を訪問した。高木の家の合鍵は妻の美恵子《みえこ》から預かっている。時子が高木の寝室に入ると高木は寝ていた。

「時子さん、今日はすいませんでした。会社のことで色々ゴタゴタしてしまって、家に帰ってからは少しはお休みになられましたか」と美恵子は時子に聞いた。

夜の訪問看護は午後一一時から翌朝七時までの契約だった。今日は急な仕事が出来て美恵子が会社に出かけてしまったので、時子は昼過ぎに高木の妻の美恵子が帰ってくるまで高木の介護をしていた。

「美恵子さん、大丈夫ですからご心配なく。高木さんもよく眠っているようですので、お風呂に入られお休みになったらいかがですか。何かありましたらお呼びしますので」

じゃお願いします、お休みなさいと言って美恵子は高木の寝室を出て行った。

美恵子が高木の寝室を出てからしばらくして「高木さん、奥様はお休みになられたようです」と時子は高木に言った。

「すいません。寝たふりするのも大変です」

高木と妻の美恵子は同郷で、高校時代からの知り合いだった。大学を卒業後、高木が勤めていた会社を退職し、起業した年に二人は結婚した。高木は営業、妻の美恵子は経理を担当して、二人で頑張って会社を大きくしてきた。高木は定年を迎える年になったら、今後のこと、第二の人生のことを考えてみようと以前から考えて、美恵子にも話をしていた。

そろそろ第二の人生を真剣に考えようとした矢先に高木のがんが発覚した。

末期がんで治療方法がないと医師に告げられた。妻の美恵子は高木を最後まで自宅で療養させることにした。

今までは二人三脚で会社を経営してきたが、ここに来て妻の美恵子の負担が大きくなってきた。今日も朝早くから会社に出かけて行った。

高木は美恵子を早く休ませようと考えて、自分は寝ているからあなたも休んで下さいという気持ちから寝たふりをしていたが、時子にはわかってしまったようだ。

「ひと月近く、高木さんのそばにいるのですから、なんとなくわかります」

「そうですか。時子さんが夜来てくれるようになって、私も妻も時子さんには感謝しています」

「高木さん、寝たふりしてお疲れではないですか。私がそばにおりますから、少しお休みになられてはいかがですか」

「そうですね。少し休みましょうか」

高木は自分が亡くなった後、ひとりになる美恵子を心配している。

美恵子は美恵子で高木がこの先どうなるか、辛い思いをするのではないかと心配している。

この二人を見ていると、時子は夫の和雄《かずお》と自分の時のことをよく思い出す。

最初は肩が痛く手が上がらないと和雄は言った。整形外科を受診すると五十肩だと言われた。和雄はもう六十歳を過ぎているのに五十肩か、まだまだ自分は若いと言って喜んでいた。

その後、膝が痛い腰が痛いと整形外科に通い、最後は背中に痛みを感じるようになった。

和雄は年のせいであちこち痛むのだと思い、背中の痛みを時子に言わなかった。

時子は和雄が盛んに背中のあたりを気にしているのに気が付いて、病院に和雄を連れて行った時にはもう手遅れだった。高木とおなじ末期の膵臓がんで治療方法はないと医師に宣告された。

治療方法がないと医師に告げられた時、自分がどんな顔をしていたか、和雄がどんな顔をしていたのか、時子は思い出すことが出来ない。

自分は何年看護師という職業に従事してきたのか、一番大事な時に自分の経験も知識も何も役に立たない。どうして、どうして、の気持ちが収まらなかった。

あの時そばに誰もいなかったならば、周りにあるすべての物に当たり散らしていただろう。

仕事とはいえ高木の看護は辛いものがある。

どうしても、亡くなった夫の和雄のことを思い出してしまう。

和雄が亡くなって三年が過ぎた。中平から夜の訪問看護の話があった時、先生は辛くなるかもしれないので無理にする必要はないと言った。

大丈夫だと思って仕事を引き受けたが、やはり和雄のことを思い出してしまう。

「時子さん」と高木が呼んだ。

「ここにおります。眠れないのですか、それとものどが渇きましたか」

「色々なことを考えると眠れなくて、すぐ目が覚めてしまいます。これから美恵子ひとりになると思うと心配で、子供でもいればよかったのですが」

高木と妻の美恵子が始めた会社はなかなか業績が上がらなかった。美恵子は子供が欲しかった。ただ自分が出産、育児に時間を取られると高木ひとりでは会社が回らない。

高木も子供が欲しかった。会社の業績が上向きになるともう一段上に上にと欲が出て、もうこれで会社も大丈夫と思えるようになった頃には、美恵子は出産するには遅すぎる年齢になっていた。

いまある会社を誰かに引き継いでもらい、そのお金で美恵子ひとりぐらいなら十分生活出来るのだが、高木と美恵子の親も見守りが必要な年になり美恵子のことを安心して任せられる人がいない。

「美恵子さんはまだまだお若いしご自分のことはなんでもおやりになれます。それに故郷に帰れば、ご姉妹もいらっしゃるので心配ありませんよ」

こういう場合何と言ったら高木が安心した気持ちになれるのか、時子の頭には何も浮かんでこなかった。「ラジオでも点けましょうか、音楽でも聴きますか」。

「この家を買った時は、こんなことになるとは思っていなかった。美恵子が広い庭のある家がいいと言ったので、ここを購入したのです、ひとりで住むには広すぎますね」

どうしたわけか、今日は高木の気持ちがなかなか穏やかにならない。

その後も高木は死んだあとの美恵子のことが心配だ、心配だと何度も言って、やっと明け方眠りについた。


八重の死による遺産相続の手続きは終わったのだが、相馬の家の現状と相馬夫婦の遺品を調査する仕事はなかなか進まなかった。時子は毎晩仕事をしているので昼間は寝ているし、昼間相馬の家は以前と同じように近所の人の憩いの場になっているので高城が一人で家の中の物を広げるわけにもいかない。それでも早く終わらせようという気持ちはあるので、仕事が休みの日は時子の家に来ている。

ただ時子も時々無茶振りをすることがあるのには困ってしまうこともある。

先日も急に起きてきたと思ったら相馬家の墓を見に行きましょうと言われ、時子に寺に連れて行かれた。

時子の家にいる時は炬燵に入っていることが多いので、炬燵に入っている時スーツだと窮屈でしょうと言って、時子は押し入れから亡くなった夫の和雄のジャージーを出してきた。

身長のある高城が着ると手も足も短すぎて、恰好が悪い。

洋服のリフォームの仕事をしている岡沢《おかざわ》が何着かのジャージーを切って高城の寸法に合わせたものを作ってくれたので、時子の家にいる時はそれに着替え、その上にカーディガンを着ていた。その日もその服装だった。ジャージーの色が所々微妙に違うので、これを着て外に出るのは非常に恥ずかしいと高城は時子に言った。時子は仕事でしょうと言って高城の言い分は即却下された。結局誰に見られてもいいように帽子、マフラー、マスクを着用し、お寺に出かけることにした。相馬家の墓は梅ノ原の駅と隣の馬場下《ばばした》の駅の中間あたりにあり、時子はバイクを走らせ、高城はその後から自転車で追いかけた。

特別寒い日だったので、自転車に乗ると風が一層冷たい。

時子が外出用のコートが必要ねと言ったので、自分で買いますと言って断った。また、継ぎはぎだらけのピエロの衣装のようなものを着せられるかと思い、即答した。

当然バイクのほうが早い。曲がり角に来るとバイクの時子は高城を待ち、高城がついてくるとわかるとバイクを走らせる。まるで頭の良い血統書付きの犬に付き添われている老人になった気分だ。

相馬家の墓は大分古くなってきて、大きな台風が来た時に墓石が倒れてしまった。

場所が悪いし狭いこともあり、相馬の母親の八重が以前とは別の場所に墓を作ったようだった。時子は相馬が自分の家の墓がわからなくなるといけないので、高城に新しい相馬家の墓を相馬に教えておいて欲しい、と言った。

高城は携帯で新しい墓の写真と大体の位置を書いたものを写真に撮って、相馬にメールした。

そんなことをやっているうちに、高城は休みの度に時子の家に通うようになり、気が付けば特に用事がなくても休みの日は時子の家の炬燵でお茶を飲んでいるようになった。

相馬の母親は八重という名前で、相馬の父親が亡くなってから一人で暮らしていた。八重が生きていた時から、八重の家には近所の高齢者が何人か毎日のように訪れていた。以前はそんなお年寄りの見守りは時子がしていたが、時子が夜の訪問看護をするようになってからは、高沢春姫《たかざわはるひ》がお年寄りの見守りと食事の世話をしている。

八重の家に一日中いるのが洋服のリフォームの仕事をしている岡沢だ。

岡沢は若い頃は都心のオーダーメイドの洋装店で縫製の仕事をしていたが、結婚のため退職。その後は自宅で洋裁の仕事をしていた。最近はオーダーメイドで洋服を作る人は少なくなって、リフォームの仕事や入園、入学時に必要なお道具入れなどの袋ものを作っている。

岡沢は息子の嫁に、孫がミシンの音がうるさくて勉強に集中出来ない、仕事は他所でして欲しいと言われた。岡沢は八重に断り、八重の家にミシンと仕事の材料を持ち込んで一日中洋裁の仕事をしている。

時子の夫の和雄のジャージーを高城に合うようリフォームしたのが岡沢だ。

高校生の春姫はそのジャージーを見て、高城さんそれを着るの、と言ってその後は黙ってしまった。

お昼近くになると現れるのが、初江《はつえ》だ。岡沢と同じように息子夫婦と暮らしている。息子夫婦は共働きなので、お昼を食べテレビを見、お昼寝から醒めた夕方頃、家に帰る。

岡沢と初江の夫はすでに他界している。男性で唯一八重の家に顔を出すのが、近所のアパートに住んでいる須藤《すどう》だ。須藤は定年退職後マンションの管理人をしていたが、それも今は辞めて区のシルバー人材センターに登録して、時々仕事をもらっている。仕事がない時は自発的に近くの公園の清掃や草むしりをしているらしい。

高城が炬燵でジャージーの上にカーディガンを着て資料を読んでいると春姫が来た。

「高城さん、今日のお昼どうしますか」

「別になんでも。春姫さんに任せます」

「おばさん達は『梅の木』のチキンライスが食べたいと言っているのですが」

「『梅の木』のチキンライスだと予算オーバーじゃないですか」

「それでおばさん達が、オーバーした分は弁護士費用で払ってもらえないかと高城さんに聞いてくれと」

「弁護士費用で払う。また、わけのわからないことを。あのおばあちゃんたちに言ってもしようがないか。足りない分は引き出しから出してください。まだお金はあるはずです」

八重の家で食べる昼食代とおやつの一日分の予算は五百円、と時子が決めた。

最近高城が時子の家に寄り付くようになり、高城も食事代を払ってくれるので予算に大分余裕が出てきて春姫もホッとしている。家で食事をしていた時は家計簿など見たことも付けたこともなかったが、八重の家で食事やおやつの支度をするようになってからはきちんと付けている。

「それから、ミカンが少なくなってきました」

「ミカンはこの前ひと箱買ったばかりじゃないですか」

「おばさん達ミカンがおいしいと家に持ち帰って家でも食べているようで、すぐなくなってしまいます」

「しょうがないなぁ、幼稚園児を相手にしているようだ。ミカン代も引き出しのお金を使って下さい」

「高城さんも『梅の木』のチキンライス食べますか」

「当然でしょ。時子さんの分も何か頼んで下さい。『梅の木』にはチキンライスの他に何があるの。メニュー表は」

「高城さん知っていましたか。私も最近知ったんですが、『梅の木』のご主人は材料さえあれば何でも作ってくれるんですって」

梅ノ原の駅の改札口の左側は昔ながらの商店街がある庶民的な街並みが続いている。

「梅の木」はその商店街の中にある。外観は普通の洋食屋で、壁に書かれているメニューもオムレツ、カツレツ、クリームコロッケ等のような洋食ばかりだ。

実際は「梅の木」の大将は、材料があって中華料理のような、大将がその料理を食べたことがあるものなら何でも作ってくれる。豚の角煮のように作るのに長時間かかるものは、さすがに注文出来ないのだが。

だから、「梅の木」の人気メニュー、ナンバーワンはチキンライスだが、ナンバーツーは中華そばだった。「梅の木」の中華そばはラーメン屋のそれというよりも、そば屋で出している昔ながらの中華そばで、上になるとや海苔が載っている。

「チキンライスと中華そばを頼むって、そんなにおばあちゃんたち食べられるの」

「昔からのお客さんで、お年寄りが出前を頼む時は、『梅の木』の女将さんに誰がそれを食べると言うと、それなりの分量で作ってくれて料金もその分割り引いてくれるんですって。私、そんなお店があるなんて八重さんの家に来て初めて知りました」

「春姫さんの家で出前なんか取ることあるの。春姫さんの家は梅ノ原の地図の上の方でしょう」

梅ノ原の駅の改札を出て右側は高級住宅地で、地図を広げると線路の上の方に高級住宅地がある。梅ノ原の駅の改札口を出て左側に住んでいる人達は、高級住宅地は地図の上、自分達は地図の下と言ってそれを話のネタにすることがある。

「家でも出前取ったことありますよ。お寿司でしたが」

昼時、「梅の木」は非常に忙しい。店内は四人掛けのテーブルが六つあるだけだが、配達が多い。

コンビニ弁当やお弁当屋の弁当よりは高いが、一つでも配達してくれるし、ほとんどの人が子供の時から食べている味なので「梅の木」の出前を頼む人が多い。

厨房は大将と、栄さんと呼ばれている五十歳前後の男の人の二人で回している。注文と会計は女将さんがやり、料理の出し入れは曜日ごとに近所の主婦をアルバイトに使っている。配達は店の周りは近所の主婦に、少し遠くになると若い人をアルバイトに雇っている。

大将は注文があれば、材料がある限り何でも作ってくれるが、なぜかオムライスは作らない。

お客がオムライスと注文すると、女将さんは「すいません、うちではオムライスはやってないんです。メニューにも載っていませんでしょう」と言って断る。

メニューになくても色々作ってくれるのにそれは変でしょう、とお客が言うと「勉強しておきます」と女将さんが言って、それでその話は終わりになる。

オムライスはないが、プレーンオムレツはある。ある時、客がチキンライスとプレーンオムレツの両方注文してテーブルに両方そろったところで、おもむろにチキンライスの上にプレーンオムレツを載せて、オムレツの真ん中あたりをナイフで切ったところで、栄さんが飛んできて、その皿を持っていってしまった。

女将さんがそのお客のノートとノートに記載されている残金を持ってきて、以後そのお客は出入り禁止になった。

夫婦共働き世帯で高齢者の家族がいると、火を使って何かあると怖いし、お金を持たせて失くすと困る。高齢者がお金を持ってこなくても「梅の木」でお昼が食べられるように、あらかじめ「梅の木」にお金を渡しておいて、親が食べた分の料金をノートに記載して、渡された金額から引いていくというプリペイドカードをノート形式にしたものが「梅の木」にはある。最初は高齢者のために始めたが、最近は駅の近くに職場がある人で、毎日のように「梅の木」の出前を注文する人もそのノートの作成を依頼するようになった。

春姫が出前を注文してしばらくすると「梅の木」です、と注文の品が届いた。

春姫は高城と時子の分を時子の家に持って行った。その間に岡沢が三人の分をテーブルに並べた。

「弁護士さん、大丈夫かね。仕事がなくて、食べるのにも困っているのかね。毎週時子さんの家で食事しているようだけど」

初江は今、自分が食べているチキンライスと中華そばの代金を高城に払わせたのを忘れたようだ。

「それに、着ているものがあれじゃ、お嫁さんも来ないよ。二枚目なのに」と重ねて言った。

「でも、岡沢さんがリフォームしたコートを着た高城さんは素敵でした」と春姫が言った。

「あの高級コートを着こなせる人は日本人には少ないと思うけど、高城さんは身長があるし、上半身がしっかりしているからコートに負けなかったみたい」と岡沢が答えた。

岡沢は昔ひいきにしてくれた客の息子の嫁から、岡沢が縫製していた衣類をすべて処分してくれ、とその客の葬式の後に言われた。大量の衣類の中には岡沢とは関係ない故人の夫の衣類もあった。その大量の衣類を八重の家に置いてもらっていた。その中にデザインは古いが高級生地で作られた男性用のコートがあったので、リフォームして高城に着せた。

「春姫さん、洋服の中に着られそうなものがあったら言ってちょうだい、生地はとてもいいものばかりですから。まだまだ段ボール箱がたくさんあって、この調子だとすべてリフォームする前にこちらの寿命が来てしまいそう」

岡沢はその大量の衣類のうちの一着を、ハーフコートにリフォームして春姫に着せていた。

「いいんですか。母が私のコートを見て、良いわね、良いわね、と盛んに言うんです。段ボール箱の中に母に似合いそうな洋服があるんですが、岡沢さんがいつも忙しそうなので、言い出せませんでした」

「デザインは古いけど、生地は高級生地が多いから、このまま資源ごみの日に出したのではもったいない。暇な時に段ボールの中を覗いてみて、おかあさまに似合いそうなものがあるかも」

気が付くと初江は食事を終え、うつらうつらし始めた。春姫はテーブルの上を片付け岡沢にお茶を出し、横になった初江に毛布を掛けた。

「こんにちは」と言って須藤が八重の家に入ってきた。須藤は定年後マンションの管理人をしていたが、それも辞めてシルバー人材センターに登録して単発の仕事をしている。

今は夕方、出前した「梅の木」の食器の回収の仕事をしている。須藤の自転車は後ろに車輪が二つあり荷台が広いので、春姫に頼まれて八重の家で使うトイレットペーパーやティッシュペーパーを運んでくることもある。

元々働き者らしく仕事がない時は近所の公園の清掃や八重の家の庭の草むしりをしていることもあった。

「近くに寄ったので、空いている食器があったら持っていきますけど、ありますか。もう一度来るので、その時でもいいですから」

「須藤さん、この頃ここに来ませんね。食事、大丈夫ですか」と岡沢が須藤に声をかけた。

「『梅の木』さんでアルバイトをしているので、食事は栄さんが良くしてくれて助かっています」

「梅の木」でアルバイトをする前、須藤はお昼に八重の家に来て昼食を食べていた。「梅の木」ではアルバイト代を現金でもらう人と、お金の代わりに食事をアルバイト代とする人とがいる。若い人と違い高齢者の中にはお皿を洗ったり、店の中の清掃、食器の回収と出来る仕事が限られているので、そういう人にはまかないの食事を食べてもらうか、それを持ち帰って自分の家で食べてもらったりして高齢者の食生活を助けている。

高齢者の面倒は栄さんが見ていて、毎日須藤の希望を聞いてまかない料理を作ってくれているとのことだった。

「うちの分の食器これだけですから。それからミカン持っていきますか。高城さんがミカンひと箱買ってくれたので、どうぞ」

「春姫さん、いつもすいません。弁護士さんによろしくお伝え下さい」

須藤が出て行くと「さあ仕事、仕事」と言って岡沢はミシンの前に座った。

岡沢は仕事をしているし、初江は昼寝をしている。

岡沢や初江に昼食を食べさせると春姫の仕事はあらかた終わったようなものなので、春姫は教科書と昨日友達が持ってきたプリントを広げた。

「患者さんの様子はどうでした」と、中平はチキンカレーを食べながら時子に聞いた。

高木の妻の美恵子の姉と妹が上京してきた。今後の高木の看護をどうするか姉妹で話し合うというので、夕方、時子は高木の様子だけ見て帰ってきた。

「特にお変わりはないようです。何かあったら電話するように奥様に言ってあります」

「病院はまだ空きませんか」と中平が言った。

高木の病気が判明した時、美恵子は高木の家族と自分の両親、姉、妹にすぐ連絡した。高木の両親も美恵子の両親も子供の世話になっていたがまだまだ元気だ。高木が東京にいると両親を高木に会わせるのは大変だが、高木が地元に帰ってくれれば両親も頻繁に高木に会えるし美恵子の精神的負担も軽くなる。高木と美恵子は今住んでいる家を処分して、故郷に帰ることにした。

美恵子の姉は地元で長いこと教師をしていて、最後は校長にまでなった人なので、地元でも人脈は広かった。その姉の力で高木と美恵子の希望である自然に恵まれた、患者の家族も宿泊できるホスピスはすぐに見つかった。だがホスピスにも定員はある、現在は満室とのこと。死を連想させるので、さすがに高木にはベッドの空き待ちとは言えないので、美恵子の姉妹が高木と美恵子の希望に合った病院を探している、と高木には言っていた。

それでも美恵子の姉妹は美恵子のことを心配して上京してきた。

「今なら患者さんを動かせますけど、この先どうなるか。もちろん移動の際は介護タクシーを使い、私と看護師さんが付き添います」と中平は、美恵子たち三姉妹には言ってあった。

美恵子の姉妹もベッドが空くまで東京にいるか、取りあえず地元に帰って地元のどこかの病院に一時入院させるか、高木の状態を見たいと上京したようだった。それに美恵子を一人にして大丈夫か、も心配になったようだった。

美恵子の姉は高木のことも心配しているがやはり妹のことが心配のようで、こういう時頼りになる姉妹がいるといい、と時子は思った。

和雄の時、色々な人が助けてくれたが両親はすでに他界していたし、その人の前なら泣いてもいい、愚痴を言ってもいいという人が時子にはいなかった。一人だった。

「明日、ご姉妹《きょうだい》はお帰りになります。奥様のお姉様が先生とお話をしたいと。どうしますか」

「もちろん、お会いします。時子さん、奥さんのご姉妹に私の携帯番号を知らせておいて下さい」

食事が終わってデザートを食べて、中平は「では、また」と言って、帰って行った。

テーブルの上をきれいにすると時子は高城にコーヒーを、自分の前には紅茶を出した。

「今日はどうでしたか」と時子は高城に、岡沢や初江のことを聞いた。

「相変わらずですよ、おばちゃんたちよく食べますよ。それより、春姫さんはどうして高校に行かないのですか。特に悩みがあるようには見えないのですが」

春姫は梅ノ原の二つ手前の蓮音《はすね》の駅の近くにある中高一貫校の女子校に通っていた。

東大への入学者も多く、女子校の中でもかなり偏差値の高い進学校だった。

春姫は去年の春頃から学校に行かなくなった。いじめがあったわけでもないし、他の生徒とトラブルがあったわけでもない。しばらく学校を休んで自分の将来を考えたいと家の者に言ったらしい。春姫の家は父親も祖父も大学教授で、春姫の兄たちも優秀な成績で大学に進学していた、エリートの一家であった。

春姫の申し出を受けた家族のうち男性側、特に祖父は若いうちは回り道も悪くないと言って、春姫の休校に賛成した。

そんな男性陣に対して、春姫の祖母や母親は学校に通いながらでも考える時間は作れるし、特に理由もないのに休学するのは春姫の将来のためにはマイナス行為になると言って反対した。結局、春姫はなしくずし的に学校を休むようになり、現在に至っている。

中平病院に通院していた祖母が、引きこもり状態になるのだけは避けたいと時子に愚痴をこぼしたことから、八重の家に集まる高齢者の世話を春姫にしてもらうことになった。

「大人だってあるでしょう。なんでこんなことをしているのだと思うことが」

時子は大病院に勤務している時、ここで自分は何をしているのかと思うことがあった。でもその思いは患者が自分を待っているという気持ちにすぐ打ち消された。

大人は経済的な問題、家族等の色々なしがらみがあって、仕事の手を休めて立ち止まってそれを考えることはしない。でも春姫のように真面目で経済的な問題をかかえていない学生ならば、立ち止まってしまうこともあるのではないかと時子は言った。

「高城さんの学生時代はどうでしたか」

「私ですか、朝起きてどこにも行く所もないので学校にでも行こうか。そんなところです」

高城が時子に言ったことは嘘ではなかった、半分は合っていた。

高城が通っていた清和学園は中高一貫校で東大合格者数が日本で一番の進学校だった。

学園の裏に同級生の家があった。その同級生の祖父と祖母が良い人で、面倒見も良かったので、毎日のようにその同級生の家に入り浸っていた。昼食もその家で毎日ごちそうになった。興味の湧かない授業の時には学校に戻らず、その家でお茶を飲んでいたこともあった。

その家には学校の教師も来ていて、昼食を食べたり、お茶を飲んだりしていた。

高城がそれなりの成績をキープしていたこともあり、授業に出なくても高城は教師に注意もされなかった。

そういえば、もう一人そんな奴がいた。毎日その家に来ては縁側に何枚も座布団を並べ、その上に寝転がったり、縁側の柱に背を当てたりして本を読んでいた。それも日本語の本だけでなく、英語やフランス語の本だったりもした。

イケメンだったので、大学に進んで、どこかの女子大の語学教師とかになって、女子大生をキャーキャーいわせるかと思っていたら、大学に進まず、料理人になった。

変わった奴だった。

「でも、そろそろ学校に戻ろうかと思っているようなので、ご家族も安心されるのでは」

春姫は時子にそろそろ学校に戻ろうかと言ってきた。自分のいる場所はどこなのか、まだわからないが、ここではないと春姫は言った。

時子も、高木が故郷に帰ったら看護師の仕事をしばらく休もうかと考えていた。夫の和男が亡くなってから、仕事をすることで和男の死から目を背けていたが、余命の少ない高木の看護をしてみて、この仕事をしている以上死から逃れることは出来ない。少し看護師の仕事から離れようかと考えるようになった。

「それより、八重さんの家はどうなるのですか。息子さんは家を売ってしまうのでしょうか」

「売られてしまうのならば、八重さんの遺言書、残しておけば良かったと思っていますか。梅ノ原の下の方でも、あの家と土地なら一億円を超える価値はありますから」

八重の死を連絡するため、八重の文机《ふづくえ》の中の住所録を取り出そうとした時、住所録に八重の遺言書が挟んであるのを時子が見つけた。遺言書が入っていた封筒の宛名には、八重の息子の名前と時子の名前が並んで記載されていた。八重の死を息子に連絡しても、息子の秘書という女性が応対に出るばかりで、息子は出てこない。社長は忙しい、葬式の費用はこちらで支払うので、後日請求書を郵送してくれの一点張りで、結局息子は葬式に来なかった。

相続の件に関しては、他人が関与するべき問題ではないが、相続の手続きには期限がある。息子には遺言書があると言ってある、それに四十九日の件もあるのに、電話一本かかってこない。

しかたがないので時子は封筒の宛名の一人に時子の名前があることもあり、中平に立ち会ってもらい遺言書を開けてみた。

最初、中平が遺言書を読んだ。えっ、これはまずいなと言って、時子に遺言書を差し出した。時子も遺言書を読んで、何これと驚いた。

相馬の家と土地の名義は今のところ八重になっている。遺言書には土地と家を高橋時子に、それ以外の貯金等いっさいは息子に相続する、となっていた。

中平も時子も困ってしまった。八重の息子に連絡し遺言書の写しも息子に郵送したが、息子の秘書からの電話で遺言書の通りで結構です、と返事が返ってきただけだった。

時子は腹が立った。看護師という仕事上、自分の気持ちをコントロールすることを常に意識していたが、今回ばかりは怒り心頭に発した。八重の死や八重の気持ちをあまりにも軽んじている。

いくら息子が今を時めく一部上場のＩＴ企業の社長でも、八重や中平に失礼すぎると時子は怒り、時子は中平を伴って息子の会社に乗り込んだ。

社長室には八重の息子の他に、弁護士だという息子と同じくらいの年齢の男性がいた。

「母が色々お世話になりました」と息子は話し始めたが、すぐ遺言書の話になった。

「亡くなった頃の母はみなさんとの会話は成立していたのですか。遺言書の作成にはどなたかが立ち会ったのでしょうか」と息子は時子と中平に言った。

まるで、八重が認知症を患い、それに乗じて時子が遺言書を自分の都合の良いように八重に書かせたようなものの言い方だった。

「八重さんは最後まで、八重さんでした。八重さんは息子さん、あなたよりずっと常識を持ち、気配りの人でした。息子さん、あなたが八重さんを卑下するのは八重さんに対して失礼です。この遺言書に不信感をいだかれるのなら、こうしましょう。こうすれば、今後私たちはあなたに会うこともない、本当に気分が悪い」

と言って、時子はその遺言書を破り始めた。中平があっと言ったが、かまわず遺言書をビリビリに破った。

「息子さん、ゴミ箱」と時子が言うと唖然としていた息子が飛び上がって、ゴミ箱を時子のそばに置いた。

破った遺言書をゴミ箱に捨てると「先生、帰りましょう」と言って、時子と中平は息子の会社を去った。

その場にいた弁護士が高城だった。高城は八重の息子と同じ中高一貫の学校の同級生だった。息子の会社の顧問弁護士は別にいたが、これは個人的なことなので息子は知人の高城に相談をしたようだった。

「私には子供がいないし、この家とお墓の処理を考えるだけでも頭が痛いのに、これ以上面倒くさいことに巻き込まれるのはごめんです。それに相続税が払えません。それより、高城さん、八重さんの息子さんに家の写真送っていただけましたか。息子さん何か言っていましたか」

「欅の木を切ったのか、と言っていました」

「息子さん、欅の木が大好きだったから。それなら、守ってくれれば良かったのに」

幼い頃、八重の息子は欅の木が大好きだった。特に冬が終わり、春から夏の初めの枝に若草色の葉が茂っていく様子を八重とよく見ていた。

その頃八重の家には縁台があり、息子は縁台の上の座布団に仰向けになって、手はしっかり八重の手を握って、長いこと欅の木を見ていた。欅の葉のすきまから初夏の日差しがキラキラとこぼれ落ち、息子は「お母さん、見て、見て、すごくきれいだよ」と八重に話しかけていた。

亡くなる少し前、八重は急に欅の木を切ると時子に言った。年のせいかこの頃、落ち葉掃除が大変になってきた。近所の人たちも高齢化が進んでいるのでこれ以上迷惑はかけられない、と八重は時子に言った。

八重はまだまだそんな年とは思えないし、体調も悪くないので、急がなくても、と時子は八重に言った。もう決めたことですと、いつもの八重とは違い強い口調で言われたので、時子は黙ってしまった。

欅の木を切るといっても、これだけ大きな木だと普通の植木屋では対応できず、空師という大きな木の剪定を専門とする植木屋に頼んだ。

家の前の道路は二台の車がやっとすれちがうくらいの広さしかなかった。準備も大変だったが、かなり大掛かりな作業でお金もかかったのではないか、と時子は心配した。

八重さん、どうしたのだろうかとも思った。

欅の木は切られ、八重の庭に大きな切り株だけが残った。


「疲れたね」

「疲れました。先生、お疲れ様でした」

ホスピスにやっと空きができ、高木は故郷に帰った。高木と美恵子の故郷は長野だったので、介護タクシーを利用して高木を長野のホスピスまで運んだ。中平と時子が付き添った。

帰りはさすがに新幹線を利用したが、車内では二人とも口を開く元気もなく爆睡した。

以前に高木の妻の美恵子から貰ったカニで今晩は鍋にした。炬燵にはいつものように高城と中平がいてカニを食べている。

「休めるときは休んだらいいと思いますよ。時子さんもしばらくは訪問看護の仕事を休むとみんなに言ってあるから」と中平が言った。

「それが、おととい永田《ながた》さんからお呼び出しがあって。体が空いたようだから、前のように大奥様の訪問看護やお出かけの際の付き添いをしてほしいと言われました」

「さすが情報が早いね。それでどうしたの」

以前、訪問看護や病院に出かける時の付き添いの仕事をしていた奥山《おくやま》家の秘書の永田から連絡を受け、先日時子は奥山家に出かけた。

奥山家の当主、亮一郎《りょういちろう》の母親のスミ子は九十九歳で、頭はしっかりしているが、足腰は弱っていた。スミ子の夫の亀之助《かめのすけ》はすでに他界していた。

「どうした、こうしたと言えませんよ。四人に囲まれました。大奥様、奥様、若奥様、それと永田さん」

「怖いね」

奥山家には、スミ子、スミ子の息子の亮一郎、紀子《のりこ》夫婦、二人の息子の貴之《たかゆき》、美弥子《みやこ》夫婦、亀之助の秘書だった永田、それにお手伝いさんが二人いた。

時子が奥山家を訪問すると、スミ子、紀子、美弥子、それに永田が出迎えた。

結局、時子は週に二日か三日、奥山家に訪問看護に行くことになった。

時子と中平の会話には苗字がないので、高城はどこの家の話をしているのかわからない。

ひたすらカニを食べた。

「昨日は若奥様から呼び出されました。駅前のケーキ屋で二時間ほど若奥様の話を聞きました。だいぶストレスが溜まっていたようで疲れました」

「それは、ご苦労さまなことでした」

奥山家はスミ子の息子の亮一郎が当主となっているが、実質はスミ子が奥山家の実権を握っている。ただスミ子は動き回ることが出来ない。何かあるとスミ子は息子の亮一郎に指図し、亮一郎は普通の会社員なので、すぐ妻の紀子に丸投げする。紀子は息子の貴之に相談して解決を図るが、貴之も会社の仕事で忙しいので、妻の美弥子に頼みこむ。貴之と美弥子の子供たちは面倒なことには関わりたくないと家を出ていた。

永田家のピラミッド構造はスミ子を頂点に士農工商、永田、美弥子となっている、と美弥子が時子に訴えることから、いつも美弥子の話は始まる。

美弥子に友達がいないわけではないが、奥山家の内々の話が広まるのは困る。時子は口が固いので安心して話が出来るし、奥山家のピラミッド構造をよくわかっているので話が早い。つい長話になってしまう。

「これ、奥様から先生の奥様へと」と言って、時子は奥山家から預かってきた高級チョコレートの詰め合わせを出した。

「なんで。最近、私はなにもしていないけど」

「大奥様が先生にご相談がおありだとか」

「うへえ。急に胃が痛くなってきた。あの家の辞書には相談の二文字がないの、時子さんも知っているよね。相談ではなく決定事項の申し渡しなのだから」

普段のスミ子は穏やかで、頭もしっかりしているし道理もわかる。

が、自分にとって非常に大事なことがうまくいかない、息子や孫が役に立たないとわかると、夫の亀之助の人脈を最大限に駆使して、問題の解決に走る。暴走する。

スミ子が暴走すると夫たちは仕事に逃げるが、紀子や美弥子はあとを追うことしかない。

中平も貴之から奥山家の愚痴を聞かされていたので、せっかくのカニ鍋が不味くなりそうだった。

「元子さんの娘さん、元気がないのですか」と時子が中平に聞いた。

元子というのは中平病院に以前勤めていた看護師のことで、時子とは勤務は重なっていない。元子が娘に付き添われ中平病院に通院していたので、元子と娘の顔を時子は知っていた。

「父親が亡くなった時、娘さんは中学生で、それから五十年以上母娘で頑張ってきたからね。母親が亡くなって元気がないのは無理もないことでしょう」

「そうですか。先生、最近娘さんに会われましたか」

「元子さんの通夜以来会っていないけど。それが大奥様とどう関係するの」

元子は娘が大学を卒業すると同時に大病院勤めを辞め、中平病院に勤めた。

高齢になり、中平病院を退職したあとは奥山家に訪問看護に出かけていた。

訪問看護というより、スミ子の話し相手のようなものだった。スミ子の方が年上だったが、同じ時代を生きてきた者同士、馬が合った。

「元子さん、病院で転倒して慢性硬膜下血腫になったことがあったようで、大奥様はその原因は自分にあると責任を感じていらっしゃるようで」

　スミ子は定期的に大学病院に通っていた。通院の際も付き添いをしてくれと元子に頼んだが、元子の娘は断ってきた。その頃スミ子は九十歳近くで、元子も八十五歳を過ぎていた。奥山家でスミ子とお茶を飲むくらいは良いが、病院は広いし、廊下は滑りやすい。元子にも支えが必要な状態なので、スミ子の付き添いは無理と断ってきた。

　スミ子はいつになく強情を張り、結局、夫婦各々で介護タクシーを運転していて、介護人の世話をしている山田《やまだ》という個人経営の介護タクシーを利用し、スミ子の通院の際は一人ではなく二人、介護人が乗車する。一人はスミ子を、あとの一人が元子を介助することで、娘は了解した。

　娘は最後まで首をかしげていたが、奥山家はスミ子の意向を優先した。

　その日は、山田の妻の体調が悪く、山田の夫だけで介助することになった。

　元子の娘は勤めに行ってしまい、その話は聞いていなかった。

　大学病院の玄関で車椅子に座っているスミ子を山田が受付近くまで運び、スミ子と元子は山田が駐車場に車を置いてくるまで受付近くで待っているはずだった。

　元子がスミ子に断って受付番号を取りに行き、戻ってみると車椅子にスミ子は座っていなかった。廊下の先にスミ子の後ろ姿が見えた。夏のことで、だれかが水をこぼしたか廊下が少し濡れている所があった。スミ子はそれに気付き、跨ごうとしてバランスを崩してしまい、倒れたところに元子が駆け寄った。

　スミ子の体は元子の上に乗っていたのでケガはなかったが、元子は床で頭を打ってしまった。すぐ看護師が飛んできた。その時は元子の意識もハッキリしていて、受け答えも出来ていた。元子が血液サラサラの薬を飲んでいたので、夜になると出血が始まったようで、元子は歩けなくなってしまった。

　頭の手術はしなかったが、元子は大学病院に四週間、そのあとリハビリ病院に五か月も入院することになってしまった。

「大奥様はどうして歩いてしまったのですか」

「トイレに行きたかったらしい。交通渋滞に巻き込まれてもいいようにリハビリ・パンツを穿いていたけど、やっぱりそこにするのはいやだったみたいで」

「娘さん、怒ったでしょう」

「娘さんも銀行で管理職をしていた人だから、最後まで大人の対応だったみたいだけど。亮一郎さんは怖かったって。氷のような冷たい怒りを感じて、これなら罵詈《ばり》雑言《ぞうごん》を浴びたほうがよかったと言っていました。娘さん、奥山家からの見舞いも一切受け取らなかったみたいですよ」

　リハビリ病院を退院した元子は歩けるようにはなったが、見守りが必要な状態になり、元子の娘はそれだけが理由ではないが、銀行を早期退職して元子の介護生活が始まった。

スミ子は自責の念に駆られて、それ以来元子とその娘の生活ぶりを気にしていた。元子の娘が元子の死から立ち直れないせいか、少し様子が変だと永田がどこからか聞いてきた。他人にああしろ、こうしろと指示されるとその通りにするが、それが終わるとボンヤリして、自分から動くことがないとのことだった。

何とかしなくてはいけないと、スミ子のイライラが始まった。

「元子さんの四十九日も終わっていないことだし、もう少し様子を見たら」

「でも先生、大奥様は自分の年齢を考えると、そんな悠長なことを言っていられないようです」

「九十九歳でしたか。でも呼ばれても、何かうちの病院で出来ることがありますか。ないと思うけど」

普段の美弥子の話は時子の知らない登場人物が多くて、頭の中に相関図を描くことでなんとか理解していた。今回の話の登場人物の半数は時子の知っている人たちだったので、大体の話はわかった。ただあまりにも奇想天外な話としか言いようがなかった。

奥山家は元子の娘の親戚でも友人でもないので、娘の見守りを一日中する口実がない。

それでもスミ子は元子の娘に何かしてあげたかった。

元子の娘が母親の死から立ち直るように考えられた案は、亀之助の人脈と中平のサポートが必要という所までは時子も理解できた。でもあまりに話が突飛過ぎて時子の理解を超えた案だった。

「時子さん、何か知っている？」

「先生、〝事実は小説よりも奇なり〟ですよ」

「何、それ？」

「常識ある大人が考えたとは思えない話ですとしか言いようがありません」

中平はカニ鍋を食べ、デザートのリンゴを食べ、何だろう、恐いなと何度も言いながら奥山家から貰ったチョコレートを入れた紙袋を下げて帰って行った。


「あの家をどうするか、おばさんたちが気にしているけど」と高城が聞いた。

「今のままが一番良いと思っているんだろ」と相馬が答えた。

「そこまでは図々しくはないよ。隣に誰が住むかとか更地にして何か建てるにしても、何階建てになるとか、日当たりが悪くなると困るだろうし。相馬も知っているように、あのあたりは住宅街で二階建ての家屋ばかりだから」

「まだなにも決めていない、とおばさんたちに言っておいてくれ」

「相馬の家はいい家だな。どこもかしこも綺麗になっているし、書斎の間取りも本棚も大きいし、あれだけのスペースがあればかなりの量の本や資料を置ける。梅ノ原の商店街も活気があって、『梅の木』のチキンライスはうまい」

「そんなに気に入ったのなら、高城先生に安くお譲りしましょうか」

「私一人では維持できないよ。掃除する時間もないし。何より、金がない」

「墓を新しくしたのは良いが、欅の木は勿体なかった。初夏の頃の欅は特段にきれいだった」

相馬は高城から送られてきた家の写真を見ながら、欅の木の美しさを高城に語った。

「おばさんが言っていたよ、欅の木のことを」

「なんて」

「あんなに好きだった欅の木をどうして守ってやらなかったのかと」

相馬は高城の言葉を聞いて、席を立ち窓の外を見ながら、

「厳しいなあ。でも、そうだよなあ。おばさんの言う通りだ」

相馬の声が少しふるえているように高城には聞こえた。

「悪いが、次の予定があるので来月また来るよ」

ちょっといじわるだったかと高城は思い、予定があると嘘をついて立ち上がった。

「悪いなあ、変なこと頼んで」

「じゃ、また」

社長室から出ていく高城に、相馬は窓の方を向いたまま左手を振りながら「じゃ」と言った。高城が社長室のドアを閉めたあとも相馬は窓のそばに立ち尽くしていた。

最初、八重はお手伝いさんとして、相馬の家に迎えられた。

相馬健吉《けんきち》は一人暮らしで、長い間お手伝いさんとして働いていた女性が高齢になったので、その代わりとして八重が住み込みで働き始めた。八重は二十歳だった。大学教授だった健吉とは親子ほど年が離れていた。

将来、相馬の家から八重を嫁に出すつもりで、健吉は八重を色々な習い事に通わせた。

最初は垢抜けない様子の八重もしばらくすると人目を引くほどの品のある美しい女性になり、あちらこちらから見合いの話が持ち込まれた。

どんな良い話が持ち込まれても八重はうんと言わず、一生先生のお世話をしますのでここに居させて下さい、の一点張りだった。

複雑な家庭環境で育った八重にとって、健吉と暮らすこの生活が今までで一番の幸せの時間だった。結局、二人は結婚して男の子が生まれ、健吉は息子を溺愛して三人で幸せな時間を過ごしていた。

「その話のどこが問題なのですか」と高城が中平に聞いた。

長い間、友人の相馬は母親の八重と疎遠だった。

相馬と八重の確執は何が原因かと高城が中平に聞くと、中平が話を始めたのだった。

「慌てないで。話はここからです」

息子が小学校に行くようになった頃から、八重に対する中傷が始まった。八重の美しさはどこにいっても人目を引いて、それをやっかむ人はどこにでもいるようだった。そうすると、元々は女中だったという話から始まって、先生との結婚は財産目当てだとか、あることないこと言われるようになった。

親が噂をすれば、それを聞いた子供は本当だと思い、息子は周りの子から、はやし立てられるようになった。

息子は中高一貫の清和学園に入学した頃から、八重と距離を取り始めた。八重に対する受け答えもぞんざいになった。そのことで、健吉と息子は何回も話し合いをしたが、息子は相馬の家から独立して下宿生活をしたいとまで言い出し、健吉も最後には了承するしかなかった。

健吉の教え子で清和学園の近くに住んでいた越野《こしの》という人の家に下宿させることにした。越野は結婚していたが子供がいなかったので、夫婦で息子のことを実の子供のように可愛がってくれた。息子が高校を卒業する頃健吉が亡くなり、それ以降息子が梅ノ原に帰ってくることはなかった。

「よくわからない話ですね。八重さんは被害者なのに、他に理由があるのではないですか。相馬はそれほど薄情な男ではないと思うのですが」と高城は中平に言った。

「私が聞いているのは、それだけなので。それ以上のことは、高城さん、気になるのなら息子さんに聞いてみたら。お友達なのでしょう」

「本人には聞きにくくて。相馬も八重さんに対する自分の仕打ちを後悔しているようで」

息子が梅ノ原の家に寄り付かなくなっても、八重は息子の誕生日、盆、暮と越野の家に手紙を添えてそれなりのものを送っていた。

越野からは礼状は届くが、息子からは何も言ってこなかった。欅の木を切った頃の八重は、もう息子のことは諦めていたのだろうか。

八重が時子に「私の周りには誰もいない」と言ったことがあった。八重は辛抱強く、愚痴を言わない人だった。初めて八重が自分の気持ちを吐露したので時子は驚いたし、八重が痛ましいと思った。それを中平や高城に言うつもりはない。八重は亡くなってしまったのだから、もう時間は取り戻せない。

「八重さんぐらいきれいな人が自分の母親だったら、思春期の男の子の気持ちはどんなものなのかと思うけど、うちの母親は普通の母親だったから、わからないね。人と人との関係は親子だからこそ難しい」と中平が言った。

「八重さんは帰ってこない相馬のことを恨んであんな遺言書を作ったのですかねえ」と高城は独り言のようにつぶやいた。

八重さんが亡くなってからのことで、大人になった息子さんにお会いして、なんとなくわかったことがあると時子は思った。

もしあの遺言書がなければ、息子は家を見ることもなくすぐあの家と土地を売り払い、家の中の整理は「遺品整理業者」に依頼するだろう。八重自身のものはそれでも構わないが先生、息子の父親のものまでゴミのように処分されるのは八重には耐えられなかったのではないだろうか。

先生の好きだった着物の数々、書き物をする時の万年筆、それに先生の写真など、時子に家と土地を相続すると書かれている遺言書の存在により、息子は意識下にあった梅ノ原の家を思い出した。現に息子の友人の高城がこの場にいることを思えば、あの遺言書は八重が意図した役割を果たしたのではないか、と時子は思う。

あの家は更地にしないで、どなたかが住んでくれると八重さんも喜ぶのではないか。

八重の息子が住んでくれればそれが一番良いのに、と思う時子だった。

「いま話せるか」

「少しならいいよ」

「お前のところ、ケーキあるよな。配達してもらえるのか」

「どこまで」

「梅ノ原」

「配達してもいいけど、宅配便というわけにはいかない。だいぶ金がかかるけど、いいか」

「大丈夫。そろそろ雛祭りだから、いつもお世話になっている人にお礼をしたいのだが、何がいい」

「誰が食べるの」

「中高年の女性が三人と中高年の男性が二人、女子高校生と私の七人かな」

「ふーん、わかった。ケーキはこちらにまかせて。配達の日時、住所、名前、電話番号をメールして。何かあったら連絡する。あ、それからうちのケーキの写真をインターネットに載せないよう、その女子高校生に言って。うちは常連さんが多いから、それを見た常連さんにうちにもと頼まれたら断れない。それにそんな時間はない。お前だから作ってやるんだから、その点を忘れないでくれ。そういえば、阿部《あべ》さんが言っていたよ。お前がうちの店に最近来ないようだと。忙しいのか」

「忙しさは同じだよ。向井《むかい》だよ。相変わらず食べに来ているんだろう。この前あいつと一緒になってイヤになった。あいつと食事をするくらいなら家でカップ麺でも食べてたほうがマシだ」

「向井か。あいつそんなに食べないし、酒も極端に弱いし。誰かと話をしたくなるとうちの店に来ているようで。でも話は長いし、面白くはないし、結局阿部さんが相手をすることになって。向井の予約が入ると『修行の日です』と言って阿部さんは嘆いているよ」

「あいつ酒を飲むのか。飲めないと仕事飯の時は言っていたが。飲むと豹変するから飲まないのか」

「うーん、一応あいつもうちの店の客だけど、あいつの酒癖は特別だから」

「そうか。あいつに興味はないから別にいいけど。そういうわけだからと阿部さんに言っておいて。じゃ、お願いします」

「請求書はメールするから」


高木が長野のホスピスに入院した後、時子は看護師の仕事をしばらく休むことにした。奥山家に週に二回、訪問看護に行く仕事は例外だが。

和男が亡くなって三年以上の時が経っているのに、亡くなった時のことは鮮明に覚えていた。和男は最後の何日間かは意識不明の状態で、時々和男の目の前に誰か、何かあるように、そちらの方に手を伸ばしていた。

和男の見守りは、以前の職場の同僚が交代でしてくれていた。時子が誰かに呼ばれて和男のそばに行くと和男の呼吸は止まっていた。それでも、時子は和男の名を耳元近くで呼んだ。和男の首筋あたりが小さく動いて、それで終わりだった。

そのあとはバタバタと人が立ち動き、中平の後に葬儀屋が来て事務的な話が始まった。自分では冷静に立ち振る舞ったつもりだったが、あちらこちら記憶が飛んでいる箇所があって置いた場所がわからず、しばらくは探し物に時間を取られることが多かった。

和男の父親、母親、時子の母親の順に親たちが亡くなって、和男と二人だけになった。和男は青春18きっぷを買って旅に出よう、親たちのいなくなった部屋にジオラマを作る、鉄道模型の材料を購入するため秋葉原に一緒に行こう、と時子にこれからの楽しみごとの話をしてくれた。

検査結果が出る日は二人で病院に行った。結果は末期がんで余命は半年と言われた。二人とも言葉が出なくて黙っていた。「質問はありますか」と医者が時子に聞いてきた。時子はしばらく医者の顔を見ていたが「自分は○○病院で長いこと看護師をしていました」と答えると、医者は「じゃ、大丈夫ですね」と言った。なにが大丈夫なのだろうかと思ったが、口を利く元気も出なかった。

会計が終わって、病院を出ても二人は黙って歩いていた。

駅のホームのベンチで「悪かったな。こんなことになるのだったら、しつこく時子さんに結婚を迫らなければよかった。これから迷惑をかけるだろうし」。

時子は急に腹が立った。「何、馬鹿言っているの。私が何年救急外来で働いていたと思っているの。一人や二人の患者でおたおたするような私じゃないわよ」。

それでも、時子が和男に言えたのは「大丈夫だから私に任せて」の言葉だけだった。和男の自宅看護が始まった。

痛みを薬で抑えることが出来た頃は二人で秋葉原に行き、鉄道模型を買いに行き、新婚旅行先の熱海にも行った。新婚旅行には和男の両親と時子の母親も連れて行った。

結婚前、和男は両親と市川に住んでいた。和男と時子の結婚が決まった時、一番問題になったのはどこに住むかということだった。市川に住むか、梅ノ原に住むか、それともその中間に住むか。和男の父親が時子の父親の墓が梅ノ原にあるので、自分たちが梅ノ原に引っ越してくると言った。和男の両親は自分たちがいなくなった時、和男が一人になると長い間思っていた。結婚によって、和男にも家族が出来るのであれば、自分たちが住み慣れた土地から離れてもいいと思って決めたようだった。

二階は和男・時子用に、一階は両親三人用と水回り、時子の家をリフォームして、五人で暮らした。

新婚旅行は和男が車を運転して、熱海と伊豆に行った。帰りは横浜の中華街で食事をし、お土産を買って親たちはうれしそうだった。二人の親たちはよく食べ、よく笑い、気持ちよさそうに歌っていた。和男や時子は修学旅行の引率者のように親たちを見守り、幸せな時間だった。

病気が進むにつれて、時子一人では和男の看護が難しくなった。和男の病気が判明した時、時子は先輩の多田《ただ》に相談した。仕事上のことで悩みがある時はよく多田にアドバイスをもらっていた。多田は時子にとっては針路を指し示す灯台のような存在だった。

時子の話を聞いて、多田は「看護が大変になったら連絡して。手の空いている昔の仲間であなたをサポートするから。大変だろうけど、体に気を付けて」と言ってくれた。時子が和男の看護のことで多田に連絡すると、すぐ飛んできてくれた。夜は時子一人になるが、昼間は時子が休めるように昔の仲間が和男の看護を助けてくれた。ありがたかった。もう自分の力で歩けなくなった和男は「ありがたいが、もっと若くて美人だともっと良かった」と減らず口をたたいて仲間の看護師を笑わせていた。

助けてくれたのは、確かにありがたかったが、彼女たちの視線が耐えられないこともあった。

みんな、時子もそうだが長い間看護師をしていたので、この先和男の状態がどうなっていくのかよくわかっていた。

死を前にした患者やその家族に対しても病院内では表情を変えることもなく坦々と仕事をしていたと思うが、仕事ではなく個人的な繋がりで看護しているので、和男や時子を見るまなざしに憐憫《れんびん》の気持ちがどうしても出てしまう。

和男の体調の悪化と共に、時子も追い詰められていって、〝そんな目で見ないで〟と叫びたくなることが多くなった。そんな時はなぜか多田がそばにいて、時子の手を両手で挟んで、「しんどいでしょう。泣いてもいいのよ」と言ってくれた。

和男が亡くなって、葬儀や役所での手続き、すぐ四十九日の法要、香典返しと時子は喪主として行うことを諸々こなし、そのあとは中平病院での勤務が始まった。

和男の死という現実に目を背けていたかもしれない。

時子は一時、実家を出て病院の近くのアパートで一人暮らしをしていた時期があった。時子の父親と母親はとても仲が良かった。父親は食べることとお酒を飲むことが大好きだったので、母親は毎日、夕食のおかずの他に酒のつまみを二、三品つくり、夜になると二人でテレビを見ながら楽しそうに食事をしていた。

父親が脳梗塞で亡くなった後、母親はガックリしたようで、一人暮らしのせいもあり食事の支度も手抜きをすることが多くなった。

時子が休みの日に実家に帰っても、出前を取ろうかということが度々あって、時子はその時初めて「梅の木」のチキンライスを食べた。父親が生きていた時は出前など頼んだことがなかったので、「梅の木」があるのは知っていたが料理を食べるのは初めてだった。

母親を一人にはしておけないと思い、時子は何年かぶりに実家に帰り母親と暮らし始めた。母親が亡くなったら、一人でこの家で暮らすことになると覚悟はしていた。

一人暮らしの経験もあるので、大病院を定年後は近くの個人病院で働ける限り働いて、一人で生きていこうと考えていた。和男と会わず結婚しなければそうやって生きていくと長い間考えていたのに、和男と結婚して二人で人生を楽しもうと思っていたところに和男の病気が発覚した。

この先楽しいことが色々あると思っていただけに、急に一人で生きていけと言われても気持ちが元には戻らない。時子は仕事に逃げるしかなかった。

奥山家に呼ばれて中平が部屋に入ると、中平の娘の貴子と交際している智和《ともかず》と智和の母親の華子、それに華子の秘書の中西がすでに来て座っていた。

奥山家はかなり無理な依頼を智和と華子にしたようだった。誰がこんな変な話を考えたのだろうか。

スミ子のイライラを解消するために考えたとしても、話が普通ではない。

でも、直接被害を受ける、将来、自分の義理の息子になるかもしれない智和も母親の華子も何も言わない。あとで中平が聞いたところによると、昔、智和の父親の洋一郎が病院を大きくしようと金融機関や関係各所に動き回っていた途中で洋一郎が急死してしまった。洋一郎あっての病院拡張計画だったので、病院を大きくするどころかすべてを失うかもしれない状況に陥ったようだった。

でも華子の実家の援助と奥山亀之助の人脈のおかげで、現在の病院が出来上がり、奥山家は今まではなんの見返りも求めなかったようだった。

結局、奥山家の依頼に対して智和も華子も出来ないとは言えず、計画は実行されることになった。

「父親が亡くなった頃、私たち兄弟はみんな学生でした。奥山家にはいつか、なんらかの形でお礼をしなければいけない、と母親に言われていました。おかしな話ですが、やってみることにします。貴子さんと葉月さんには私から話をしますので、先生は康子さんにもしばらくはこの話をしないでいただけると助かります」

と智和は中平に言い、華子と帰っていった。

言わないでくれと智和に言われたが、中平は妻の康子には話をした。

元子の娘が元子の死の痛手から立ち直れないことをスミ子は心配していた。しっかりした女性なので、しばらく様子を見たらと言う息子たちの言葉を聞くことはなかった。何が娘の気を紛らわすことか、仕事でもあれば良いとスミ子は思ったらしく、息子たちに何かアイディアを出すようにと命じたようだった。

娘は料理を作るのが好きだとわかったのだが、どこで、誰のために料理を作ってもらうかで、また困ってしまったようだった。

娘に縁のある人で、娘がその人になら料理を作っても変ではない人はいないか、と家族で探した。娘の母親の主治医で、マンションで一人ぐらい智和が娘に食事の世話を頼むのなら問題は解決、と奥山家の人は考えたようだった。

誰が考えてもおかしな話だし、智和にしたらいい迷惑なのだが、スミ子の暴走を止めるためならば、自分たち以外の他人を人身御供《ひとみごくう》にスミ子の前に差し出して解決を図ろうと考えたのが、スミ子以外の奥山家の人たちの本音のようだった。

「おかしな話だろう。これが小説なら、評論家に設定に無理があると指摘されるところだ」と中平は康子に言った。

「智和さんが、住み込みのお手伝いのおばさんを雇ったと思えばよろしいのでは。智和さんのご実家は資産家なのですから、お手伝いさんの一人や二人いても、おかしな話ではないと思いますけど。智和さんは人が良いというか、育ちが良いせいか鈍感力が高いから平気なんじゃないかしら。それに半年もすれば彼女も気が付きますよ。どうしてこんな所で好きでもない男の食事の仕度をしているのか、こんなの変じゃないって気が付くと思いますけど」と康子は答えた。

康子の辛辣《しんらつ》な言葉にはいつものことなので、あまり驚きはしなかったが、娘の貴子と孫の葉月がどう思うのか。娘が母親の死の痛手から、長期間立ち直れなかったらどうなるのか。

中平の心配は深まるばかりだった。


四月、春姫が学校に戻った。岡沢や初江の世話は時子と、時子がいない時は須藤が二人の食事とおやつの世話をしている。

須藤は一人暮らしが長かったので、食事の支度、家の掃除など、家事といわれるものは何でも出来ますと言うので岡沢と初江の食事の支度を頼んだのだが、思っていた以上に料理が上手く、二人も須藤の食事には満足しているようだった。

高城は休みの日になると、相変わらず時子の家に来ていた。

昼間、時子は家にいるので高城と顔を合わせている時間が多くなった。高城の様子を見ていると食事やおやつの時間以外は仕事の資料を読むか、資料を作成しているようだった。

二階に書斎というか作業部屋があるので、お互いにそのほうが落ち着けると思えるのでそこを使うように高城に言った。

夜の訪問看護の仕事を辞めてから、時子の様子が少し変わってきたと高城は思う。

夜の仕事をしていた時の時子は疲れているようだが、生活に張りがあり、仕事に出かけて行く時は良い意味での緊張感を持っていたように思うが、この頃はボンヤリしていることが多いように思う。

仏壇の前に座ってブツブツ言っている時もある。

今も夕刊を広げて見ているようだが、視線は紙面を追っていない。心が別のところにあるようだ。何か悩みがあるのだろうか。中平でも来れば相談できるのだが、中平は最近時子の家に来ない。どうしたものだろう。

奥山家以外の人間からはマジかと思われている、元子の娘に好きな料理を存分にしてもらい、元子の死からの喪失感、寂寥感を緩和させるという奥山家の計らいのために元子の娘と同居し、その娘の料理を食べている本田智和は、中平医師の娘の貴子とは大学の同級生だった。

学生時代の貴子にとって智和は仲の良い友達の一人だった。大学卒業後は同じ大学病院に勤務していたこともあり、智和との友情は継続していた。貴子が別の男性と結婚して、出産を契機に大学病院を退職し、実家の中平病院に勤務してからは娘の葉月の出産祝い、誕生日のお祝いと折に触れては気遣いをしてくれる智和は貴子にとっては本当に良い人との気持ちしかなかった。

でも貴子と葉月の父親は考え方の相違から離婚を選択した。離婚後、貴子は仕事と育児の両立に悩んだ。

日中は母親の康子たちが葉月の世話をしてくれるが、それでも仕事と育児の両立は貴子にとって、なかなかストレスの溜まるものだった。

智和は育ちの良い穏やかな性格だったし、他人の話を遮らずに最後まで聞いてくれることもあり、最初は電話での会話、そのうちに休日は葉月を連れて智和と会う機会が増えてきた。

二人は結婚を意識するようになった。

その頃には小学生になっていた葉月はアメリカにいる父親だけが父親だと主張して、貴子と智和の結婚を認めなかった。

そんな葉月も高学年になると智和の真面目で誠実な性格がわかり、自分の父親としてではなく、母親の結婚相手としてならば智和と同居してもいいと言うようになった。

最近は葉月の周りでも、親の離婚、再婚、また何か事情があるのか親ではなく祖父母と暮らしている子供も散見されるようになり、葉月も子供ながらも色々と思うことがあったようだった。

葉月が来年の二月に中学受験をすることもあり今年の秋にでも籍を入れ、本田家と中平家の家族だけの内々の結婚披露宴を行う予定だった。

今日は学校も医院も休みなので智和、貴子、葉月と三人で外出して食事をしていた。

「四月から元子さんの娘さんと一緒に住んでどう」

「玄関が明るくなりました。帰ってくると玄関の明かりは点いているし、お花も飾っているので、他の家に来たようです」

「食事は」

「美味しいですよ。品数も多いし、熱いものは熱く、冷たいものは冷たくして出してくれるので、悪くないです」

「ふーん。そうなの」

「ママ、大丈夫、心配しないで。おばあちゃまが、智くんはわかりやすい人だから何かあればすぐわかるって、智くんはリトマス試験紙と同じですって」

「リトマス試験紙はひどいなあ。娘さんは患者さんのご家族という、それだけです。うちの母親と同じぐらいの年齢なのですから問題が起こるわけがありません」

「心配はしていません。ただ何かとても変な話で。智和さんが病院に行っている間、娘さんはどうしているの」

「しばらく、信吉さんに様子を見てもらっています。スーパーに行って買い物をした後は鷹羽の町の探索をしているみたいで、あちこち歩きまわっているようです」

「娘さんとのコミュニケーションはうまくいっているの」

「今のところ、私の質問には答えが返ってきますが、むこうから何か言ってくることはありませんね。今日は何をしましたかと聞くと、今日はこうでしたと返事が返ってくるだけで。やはり、お母さまが亡くなったショックが大きいのでしょうか。そうすると私の専門でないのでこの方法で良いのか、ちょっと疑問がありますね」

「奥山家から何か言ってきた」

「今のところは何も。娘さんがうちに来てからまだ一か月ですから」

「ねえねえ、ママ、知ってる？　時子さんの家に居候している弁護士さん、すごいイケメンですって。おじいちゃまも、イケメンらしいイケメンに初めて会ったって。パパもおじいちゃまもおじさまも良い人だけど、普通だし、智くんもそうでしょう」

「葉月、失礼ですよ。ごめんなさい」

「普通だしと言ったのは私じゃないよ。おばあちゃまがおじいちゃまに言っていたの」

「それで、お父さんはなんて言っていたの」

「それを私に言われても、顔のことは私の両親に言って下さいって」

「全く、お父さんらしい」

智和は育ちのよい屈託のない性格なので、貴子の母親の康子の辛辣な言葉も、葉月の少し背伸びをしたややキツイかと思われる言葉も軽く受け流してくれる。

それで中平家の人の中に智和一人であっても、貴子が色々と気を遣う必要もない。

智和との結婚が、温かい日だまりにいつもいるような、こんな状態がいつまでも続くことを貴子は葉月のためにも願うのだった。


今日も高城は時子の家に来ていた。

「春姫さん、細かく家計簿を付けていて、果物代が多いとコメントまで書いていています。高城さんが来てからミカンやリンゴの支出が多くなったようで。すいませんね、他の人より、たくさんお金をいただいていたようで。これからは余分に出していただかなくても結構ですから」

「ミカンやリンゴ、家でも食べようかと持って帰っていたみたいで。ミカンなど箱で買ってもすぐなくなってしまって。お年寄りだからしょうがないですね」

「これからの季節、八重さんの家の庭には色々な花が咲いてきれいなんですよ。つつじ、紫陽花、しゃくなげ。欅の木は残念でした。高城さんに新緑の頃の欅の木、見てもらいたかった」

「相馬も、欅の木はきれいだったと言っていました」

「息子さんは家をどうするのでしょうか。八重さんの手入れが良かったので、まだまだ暮らせますから。息子さん、結婚のご予定は」

「さあ、どうでしょう。常に会社を成長させなければいけないので、相馬も大変だと思いますよ」

「仕事が大変なら、八重さんの家に住むのも良いですよ。畳、障子、襖もまだまだ新しいし、お庭もきれいで、心が癒されますよ。息子さんがダメでしたら、高城さんはどうですか」

「私一人ではあの家を維持するのは大変ですよ。それこそ、お手伝いさんを雇わないと」

「誰か、あの家のよさがわかる人に住んでもらいたいなあ。あんなに八重さんが大事にしていた家なので」

「そういえばこの頃中平先生は来ませんね。お嫁さんの料理の腕が上がったのかな」

「高齢の方は季節の変わり目に体調を崩す方が多いし、お嬢さんが結婚なさるのでその新居のことも考えないといけないし、色々と忙しいみたいですよ」

「娘さん、バツイチでお孫さんは小学生でしたか」

「そう。最近はバツイチで再婚というのも多いから。今は娘さんとお孫さんは病院の裏にある家に先生たちと一緒に住んでいるけど、手狭で。相手のかたは初婚で、大きい病院の息子さんなの。いまは鷹羽のマンションに一人で暮らしているのだけど、鷹羽だと梅ノ原と線路が違うから、お孫さんの中学校のことを考えると梅ノ原の方が良いらしく、困っているみたいですよ」

中平の娘の貴子は大学時代の同級生と結婚して、葉月が生まれた。葉月が生まれてしばらくした頃、貴子の前の夫は自分の研究テーマをより深めるために、アメリカに行った。アメリカでの生活が落ち着いたら、貴子と葉月をアメリカに呼び寄せるつもりだった。幼い頃の葉月は体が弱く、病気がちだった。梅ノ原の実家に住めば、葉月の世話は祖母の康子がしてくれるし、なにより父も兄も医者で同じ家に住んでいるし、心強かった。

アメリカの研究環境が気に入り日本に帰るつもりのない夫と、仕事と生活の基盤を日本においていた妻。結局離婚することになった。

それでも父親は葉月に会いに日本に帰ってきていたし、パソコンを利用してアメリカの父親との交流が出来ていたので、葉月は父親が大好きだった。

貴子と同じ大学の智和との結婚話が持ち上がった時、葉月は反対した。父親はアメリカにいると。

智和は葉月の気持ちが変わるまで何年でも待つ、と貴子に言った。

来年、葉月は中学受験をする。葉月も智和を父親と呼ぶことは出来ないが、貴子との結婚は認めると最近言うようになり、受験の願書を提出する前に二人は籍を入れることにした。

「初婚で大きい病院の息子で鷹羽のマンションに住んでいる。どこかで聞いた話ですね。相手の人の名前、ご存知ですか」

「ごめんなさい、聞いていないの」

「そうですか」

高城は学園時代の知り合いのあいつかと思い、誰かに聞いてみようかと思った。


「今いいか」

「どうぞ」

「この前のケーキ、大好評だった。また食べたいと女子高校生が言っているんだけど、また頼めるか。六月に入って鬱陶しい季節になったので、それを払拭《ふっしょく》するようなものがいいな」

「弁護士さんの注文は難しい。でもうちの菓子職人は感性豊かだからご期待に応えられると思うよ」

「今回は同じものでいいから三軒分頼めるか。女子高校生の母親と祖母、それに知り合いの病院の先生が奥さんに食べさせたいというので三軒分だけど配達頼めるか」

「親切だな。あとで必要なことをメールしておいてくれ」

「ケーキもそうだが、ケーキを配達してくれた女性が素敵だったと言っていたけど。自分では介護タクシーの運転手だと言っていたらしい、そうなのか」

「そう、うちで時々頼んでいる介護タクシーの運転手で大木《おおき》さんという名前。着ているものは目立つ色が多いのだけど、色の組み合わせにセンスがあるし、身長も一七〇センチ以上あるので初めて大木さんに会った人はすごいインパクトを受けると思う」

「客の中には足が弱っている人もいるだろうから、介護タクシーの運転手と知り合いでもおかしくないか」

「うーん。いろいろです」

「それより月曜のお昼の人はどうしている」

「前よりはいいよ。前はおかめそば、うどん攻勢だったが、この頃はメニューに幅が出てきた」

「本田も大変だな。実家の方でも食事会をしているのだろう」

「最初は本田の朝食と夕食だけだったのだが。どうもおばさんの様子がはっきりしないというので本田の母親が自分でもおばさんの様子を知りたいと、おばさんを本田の家に呼んだようだが、本田の母親の体調も波があるし。いくら恩のある人に頼まれたからといって、そこまでする必要はないでしょうと私は思いますけど。おばさんもいい大人なのだから、ほっておけばいいのにと思わないか」

「それなら店の休みの月曜日の昼、彼女の作る食事をどうして食べているの」

「本田に頼まれたのだからしかたがないでしょう。学園にいる時、試験の前にはいつも本田のノートを見せてもらっていたから、しょうがないだろう。本田のノート、ノートじゃなくて読本なの。先生の授業の他に自分で調べたことも書かれているし、注釈まで後ろの方にあって『読めばわかる○○の話』として本としても出版出来るくらいに凝っている。受験科目でもないのにあそこまでする必要があるのかと思いながら試験の前に読んでいた。一度なんか、授業では触れていないのに本田が調べて注釈として書かれていたものが試験に出て、ビックリ。あいつも少し変わっていたなあ」

「そういえば本田、結婚するのか。なんか聞いていないか」

「いままで結婚に反対した相手の娘が急にいいよと言ったみたいだ。苦節二十年というところか。なにしろ学生時代から好きだったのに、他の男と結婚して、子供まで生まれて、もう駄目だと思っていたのが、やっと結婚できることになって。本田にしては珍しくテンションが高かったよ。でもそうするとあのおばさんをどうにかしないと。まさか四人で暮らすわけにもいかないだろう」

「そうなるとお前が彼女と暮らすしかないな」

「うへっ、勘弁してくれ」

時子の家の仏壇には時子の両親の位牌と遺影、和男と和男の両親の位牌と遺影が飾られている。時子は毎朝仏壇に線香を上げるたびに、むこうは五人で、こちらは一人、寂しいものだと思う。時子が和男と知り合った頃時子は五十歳過ぎで、和男は六十歳の手前だった。

時子は大病院の整形外科の入院病棟に勤務していた。和男の部下が骨折して入院をしたので、和男はその部下の見舞いに来て時子と知り合った。骨折等で入院している若い男性は当然内臓は丈夫なので、しょっちゅうお腹を空かせているか、ヒマを持て余していた。

それでいつも病室にいないで、他の病室で同じぐらいの若者と話をしているか、病院内のコンビニに行って時間をつぶしていた。中には病院着のまま病院の外に出かける者もいた。

検査の時間になっても戻ってこない、消灯時間になってもどこにもいない。

そんな時、時子はビシビシと若い患者に注意した。結婚後、自分のどこが良かったのか時子が和男に聞くと「叱り方がよかった」と和男が答えた。いまの若い人はあまり叱られた経験もないし、変に頭でっかちで、その反面メンタルが弱く、叱るのが難しい。

時子はビシビシ叱っているが患者のことを心配する気持ちが底にあるので、叱られた方も納得出来る。

「顔とか見た目はどうだったの、気に入ったの」と時子がまた尋ねると、

「顔はないと困るけど。もうこの年になったら毎日楽しく暮らせればいいよ。それで時々、私のおやじギャグに笑ってくれればそれで何もいりません」

自分は和男のどこが良かったのだろうか。和男の見た目は中肉中背の普通のおじさんにしか見えない。

1．和男は親たちに優しかった。
和男は時子の母親だけでなく、和男の両親にも優しかった。
2．和男はフットワークが軽かった。
和男と時子の新婚旅行は両方の親たちも一緒で、熱海と伊豆に行った。和男が車を運転してくれて、みんなよく食べ、よく飲み、よく笑った。疲れたと思う。
3．和男は親たちの話を遮らなかった。
時子の母親は年を取るにつれ昔の頃の話が多くなった。それも何度も聞いた話だった。もうその話は何度も聞きました、と時子は母親によく言っていた。

和男もそうだと思うのだけど、その話は聞きましたと親たちの話を遮ることはなかった。特に時子の母親の話す、時子の子供時代の話は熱心に聞いていた。
4．和男は手先が器用だった。
鉄道模型の小さな部品の組立ても器用にこなし、作品の仕上がりも綺麗だった。
5．和男は洗い物が丁寧だった。
和男は今のＪＲ、元の国鉄で保線作業員をしていた。今ならパワハラと言われるところだが、一種の徒弟制度の強い職場だったので先輩や上司の命令は絶対的なものだったらしい。

仕事が終わり、道具の後始末、整理整頓は和男たち若手の仕事だった。そこで厳しく仕込まれたらしく、食器だけでなく、鍋ややかんもピカピカになるまで綺麗に洗っていた。

6．和男は物の管理が上手かった。

作業の時間が限られているし、作業に不備があると何万人の生命に危険を及ぼすことがあるので、道具が不足、なくなるようなことは絶対に避けないといけない、と和男は口をすっぱくして先輩から言われていたので、物の管理にはいつも神経を遣っていた。そのせいか、冷蔵庫や食料保存庫を必ず確認してから、メモを持ってスーパーに出かけていた。

7．和男は時間に几帳面だった。

保線作業は、終電が終わり次の日の始発が出るまでに行うことが多かった。まさか始発電車を遅らせることは絶対に出来ない。いつも時間を気にして作業をしていたらしい。色々と和男のことを思い出してみると、外見は平均的な普通のおじさんだけれど、良いところはたくさんあった。

でもカラオケは上手くなかった。和男の父親のほうが段違いに上手かった。歌の上手い、下手ではなく、家族で一つのことを楽しむ、その瞬間が幸せだった。でも、みんな居なくなってしまった。和男のことを色々と思い出していた、自分にはない和男の良さや優しさとか。

でも、もう会うことは出来ない。

和男と時子が結婚した時、二人の両親は八十歳前後だった。その頃は三人とも元気で、自分のことは自分で出来た。だからどこに行くのも五人で出かけた。スーパー、ホームセンター、ファミリーレストラン、回転寿司と、いつも五人だった。

和男は六十歳の定年になると会社を退職して親たちの見守りをすることにした。

冬の寒い夜、家に帰ってくると炬燵の中の四つの顔が「お帰り」と時子を迎えてくれた。温かい気持ちになった。そのうち親たちの老いが進み、和男一人では三人を見守ることは難しくなってきた。時子は定年前に大病院を退職して、中平病院に勤めることにした。

和男の父親、母親、そして時子の母親と順番に亡くなった。和男の親は時子に「和男のことをよろしくお願いいたします」と言い、時子の母親は和男に「時子のことをよろしくお願いいたします」と言って亡くなった。二人になった。

そして今、和男が亡くなり、時子は一人になってしまった。


中平が先日のケーキのお礼だと言って、高城にコーヒーを持ってきた。時子は奥山家に訪問看護に出かけている。

「あのケーキは美味しかった。うちにまで気を遣ってくれなくてもいいのに」

「春姫さんのお母さんとおばあさんが噂のケーキと噂の人に会いたいというので、先生のところにもと思っただけですので、お気遣いなく。でもコーヒーはいただきます。ありがとうございます。それより、先生がいらしたら相談しようと思っていたのですが、この頃時子さん、ボーッとしていることが多くなったように見えるのですが」

「寂しいのでしょう、みんな亡くなられて。まさか和男さんまでこんなに早く亡くなるとはだれも思わないもの」

「何か私に出来ることはありますか」

「月並な言い方ですが、時が解決してくれますよ。大切な人を失った喪失感や寂寥感はなくならないでしょうけれど、時間が経てばあきらめの気持ちが出てきます。亡くなった人は帰ってこない。泣いても、わめいても、何をしても。そういう気持ちが出てくれば、悲しいけれど、寂しいけれど、これから自分はどうするのか、どう生きていくのかという気持ちになります。今、時子さんは看護師の仕事を休んでいます。時間があればどうしても亡くなった人たちのことが思い出されます。これは仕方がないことです。少し、そっとしておいてあげて下さい。時子さんの見守りをお願いします」

「先生はいつも患者さんのご遺族の方にそう言ってさしあげるのですか」

「患者さんがお亡くなりになると、葬儀の手配、親戚、知人への連絡、梅ノ原の人はそれに弁護士への連絡と、遺族の人はバタバタと忙しくなって、医者はそれとなく帰って行くだけです」と言って、中平はゆっくりとお茶を飲んだ。

「お前、夏休みの間だけ片桐の息子を預かっているのか。大丈夫か、他に誰かいないのか」

「しょうがないだろう。片桐がホスピスに入ったから、誰か親戚の人が息子の世話をしていてくれていると思っていたら、家に一人で暮らしていたみたいで。自分で食事の支度をして、学校に通っているのを近所の人が気付いてくれて、学校に知らせてくれたからよかったけど。自分のことは自分で出来ますと片桐に似ず息子は頑固で困るよ。本田が食事の世話はおばさんにお願いするから夏休みの間だけうちで預かって、学校が始まったら親戚の人も交えてどうするか考えようと言うから、しょうがないだろう」

「彼女は知っているのか、片桐の病気のこと」

「本田が、おばさんに精神的な負担をかけたくないと言うので、何も言っていない。病気のことを知らされても何が出来るわけでもないし、おばさんだって困るでしょう」

「食事の世話だけといっても、彼女と息子は上手くいっているのか。昼は二人だけだろう」

「悪くないみたい。初日はちょっと問題が発生したのだけれど、おばさんは叱る時にはちゃんと叱ってくれたみたいで、息子も自分の言動を反省していた。おばさんの家には本が沢山あるみたいで、息子の年代に合った本を貸してくれて、それが面白かったようだ。それにおばさんの親戚との焼肉屋での食事会にも誘ってくれて。大学生くらいの男の子が息子に合わせてゲームや漫画の話をしてくれたりして、楽しかったって。その他にも色々と息子に気を遣ってくれて、おばさんも大人の女性だったみたいだ」

「その上から目線。彼女に対してもその言い方なのか、お前彼女から好かれてないと思うけど」

「いいんだ。おばさん九月になったら、本田のマンションから出ていくらしい。やっと、自分の置かれている状況がおかしいことに気が付いたようだ。本田もこれで自分の結婚の準備に専念できる。そういえば、最近ケーキの注文がないみたいだけど、もういいのか」

「今年の夏は特別暑いから、ケーキよりかき氷かスイカのほうがいいらしい。おばあちゃんたち、好き勝手言っている。涼しくなったら、またお願いするから。悪いなあ」


時子は相変わらず奥山家の訪問看護以外の仕事はしていなかった。

毎週のように高城が時子の家に来て、食事をして泊まっていく。中平が高城に、いっそのこと時子の家の下宿人になったらどうかと言うので、高城は時子の家に引っ越すことを本気で検討し始めた。高城が現在住んでいるマンションは他人のもので、その所有者が海外にいる間だけ管理人として住んでいた。その所有者が老後は日本で暮らす、すぐにではないがそろそろ日本に帰ろうか、と高城に言ってきた。

最近高城に回ってくる仕事は手間がかかるものばかりだ。高城のような一人暮らしは家族サービスの時間を作る必要もないので、働かせるだけ働かせようと面倒な仕事が回ってくるのか、と高城は思っていた。

家でも仕事をするのならばベッドと机さえあればいい。食事は時子か須藤が用意してくれるので、食べに出かけなくてもすむ。

それに一人暮らしだと何かあった時、特に病気になった時困るが、時子は看護師だし時子の後ろには中平医師がいる。今の仕事中心の高城の生活には時子の家の下宿人になるのは願ったり叶ったりだ。

和男が亡くなって三年以上が過ぎたが、和男の遺品の整理は手つかずのままだった。和男だけでなく、和男の両親、時子の母親の遺品の整理も何もしていない。

いい機会だし時間もあるので、時子はまず和男の遺品の整理から始めた。

取りあえず、和男のものを座敷に出してみた。和男の母親は几帳面な人だったらしく、和男の幼稚園時代のお絵かき帳から学校時代の通信簿まで、きちんと残していた。和男のものを捨ててしまうと和男の歴史がなくなるようで、和男という一人の人間が存在しなかったことになりそうな気がしてきた。だが、写真などもそうだが時子にとって思い出のあるものでも、他の人にとってはただの燃えるゴミでしかない。どうしたら良いのか時子はわからなくなった。

二階にある和男の遺品の整理をしようと、二階から一階に下ろし、座敷に広げたものをそのまま一階の押し入れにしまい込んでしまった。

和男はＪＲで保線の仕事をしていたせいか、元々そうだったのか、電車に乗るのが好きだった。実際はその機会はあまりなかったようで、その代わりに時刻表はよく見ていた。時刻表を見て遠くに出かけているような気分になっていたようだった。

体調が悪くなってきた時も、和男はベッドの上で時刻表を見ながら、時子と二人でどこかに行きたかったと盛んに言っていた。新婚旅行は二人の両親も一緒だったので、二人だけで旅行をしたことがなかった。二人の両親が亡くなった後、和男は青春18きっぷを使って、時子と旅行に行くのを楽しみにしていたのに。和男が可哀相だった。

和男が生きていた時はただ停車駅と停車時刻が記載されているだけの時刻表のどこが面白いのかと思っていたが、眠れない夜など時刻表を見ていると日本は広いと思う。

世界地図の中ではちっぽけな日本が、時刻表の路線図の中では名前も知らない路線名や「小屋の畑」とか「波子」とかどうしてこんな駅名にしたのかわからない駅名が日本の隅々まで続いていた。

時子も時刻表の旅をするようになった。目的地は京都や大阪のように新幹線であっという間に到着する場所ではなく、この先には何もないような場所を目的地として東京駅から出発する。最初は長い間座席に座っていると腰やお尻が痛くなると思い最短ルートを捜していたが、旅人は時子一人、時間は有り余っている。そんなに急いでどうするのと思い、色々なルートを捜し、電車の乗り継ぎが悪く、次の電車がもうない時には手前の興味が持てそうな駅で降りる。駅前には宿泊場所があるのかしらと考えたところで、空想の世界のことで本気を出して馬鹿みたいだ、と時子は思わず笑ってしまった。

その話を高城にしたら、中古でよかったらとｉＰａｄを貸してくれて、使い方も教えてくれた。ｉＰａｄで駅前の風景が見ることが出来、宿泊場所の検索も出来るようなので、宿泊場所の有無を心配する必要もなくなった。眠れない夜は時刻表の旅に安心して出かけられるようになった。

時刻表の下の方にはその路線の主要な駅で売られている駅弁の記載もある。小樽の駅には「おたる海の輝き（一五八〇円）」、「特製おたるかにめし（一一五〇円）」とか書かれているので、車中でお昼を食べる楽しみもある。種類が何種類もあると和男は何が好きだろうか、出来たら別々の駅弁を買って二種類の駅弁を楽しみたいと思ったりする。

心が病んでいるのだろうか、実際にはいない和男と旅行の計画を立てたり、駅弁の相談をしたりしている。それとも和男を亡くした喪失感、寂寥感から立ち直れていないせいなのか。つい和男にどうしたら良いと聞いてしまい、時子は余計落ち込んでしまった。

「いい肉ですね。貰い物ですか」と中平が時子に聞いた。

「大奥様からの貰い物です。この時期、お中元の貰い物が多くてイヤになると若奥様が。夏はどうしても冷蔵品や冷凍品が多いので保管するのも大変で、それに急に大奥様からあれ出してと言われることも多いらしくて。お礼状も若奥様の担当らしく、この季節だけ字が達筆で保管の能力に優れたアルバイトを雇いたいと。ご苦労様ですとしか言えませんでした。大奥様が好きなものを選んで食べて下さいというので、しゃぶしゃぶ用の肉ととうもろこしを貰いました」

「とうもろこしも美味しそうで、お土産に頂いて葉月たちが喜びます。いつもすいません」

「先生もご存知でしょうけど、元子さんの娘さんの気持ちに立ち直りの兆しが出てきたようで、この頃、大奥様の機嫌がとても良くて奥様も若奥様も喜んでいます」

「元子さんの新盆供養も無事に終えられたようで、うちの病院にも長いことお世話になりましたと挨拶に来られて、取りあえず山は一つ越えたみたいでした。大奥様の暴走もこれが最後であることを祈るばかりです」

「先生とその大奥様はご親戚か何かですか。いやに気を遣っているみたいですが」と高城が中平に聞いた。

「お仲人さんなの。大奥様のご主人が先生のお父さまに、先生と康子さんとの見合いの話を持ってきたの。だから先生も大奥様に気を遣っているわけ」

　康子の父親は上昇志向の強い男性だったが、娘の康子の結婚生活は平凡でも一生穏やかなものであるようにと考え、結婚相手はマスオさんのような普通の、むしろどちらかと言うと世間からただ良い人と言われるような男性がいい、と言っていた。

奥山亀之助にその話をすると亀之助が康子の見合い相手として中平を紹介してくれた。中平は康子と見合いはしてみたが、どうして康子が結婚を了承してくれたのか未だにわからなかった。

康子は慶応大学仏文科を卒業し、ミス慶応と言ってもいいくらいの美人だった。それに比べて中平は平凡を絵に描いたような男だと自分では思っていた。結婚してしばらく経った頃なぜ中平と結婚したのかと康子に聞いてみた。

康子が「今、幸せですか」と言うので、「はい」と答えると「なら、いいじゃないですか」と康子に言われ、それで終わりだった。

それから今日まで、中平はお釈迦様の掌の上の孫悟空のように康子に操られて暮らしてきた。

子供も孫も生まれて、特に物欲もないし最後まで医者の仕事を全う出来れば、そしてそばに康子がいれば中平としてはいい人生ではなかったかと思うばかりだった。

だから康子との見合いの話を持ってきた奥山家には感謝の気持ちが強く、中平は可能な限り誠意を尽くしたいと思っているのだが、奥山家の人たち、特にスミ子とは住む世界が違いすぎるせいか困惑させられることが多いので、中平はしょうがないと諦めるしかなかった。

「まあ、そういうことで大奥様が元気でいらっしゃる限り、そのお宅との縁が切れないようで、しょうがないですね」

「そういえば、貴子さんの結婚後の家が見つかったとか。よかったですね。あの家なら病院のすぐそばですから」

「誰がそんな話を。私は何も聞いていませんが」

「でも永田さんが、あの家ならお得なお買い物と言っていましたが」

「またですか。一難去ってまた一難ですね。でも家の近くに売りに出しているお宅がありましたか」

「病院から奥の方に入って五分ぐらいの。五月頃、先生もその家のご主人の看取りを頼まれていかれたでしょう」

「ふーん、五月頃ですか。あーあ、わかりました。でもあの家には娘さんが二人いてどちらかの娘さんにはご家族がいらっしゃらないので、その娘さんがあの家を相続して住むと聞いていますが」

「娘さんも最初はそのつもりだったようです。でも将来、あの家を一人で管理維持するのは無理な時がやってくると思われたようで、あの家を売って高級老人ホームに入ることにしたようです。あの家の買い手を探していたところに先生の所で梅ノ原の住居を捜していると聞いて、先生のご家族ならあの家を大切に扱ってくれると思ったようですよ」

「たしかにあの家は病院から近いし、家の中もリフォームしてきれいになっているので、家はいいとは思いますが。値段がね、うちでは手が出ませんよ。それよりどうして永田さんが出てくるのですか。うちは永田さんにもあの家のどなたにも家を捜して欲しいと一言も言っていません。これで話がまたややこしくなる」

「貴子さんの結婚相手のお母さまが葉月さんをとても気に入って、何しろお孫さんは男の子だけだそうで。葉月さんが来年の春、学校に通うにも便利で貴子さんのためにも病院に近い所となるとやはり梅ノ原が良いと。それで大奥様が近くに良い物件はないか永田さんに調べるよう指示を出したようですよ」

「そうですか。そうですかとしか言えませんけど。私が聞くのも何なのですが。そのこと私の家のもの、特に貴子は知っているのでしょうか」

「すいませんでした。お怒りにならないで下さいね。先生もご存じだと思って、話題にしたのですが、もしかしたら先生のお宅のどなたもこのお話は聞いていらっしゃらないかも。今回は大奥様とあちらのお母さまが暴走したようですね、すいませんでした」

「別に時子さんが悪いわけではないですよ。お金のある人は、たとえそれが善意から出たものでも普通の人の懐具合を考えませんから。いい家が見つかって良いことをしたと思っているのでしょう。時子さんのせいじゃありませんよ」

「現実的に考えて、その家をお嬢さんたちが気に入ったのなら、お嬢さんの結婚相手の鷹羽のマンションを売って、家の購入資金にして足りない部分は銀行で借りれば、お嬢さんもその相手もお医者様なので審査は楽に通りますよ」と言って高城が時子をかばった。

「いつも、頭ごなしに決められるので、少しムッとしてしまいました。時子さんごめんなさいね。時子さんを怒っているわけではありませんから。確かにお金があればあの家は良いですね。部屋数も多いし、貴子も自分の書斎が欲しいでしょうから。うちのような個人病院は大病院ほど検査機械がありません。それを病気についての様々な情報でカバーするしかありませんので常に勉強が必要です。あとはお金の問題ですね。早速うちに帰って家の者にこの話を知っているか聞いてみます。食い逃げのようで申し訳ないのですが、そういうわけで今日は帰ります。とうもろこし、ありがとうございます」

中平はとうもろこしの入った袋を下げて帰って行った。

「コーヒーでも、入れ替えましょうか」

「中平先生でもムッとすることはあるのですね」

「高城さん、さっきはありがとう。まさか当事者に話が通っていないとは思わなかったので、中平先生が怒る気持ちもよくわかります」

最初の頃の高城は弁護士の顔で時子たちに対応していたが、時間が経つにつれて高城の素顔が出てくるようになった。東大出の弁護士でも上から目線で時子たちに話すことはなく、初江の少しピント外れの話も笑って聞き流し、春姫のここがわからないと示した数学の問題を丁寧に説明してあげたり、時子が頼んだ蛍光灯を換えたりもしてくれるようになった。

なにより高城が時子の家にいて良かったのは、外から時子が帰ってくると家に人の気配と明かりが灯っていることだった。和男が亡くなり一人で生きていくと思っていても、暗くて寒い家に入ると心まで暗くなりそうだった。

中平が高城に、休みのたびに時子の家に来ているのなら、いっそ時子の家の下宿人になったらと冗談交じりに話したとき、時子はそれも良いかもしれないと内心思った。

そして高城ぐらいの年齢の息子がいてもよかったのに、とも思った。

それでも高城から二階の部屋が空いているのなら貸してくれないかと言われた時は驚いた。時子の家は、高城が住んでいるマンションから比べると古くて狭いだろう。職場からも遠くなるかもしれない。時子の家の下宿人になって高城にどんなメリットがあるのだろうかと思った。

その疑問を高城に言ってみた。高城は「食事のことを考えなくていいからです」と即答した。春姫が学校に戻ってから、時子が仕事に出ているときの岡沢や初江の食事やおやつの世話は須藤がしていた。

高城が時子の家の下宿人になろうかと考えていると須藤に話をすると「それは良いですね。時子さんも喜びますよ。時子さんがいない時の食事は私が用意しますから。私の後ろには『梅の木』の栄さんが付いていますから、大丈夫です」と須藤は答えたようだった。

「それに、最近は仕事を家に持ち帰ることが多いので、机とベッドがあれば十分です」

須藤の話にはわからないこともあったが、高城が時子の家に多くを望んでいないのならば時子には異存はなかった。

　家具や電気製品もその所有者の物を使わせてもらっていたので引っ越し荷物はあまりない。荷物は段ボールに詰めて宅配業者に依頼して少しずつ移すし、それは須藤に受け取ってもらうので心配はいりません、と時子は高城に言われた。

　いつから高城と須藤は仲良くなったのだろうか。


「片桐の息子はもう渡米したのか。息子の様子はどうだった。大丈夫そうか」

「大丈夫かはわからないが、向うに行けばやることが山ほどあるから落ち込んでる暇はないと思うよ。何しろ中学一年生で言葉もよくわからないだろうから。大変だと思うけど自分で決めたことだから、何とか頑張ってほしいと思ってはいる。でも、これは駄目だと思ったら日本に帰ってくればいい、とは言っておいた。まだ子供だからな」

「片桐の葬式とそのあとの色々、ご苦労様でした。疲れただろう」

「急に片桐の容態が悪くなって、ショックだった。息子の方は意外と落ち着いていて、もう諦めていたのかなあ。一人になって可哀相だった」

「でも学園のみんな、驚いていたよ。お前が葬式とか息子の世話とか積極的に動いていたので。学園にいた時はお前、人と一緒に何かをするのが嫌いで学園祭とか運動会とかはいつも体調不良で欠席していたからな。月日が経てば水越も大人になるものだ、と先生方も感心していた」

「しょうがないだろう。片桐のおじいちゃんとおばあちゃんに、何かあったら孫のことをよろしくお願いいたします、とよく言われただろう。高城だっていつもその場にいただろうに」

「そうでした。片桐のおじいちゃんとおばあちゃんは本当に良い人だった。優しかった。そういえば、片桐の家の管理もお前がするのか。そんな時間あるのか。仕事があるだろう」

「家の管理は下請けに出すことにした。息子の希望でもあるし」

「家の管理の下請けってどういうこと」

「世の中には時間のある人はいる。たまたま私と息子のそばにそういう人がいたということ」

「お前と片桐の息子の知り合い。まさかお前、鈴木さんに頼むつもりか、家の管理。あんなにおばさん、おばさんと言って毛嫌いしていたのに」

「それは昔のことだから。信吉さんの話だと鈴木さんは暇らしいよ。自分でも濡れ落ち葉状態だと言っているらしい」

「でも本当に息子の希望なのか」

「梅ノ原の高級住宅地に鈴木さんの友達の家があるみたいで、その友達がイギリスに行っている間、その家の管理を鈴木さんが頼まれているらしい。それなら一軒増えたとしてもそんなに大変でもないだろう。それに片桐の家の近くには美術館、博物館もあるし、あの辺の商店街をぶらぶらするのも女の人なら楽しいと思うよ。息子も鈴木さんなら安心して家のことを任せられると言うから、どうせ鈴木さんも暇なのだから、暇つぶしにいいんじゃないの」

「お前、いつからそんなに調子よくなったんだ。全く開いた口が塞がらない。鈴木さん本人の了解は取れているのか」

「それで困っている。どう話をもっていったらいいと思う。息子が頼めればよかったのだけど、時間がなかったし。本田も自分の結婚のことで忙しいだろうし、弁護士さんにアドバイスをお願いしたい」

「何かきっかけを作って鈴木さんに片桐の家を見てもらったら。家全体は昭和レトロの感じだけど、水回りはリフォーム済みだし、畳や襖もきれいだ。庭は専属の植木屋さんがいつもきれいにしてくれているので、鈴木さんの年代なら落ち着いた良い家だと感じて、大切にしないといけないと思ってくれるのでは。あとは息子のたっての希望だと情に訴えるしかないな。そんなところしか思い浮かびません。何しろ鈴木さんには会ったことがないのだから」

「まあ、そんなところかな」

「それより、お前が特定の女の人を話題にするのは鈴木さんで三人目だな。一人目は片桐のおばあちゃん、二人目は若葉《わかば》さん。なんやかんや言っていたが、鈴木さんのこと、それなりに評価していたのか」

「片桐の息子に色々と気遣いをしてくれていたし、本田に出した食事も本田の健康や季節を考慮していたし、品数も多かった。まあ家庭料理であれだけ作れるのなら合格かなと思っていただけです。片桐のおばあちゃんは良い人で優しかった。若葉さんにはたくさん本の紹介をしてもらいました」

「たくさん本を紹介してもらったじゃなくて、ただで若葉さんの店の本を全部読ませていただきましただろう」

「金は払いました」

「いくら」

「百円だけど。しょうがないだろう。それでいいと若葉さんが言うんだから」

「全く、考えられないよ。いくら古本だとはいっても最初の一冊目を百円で買って、その本が読み終わると、若葉さんに百円でその本を買ってもらう。若葉さんからもらった百円で別の本を買う。その繰り返しで卒業までの六年間で店の本全部読んだだろう」

「全部ではありません。ドイツ語やロシア語の本は手が出ませんでした。若葉さんは最後まで私を子供扱いで、坊やちょっと、と言われて色々と雑用を頼まれておりました。お前だって知っているだろう。それよりお前を初めて若葉さんに会わせた時に、若葉さんを睨みつけていたな。そのあとで何を言うかと思ったら『僕はバラの花は大嫌いです』。あの時は参った。お前どうしちゃったのかと思ったよ」

「子供でした。若葉さんがあまりに美しい人だったので、変な反発心が出たようです。今は若葉さんとも芳郎《よしろう》さんとも仲良くしてもらっております」

「そうですか。それは良かったですね」


高城の引っ越し荷物が少しずつ増えてきているようだったが、須藤が宅配便を受け取り二階に運んでくれるので、時子のすることはなかった。

そろそろ暑い夏も終わり、秋の気配を感じられるようになってきた。

中平の娘、貴子の結婚後の新居の話は誰も話題にしないのだが、来年の二月に行われる孫の葉月の中学受験の前に籍だけは入れることになったらしい。

両家の家族だけの顔合わせをどこかの高級フランス料理店で行ったらしい。

その料理店のシェフがモデルにしてもいいぐらいのイケメンだと言って葉月が興奮していた、と中平が時子に話してくれた。

もう年なのか、ナイフとフォークを使い食事をしながら相手の家族と話をするのは疲れます、康子さんはきれいに食事をしていましたがこの次は箸が使える所で集まりたい、と中平らしい感想で病院のスタッフに笑われていた。

取りあえず中平は、ホッとしたようだった。

高城の引っ越しが済んで、高城は引っ越しの挨拶の菓子を中平、春姫、岡沢、初江、須藤、そして時子にも差し出した。高城の帰りが毎日遅いので、夕食は二階の冷蔵庫に入れておいている。その他細々としたことは高城と須藤が携帯電話で連絡し合い問題はないようだった。それで高城の休みの日の夕食に須藤が参加しても不自然を感じないようになってきた。

須藤はよく働くし、中学校しか出ていないと言っていたが、気配りの出来る人なので話をしていても不愉快に感じることもなかった。今まで一人で夕食を食べていた須藤は、三人で食事をすることが嬉しいと言っている。

須藤は料理の勉強を始めたらしい。「梅の木」の栄さんに教えてもらったと言って、須藤の作った料理が食卓に並ぶことも多くなった。まだ簡単な炒め物や煮物が多いのだけれど。まるで小学生の子供のように須藤が素直に感情表現をするので時子の心にも温かいものが広がっていく。

新しい年が始まり、新しい人間関係も少し出来た。和男や両親は喜んでくれているだろうか。

年賀状を見ていたら、時子の先輩の多田からのものが目に留まった。

和男が病気になり、時子一人では和男の看病が大変になった時に多田に助けてもらった。多田が他の看護師仲間に連絡してくれて、その人たちに昼間の看護を助けてもらった。その後和男が亡くなって多田とは疎遠になってしまった。

大病院に勤めていた頃、何か仕事上の悩みがある時はいつも多田に相談をしていた。時子にとって多田は正しい針路を示す灯台のような存在だった。

時子は恥ずかしくなった。今までたくさん世話になったのにちゃんとしたお礼をしていなかった。多田も両親を亡くし、一人で暮らしている。多田も年を取ったかもしれないが、年を取っても多田の背筋の伸びた、一本芯が通った生き方にもう一度触れてみて、今後の自分の行く末を考えてみることも良いことのように時子には思えた。

手元の時刻表に多田の年賀状をはさんで、隣の八重の家の戸締りをするため時子は立ち上がり、今年は本当の旅にいっしょに出かけようか、と仏壇の和男に話しかけた。

第三部　欅の芽吹き

母が一月に亡くなった
父はすでに亡くなっていて
幸子は一人になってしまった

九月になった。

「泣く」

「泣かない」

「泣いてみたら」

「泣かない」

「泣いたら、気持ちがスッキリすると思うけど」

「さっきから、うるさいんだよ。泣かないと言ったら泣かないの。おばさんが泣いても美しくない」

梅ノ原の家の縁側に座って、幸子はお茶を飲んでいる。顔は庭の方に向けられていたが、実際は自分の頭の中で交わされているセリフのやり取りを幸子はボンヤリと聞いていた。

母が亡くなったと同時に、幸子の周りから人がいなくなったような気がしている。

以前は月曜日から金曜日の間、鷹羽の本田のマンションに住み、主に食事の支度だが、家事を行っていた。鷹羽には加山珈琲店の加山、日本料理店「吉岡」の主人と女将、喫茶店「カトレア」の店主歌子、それにその店の綾小路きみまろと呼ばれていた南がいた。

本田家の運転手をしていた信吉と彼が丹精を込めたバラ園。なつかしい。皆さんどうしているのだろうか。細やかな気遣いの出来る人たちの中で、幸子にとってそこは居心地の良い空間だった。

このまま鷹羽に住むのも悪くはないと思っていたが、それでも本田のマンションに住むのは何か違うと感じていた。

それに信吉の話では、本田は近々結婚するらしい。それもあって八月の下旬に幸子は本田のマンションを引き払い、梅ノ原の実家に戻ってきた。母親の元子のいない家はがらんとしていて、一人でいることの寂寥感を心でも体でも感じてしまう。

今でも、外から帰り家の中に入ると無意識に元子を捜してしまう。

新盆供養も終わり、母が生きていた頃は頻繁に訪れていた、いとこの英雄一家も皆それぞれに忙しいらしく、この頃は現れない。

電話をかければ相手をしてくれる友人はいるが、電話をかけるのも億劫で、毎日のように図書館で本を借りて、その本をひたすら読んでいるうちに夜が訪れる。

母が生きていた時は、母に一口でも余計に食べてもらおうと少しずつだったが品数を多く作っていた。幸子一人だと一汁一菜、それに最近始めたぬか漬けを添えれば、それで十分。

年のせいか体が覚えているのか、朝の六時頃には目が覚めてしまう。

着替えて、朝の用事を片付け終わってもまだ七時を過ぎたくらいだ。

図書館の開館が九時半なので、それまで朝食を食べ、新聞を読み、インターネットを見て時間を潰している。もう少しゆっくりとしたペースで事を行えばいいのに、銀行時代や介護生活の時と同じスピードで家事をしているので、どうしても時間が余ってしまう。

それで、今までの自分や母の元子とのことを振り返ったり、現在の自分の精神状態を分析して、ああだこうだと、もう一人の自分と話をしている。

母の元子の介護のために銀行を定年前に退職したので、定年後の自分の将来を考える時間がなかった。世間で言うところの〝濡れ落ち葉〟になっていると幸子は自分でも感じていた。

母の死の直後、放心状態になってボーッとしていた幸子の頭も徐々に元に戻ってきたようだ。

ただ、母の介護という毎日が臨戦態勢だった反動か、母の死後は何も考えず色々なものを処理することが多いようで、どこに保管したのかを忘れて捜し物をする時間が増えてしまった。

頭は元に戻りつつあるが、母の元子を失った喪失感、一人になったという孤独感はなくならない。鷹羽の本田のマンションで家事をしていた時に比べて、今は一人でいる時間が余りに長すぎる。頭と心と体のバランスがどこか崩れてしまったようで、立ち止まっていると体が重く、動けなくなりそうだ。このままではマズイ何か始めないと、と心配する自分と、動きたくない、何もやりたくない、なにもかも面倒だという自分がいる。

この状態から抜け出る道がわからず、自分が精神的に不安定になっていることに幸子も気が付いているのだが、でも対処方法がわからない。

そんな時、高級フランス料理店のオーナーシェフをしている水越から電話が来た。

幸子の母の新盆供養が終わり、本田のマンションに戻ってみると片桐君の姿はなかった。本田は母、元子の主治医だった。本田と水越の同級生だった片桐君の父親が亡くなった。片桐君の父親は末期のがんでホスピスに入院していた。片桐君の母親は彼が小さい時に亡くなり、それからは父親と二人だけで暮らしていたようだった。

片桐君は早い時期から、自宅の近くにある、父親も通っていた中高一貫校で有名な進学校である清和学園への進学を希望していた。無事に入学できて父子ともホッとしていた時に父親のがんが発覚した。末期のがんで治療の方法がないと医師に告げられた。

父親は、自分がいなくなった時一人になる片桐君を心配して弁護士を決め、自分の最後の時のためにホスピスの手配をした。

夏休みの間、水越は父親に頼まれて片桐君の世話をしていた。その父親がホスピスで亡くなった。幸子は本田の食事の用意の他に、本田に頼まれて夏休み中の片桐君の昼と夜の食事の用意もしていたのだが、片桐君の父親の病気のことを幸子は聞かされていなかった。

本田が「片桐君のこと、鈴木さんに伝えなくてすみませんでした。鈴木さんもお母さまのことで色々大変そうでしたので」と言った。

片桐君の父親のことを聞いても幸子が片桐君にしてあげることはあまりないようなので、お気になさらないで下さいと幸子は答えた。

片桐君は父親の死後の始末が終わりしだい渡米して、アメリカにいる親戚のもとで生活するらしい。

八月下旬、幸子は本田のマンションから梅ノ原の自宅に戻ってきた。

母親の死後、幸子は放心状態が長く続いていたので、自分が本田のマンションで主に食事の支度等の家事をしていた経緯はよくわからなかった。

他人と関わり、自分以外のあれこれに関心を持つことで、自分の気持ちを外に向けることが出来たことも確かなことだ。本田が幸子の精神状態を心配して、誰かの食事の支度をするという処方箋を考えてくれたのかと思うこともあるが、本田は脳神経内科の先生で精神科の先生ではないので、幸子はどうしてだろうと思うばかりだった。

水越からの電話は幸子には気の重いものだった。自分が水越から良く思われていないことを幸子は感じていた。これが家の固定電話にかかってきたものなら電話を取らなければいいのだが、携帯電話だと着信履歴が残るので逃げようがない。

取りあえず、「ご無沙汰しております」と言って電話に出た。

水越も「その節は片桐君がお世話になりました。片桐君からも色々とありがとうございました、と鈴木さんに伝えてほしいと言われています」。

そのあと、腹の探り合いのような、内容のあるような、ないような会話が少し続いた。

「鈴木さんが片桐のお墓参りに行きたいと言っているので一緒に行ってほしい、と本田に頼まれました」と水越が言った。

それはない、嘘だなと幸子は思った。幸子は知らなかったので片桐君の父親の葬式には参列できなかった。本田のマンションから梅ノ原の実家に戻ってから、片桐君が落ち着いたら線香を上げに行きたいのだがと本田に伝えたのだが、その時には片桐君はすでに渡米していた。

うちの学園の卒業生には先生と呼ばれる職業の人や役所勤めの人がたくさんいるので、その気になればアッという間に物事は進みます、と本田は幸子に言った。

電話を切ってから片桐家の寺の名前と所在地を聞けばよかったと思ったが、本田に再度電話をすることはしなかった。本田の実家は本田整形外科リハビリテーション病院という名の地元でも有名な大きな病院なので、本田は少しお坊ちゃん育ちのところがあった。

私生活では良くも悪くもおおらかな性格であまり細かいことを気にしない。

本田がよりによって水越に幸子との墓参りを頼むとも思えないし、仮に本田が頼んだとしても水越は断ると思う。水越にとって幸子は「おかめそばのおばさん」なのだから。

幸子が毎日記録していた献立帳によると、月曜日から金曜日の間本田のマンションに住み、主な仕事は食事の支度なのだが、家事を行うようになったのは四月の初め頃だった。

本田に頼まれてフランス料理店が休みの日に水越の昼食を用意するようになったのは五月の初め頃だと思う。

水越の注文が軽いもの、麺類なので、最初のメニューはおかめそばだった。

次の週はおかめうどん。それから二か月ちかく、おかめそばとおかめうどんの繰り返しだった。それで水越はムッとしたみたいだ。水越はきっと心の中で幸子を「おかめそばのおばさん」と呼んでいるのではないかと、水越の幸子に対する態度から思っていた。

今は、会うのが気の重い人とは一緒に居たくなかった。墓参りは心身ともに体調の良いときに行きたかった。

「水越さんもお忙しいでしょうから、お墓の名前と最寄りの駅を教えていただければ結構ですので、お心遣いありがとうございますと、本田先生にお伝え下さい」

それからが長かった。執拗に幸子と一緒に墓参りすると、水越は諦めない。

まさか、「おかめそばの恨みは忘れない」。怪談話のセリフではないが、幸子は墓で水越に撲殺されて、そのまま近くの墓に埋められるのかと、その情景が頭に浮かんだ。

最近はミステリー小説、警察物、探偵物の小説を読み過ぎているせいか、すぐそんなことを考えてしまう。結局水越の粘り勝ちで、水越に片桐家の墓に連れて行ってもらうことになった。

日暮里駅前で待ち合わせというので、当日の午後一時少し前から指定された場所で幸子は水越を待っていた。幸子の前に車が止まり、中から水越が出てきて、「こんにちは。その節は色々ありがとうございました」と水越は言った。いやに低姿勢だ。

「取り敢えず、車に乗って下さい」と水越が言うので、幸子は後部座席に座った。

車の運転席にはもう一人男性がいて、幸子が座ると車が出された。

「彼は中野さんといい、いつもは介護タクシーの運転手をしています」と水越は幸子にその男性を紹介した。水越も運転免許証は持っているがもう何年も運転をしていないし、車も持っていないので、今日はレンタカーを借りて、運転は中野に頼んだとのことだった。

片桐家の寺は鶯谷駅と上野駅の中間あたりにあり、タクシーを頼むには近すぎるし、歩くとしたらどちらの駅からも少し時間がかかる場所にあった。花や線香は水越が用意した。

墓参りも無事に終わり、これで帰れると幸子が思っていると、ついでですから片桐の家も見て行って下さい、と水越が言い出した。

どうせ帰り道ですからと言うので、幸子は同意したが、車は来た道とは違った方向に走り出した。何これ、と思ったが、中野もいることだし、黙って車に乗っていた。

一軒の家の前で車が止まった。水越と幸子が車から降りて、水越が中野に何か言うと車は去っていった。幸子が去っていく車を茫然と見ていると、木戸を開けた水越が幸子を呼んだ。片桐君の家は向田邦子《むこうだくにこ》の小説に出てきそうな、昭和レトロの日本家屋だった。今はだれが手入れをしているのかはわからないが、庭はきれいになっていた。

木戸から玄関まで石が敷かれていて、梅、紫陽花、つつじと色々な木が植えられていた。秋が進むと菊や秋明菊が咲くようだった。雑草が生えていないわけではないが、それも見苦しくなく、全体の景色の一部として形作っていた。

玄関の鍵を開けて、家の中に入った水越が雨戸やガラス戸を開けて、庭を見ていた幸子を縁側に招いた。水越は座布団を用意してくれて、日本茶まで出してくれた。

その時、警戒注意報を点滅させて、帰りますといえばよかったのだが、水越の出してくれた日本茶が美味しかったので、つい油断をしてしまった。

片桐君の家の敷地の広さは百坪を少し超えたくらいで、縁側から家の中を覗いた感じでは家の中もきれいになっていた。襖や畳も古くなっていないし、幸子の家より部屋数は多そうだった。

畳の上で胡坐《あぐら》を組んだ水越が「いい家でしょう。水回りもリフォーム済みで、きれいになっています」と、まるで不動産屋のようなことを言った。

さすがに何か変と思ったので「そうですね」と幸子は少し警戒して答えた。

「鈴木さん、梅ノ原でお友達の家の管理をなさっているとか。それで片桐君からのお願いですが、この家の管理をしていただけないかと。鈴木さんなら信頼が出来ると片桐君の強い希望なのですが、どうでしょう。この辺りには美術館、博物館、それに動物園もありますし、鈴木さんが音楽を聴くのがお好きならば有名なコンサート・ホールもあります。良い場所だと思うのですが」

水越の顔をまじまじと見てしまった。いやに低姿勢のわけがわかった。

ただ、水越の言ったことも事実だ。それにこの家の近くには国際子ども図書館という国立図書館もある。機会があったら一度行ってみたいと思っていた。当然、蔵書も多いと思うので気に入った本を読み終えるのに何年もかかるだろうから、水越とは関わらないのであれば、この家に通ってくるのも悪くないかもしれない。

最終的には水越がこの家の管理者で、なにかあったら水越が責任を負うので、なにも心配はいらないと話が続いた。水越との縁が続くのかと思うと気が重い、どうしようかと幸子は考えてしまった。

幸子の家の隣には中村夫婦、年男と恵子が住んでいた。幸子が中学生の時に、幸子の父親が亡くなり、母親の元子が看護師として働くようになった。元子が夜勤で家にいない時は年男と恵子が幸子の面倒を見てくれた。元子が高齢になり見守りが必要になってからは、幸子に用事があって外出している時などは年男と恵子が元子の世話をしてくれた。

そんな時、手間は同じなので幸子は年男と恵子の分の食事の用意もして外出していた。幸子が家にいる時も年男と恵子はお昼やおやつの時間に幸子の家に来て、のんびりしていた。

母親の元子が亡くなってからも、幸子が家にいると相変わらず年男と恵子はやってくる。二人が幸子一人では淋しいだろうと思いやってくるのはわかっているが、二人がやってくることに少し気が重いと感じる自分の気持ちに、この頃幸子は気が付いた。父が亡くなった中学生の頃から二人には何かと世話になっていたので、幸子は後ろめたさを覚えていた。

幸子はイギリスに行った銀行の先輩である岸本に家の管理を頼まれていた。岸本の家も梅ノ原にあったので、毎週一回岸本の家に幸子は行っている。管理といっても窓を開けて空気の入れ替えをし、目についた箇所に簡単に掃除機をかけるぐらいのものなので、それほど負担ではない。

その程度で良いのなら、もう一軒ぐらい家の見回りをしても良いとは思う。気持ちを外に向けるためにも、電車に乗ってぶらぶらするのも良いかもしれない。

ただ水越と関わると思うと考えてしまう。たしかに水越はモデルにしてもいいぐらいのイケメンだが、幸子に対する態度や言葉に険がある。若い女性ならばそこがまた魅力的と思えるかもしれないが、幸子と水越とは親子ほど年が離れているし、いまの幸子にとってはイケメンな男性より心優しい普通の人間のそばのほうがありがたい。

少し考えさせて下さいと言って、幸子は片桐君の家を出た。水越はやることがあると言って家に残った。駅はこの坂を下りた所にありますと言って、駅まで送って行くつもりはないようだ。本当に気が利かない、だからイヤなのだと考えながら、駅までの下り坂をゆるゆると下りて行った。

次の日、朝起きてゴミ出しをするともうやることがない。

幸子の趣味は読書だ。趣味としては悪いものではないが、本の世界に埋没して、他人と関わることがないと社会的に孤立してしまう。

まるで図書館のある無人島で本を読んで暮らしているロビンソン・クルーソーになってしまう。片桐君の家の管理の件、真面目に考えようかと幸子は考え始めた。

今日は火曜日、水越に会うこともないと思い、幸子は片桐君の家に向かった。片桐君の家の周りをぶらぶらと歩いてみよう、そして帰りは久しぶりに美術館に行ってみようか。

久しぶりに幸子の気持ちに活気が出てきた。長い坂道を上り、片桐君の家の方を見ると木戸が開いているのがわかった。どうしたのかと開いた木戸から玄関の方を覗いてみると縁側に水越が座っていた。

マズイ、帰ろうと思った瞬間「鈴木さん」と水越が幸子に声をかけた。

「こんにちは。お店は今日もお休みですか」と縁側に近づきながら幸子は水越に話しかけた。

「店にはこれから行きます。鈴木さんがこの家の周りを一人で少しゆっくり歩いてみたいかなあと考え、木戸を開けて待っていました。予想どおりでしたね」

どう答えたらいいか幸子が考えあぐねていると「もう時間なので、私は店に行きます」と水越は言った。水越は幸子に木戸と玄関の鍵を渡し、警備会社の警報装置の操作方法を説明して、そして最後に「鍵は鈴木さん用に合鍵を作っておきましたので、持っていて下さい。じゃ、ごゆっくり」と言って水越は出て行った。負けた。手を読まれていた。

別にこの家に住み込むわけではないし、家の近くにはぶらぶらするのに最適な場所も多い。月曜日以外の日に来れば水越にも会わないと思い、片桐君の家の管理を幸子は引き受けることにした。

幸子が家の管理を了承すると水越に電話で伝えると、また、水越の幸子に対する態度が上から目線のものに戻った。

「何かあったら私に連絡して、私の判断を仰いで下さい。二階は私が使うので、二階には上がらないで下さい」と水越が幸子に言った。まあ時々この家のチェックに来るくらいで、普段水越はマンションで生活するので、取りあえず「わかりました」と答えた。

そのはずだったのに、店の休みの月曜日に幸子は水越から呼び出された。業務連絡があると水越が幸子に言った。面倒くさいと思ったがいくつか質問事項もあったので、最初のうちはしょうがないかと思い、月曜日に片桐君の家に幸子は出かけた。

幸子の質問が終わると、「今日のお昼はおかめそばでいいですから」と水越が言った。

「お昼、私が作るのですか」と思わず幸子が言うと「冗談です。近くに美味しい蕎麦屋があるので行きませんか。鈴木さんの好きなおかめそばもありますから」と言って、一人で喜んでいる。

水越は幸子の返事も聞かずに雨戸を閉め始めた。

水越は目立つ。身長も一八〇センチぐらいあり、細身でモデルにしてもいいくらいのイケメンなので、歩いていると若い女性がチラチラと水越を見る。

一緒に歩いているとフェラーリの運転席に地味なおばさんが乗っているような、あのおばさん、なに、変と若い女性に思われているようで、居心地が大変悪い。

蕎麦屋は坂の下の方にあった。幸子が壁に書かれているメニューを見ていると、「天ぷらそば、二つ」と水越が勝手に店員に注文をして、ここは私が払いますからと幸子に言った。

全く、としか言いようがない。

「そんな高いものでなくても」と幸子が言うと「これから色々とお世話になると思いますから。それにここの天ぷらは美味しいですよ。一度食べてみて下さい」。

幸子はおかめそばに載っているかまぼこ、なると巻きのような味があるような、ないようなものが好きだった。蕎麦が美味しい店ならば、美味しいおかめそばが食べたかった。

天ぷらそばを食べ終わると、私は用事がありますからと言って水越は駅の方に歩き始めた。

幸子にこのあとどうしますか、とも聞かない。

改札口に入って行った水越の後ろ姿を見ながら、他人のことは言えないが、これではお嫁さんがこないわけだ、人の気持ちを全く考えない。

駅の構内をすたすたと歩く水越、角を曲がって水越の姿が見えなくなる前に、水越が幸子の方を振り返って、頭を下げたように見えたのは、そんな気がしただけだろうか。

幸子の隣の中村夫婦、年男と恵子には息子が二人いる。二人が高齢になり、息子夫婦の子供たちも独立したこともあり、息子が休みの土曜日か日曜日には息子夫婦四人は誘い合い、実家に遊びに来ていた。子供の頃から、二人の息子たちは幸子の家にしょっちゅう遊びに来ていた。休みの日には元子がカレーライスをたくさん作り、中村家の四人と元子、幸子でアニメを見ながら食卓を囲んでいたこともよくあった。

元子が亡くなり、幸子が一人になったので、幸子さんもご一緒にと息子達から夕食の招待をされる。気持ちは有難かったが、幸子は気が進まなかった。それで片桐君の家の見回りは土曜日か日曜日に行くことにした。

家に入ると警報装置のスイッチを切り、雨戸とガラス戸を開け、空気の入れ替えをする。

仏壇にお線香を上げて、梅ノ原の駅前で買ってきたものをお供えする。

二階は水越のテリトリーなので一階だけ掃除機をかけ、縁側等の水拭きを簡単にする。

家の中がそれなりにきれいになったら、お茶を入れて縁側から庭の様子を見て、雑草が目立ち過ぎないかチェックし、雑草が目立ち過ぎる場合は草むしりもする。

片桐君の家は幸子の家より敷地面積も建坪も広いし、縁側もかなり広い。そのせいか、縁側に座ってお茶を飲んでいるとゆったりとした気持ちになる。

庭は誰が手入れをしているのかはわからないが、いつもきれいになっている。どこかのお寺の日本庭園のようなきっちりとしたものではなく、自然が気持ちのまま作り上げたような庭が幸子の前にあった。

今日はあの蕎麦屋でおかめそばを食べてみようかと思っていると、携帯電話が鳴ったので見ると水越からだった。必要な用事もあるかもしれないので電話を取った。

「こんどの月曜日の夕食に人を呼びますので、夕食の用意をお願いします」

何これ。また始まった。月曜日はヒマですかとも聞かないで水越は一方的に話し始めた。

「八十歳過ぎの男性ですので、豆腐と少しの刺身、それと野菜の煮物があれば十分です。刺身は坂の途中にある『魚新』に良い魚がそろっていますから。酒は私の方で用意します。食材購入にかかった費用はあとで支払います。鈴木さんは久しぶりに腕が振るえるし、男性は久しぶりに他人と食卓を囲むことが出来る。一挙両得で良い話でしょう。じゃ、明日お願いします」

と水越は言いたいことだけを言って、電話を切ってしまった。

銀行に勤めていた時や母親の介護をしていた時の幸子はいつも緊張状態で、ハリネズミがハリを立てているような精神状態だったのに対して、子供の頃の幸子はボーッとした子供で、頭の中には何もない、スコンと空が見えているような風景しかなかった。母が亡くなり、何に気を遣うこともない、子供の頃のようなボーッとした人間に戻ってしまったようだ。

だから水越の急な申し出に頭が対応出来ない。それに水越の年もある。もし幸子が普通に結婚していたら、水越ぐらいの年の子供がいてもおかしくはない。子供に本気で立ち向かう親はいない。しょうがない、まあいいかと思いつい許してしまった。

幸子は台所と冷蔵庫の中、調理器具、茶碗や皿のチェックをして、必要なもののメモを取り、梅ノ原の家に帰った。

母の元子は天ぷらとか串カツが好きだったので、元気な頃は揚げ物をよく作っていた。一人になると揚げ物は面倒だし、かといって市販のものは少し衣が厚く感じられて買う気も起こらない。どうせ費用は水越が払うのだから、良い肉を買って久しぶりに串カツを作ることにした。

月曜日、途中のデパ地下で普段なら絶対買わないような高価な豚肉を購入し、その男性の歯の状態がわからないので、串カツが嚙み切れない時のために、はんぺんのフライも作った。はんぺんの中にはチーズと大葉を挟んだ。

夜の六時すぎ頃に、その男性、西田《にしだ》が介護タクシーに乗ってやって来た。

最初の印象はおしゃれなおじいさん。少しデザインが古いようだったが、パンツ、シャツ、ジャケットはデパートかおしゃれな専門店で購入したようなもので、紳士用品の値段はわからないが、普通よりちょっと高い値段のもののような気がした。

片桐家は日本家屋で、門をくぐってから玄関まで飛び石になっているし、家の中もバリアフリーではない。

西田は杖をついているが思ったよりはしっかりした足取りで飛び石を渡り、玄関の上がりかまちもしっかり上がった。夜は冷え込むこともあるので、水越が炬燵を出していた。

西田は炬燵布団に足を引っかけることもなく、ふらつくこともなく掘炬燵に入った。

夕食のメニューは串カツ、はんぺんのフライ、湯豆腐、刺身、筑前煮、最近始めたぬか漬け、それに味噌汁。

水越が串カツとはんぺんのフライを見て、「私にも気を遣ってくれて、すいません」と言った。心の中ではにんまりと笑っていたが「たくさん食べてくださいね」と礼儀正しい返答を幸子は水越にした。

西田が「湯豆腐ですか、ありがたいですね。豆腐大好きなので、毎日豆腐でも僕はかまいませんから」と言って、まず味噌汁を一口飲んだ。

「おいしいですね。礼《れい》さんが、鈴木さんの料理はおばさんの料理だと言っていたので、僕は期待していたのですよ。期待以上ですね」

口の中のご飯を吹き出しそうになった。「おばさんの料理」がほめ言葉か。

「礼さんは、その人の料理が気に入らない時は、相手が先輩でもその盛り付けだと腹が減っているカラスも興味を示さない、と言って大変な騒動になりました。僕はその人をなだめるのに、大変苦労しました」

西田は、水越の前のシェフの時代に客の接待をする、サービス係の仕事していた。その時代、水越は先代のシェフの下で働いていた。

水越の名前が「礼」であることをその時初めて知った。西田は長い間接客の仕事をしていたせいか、一人でしゃべり過ぎず、だまりがちにもならず、相手が自分と話すことに苦労することがないように、適当なタイミングで話題を見つけて話をしてくれるので、初対面の人と話すことの苦手な幸子も楽な気持ちで食事を終えることが出来た。

西田は機嫌良く話をしている。水越にとって西田は特別な人なのか西田の話の腰を折ることもしないし、酒の用意や食事のあとのデザート、コーヒーの用意などを率先してやっている。

水越が席を外していると、「今日は有難うございました。ご迷惑をおかけしたのでなければよろしいのですが」と西田が話し出した。

最初は西田も相手の迷惑になると考えたが、家庭料理を作ってくれる人間が水越の近くに出来たことに興味をいだき招待を受けることにした、と西田は言った。

「礼さんは若い時から一匹狼というか、他人とは関わらない。他人とうまくやっていこうという気がなくて、それで今日のお話はとても驚きました。本当は真面目で優しい人なのです。ただ頭が良過ぎるせいか言葉がストレートなので、何かとお気に障ることが多いとは思いますが、少しお時間を頂けましたなら、礼さんの良い所もわかると思いますので、礼さんのことをよろしくお願いします」

気に障ることばかりですとも言えず、幸子は困ってしまった。

八時少し前に介護タクシーが西田を迎えに来た。よく見ると片桐家の墓に一緒に行った中野だった。中野が今日は忙しくて夕飯を食べる時間がなかったというので、沢山作り過ぎて残ってしまった煮物や揚げ物を中野に持って行ってもらった。

西田と中野がいなくなると変な静けさが訪れた。なぜか水越も疲れたようだった。

これが自分の家ならばベッドに倒れ込むところだ。

今日は帰って洗い物は明日また来ようかと幸子は考えていると、

「後片付けは僕がやりますので、鈴木さんはお帰り下さい。夜も大分遅くなりましたから」

水越にしては殊勝なことを言うと幸子が思っていると「僕も疲れたので、お帰り下さい。今日はご苦労様でした」と言葉が続いた。

「手紙で書くお礼の文章例」とかいう題名の本が手元にあったのなら、投げつけただろう。

疲れたのは誰のせい、と怒鳴りつけてやろうかと思ったが、やはりこの人は変だ。

馬鹿は死ななきゃ治らないの口かと思い「ではお願いします」と言って、幸子はバッグを持って家を出た。外は思ったほど寒くはなかったが、幸子の怒りはなかなか収まらなかった。

「今いいか」

「少しの時間なら良いよ。引っ越しは済んだのか」

「ああ、電気製品や家具は使わせてもらっていたので、引っ越しといっても荷物はあまりない。かさ張るのは商売道具のスーツ、ワイシャツ、靴、それに本ぐらいだから」

「引っ越して良かったたか」

「賄い付きだから、食事の心配をしなくて済むし、遅くなった時は冷蔵庫に入れておいてくれるのでありがたい。大家さんは看護師だし個人的なことは詮索しない人だから楽だ」

「今時、賄い付きの下宿とは事務所の人達も驚いているだろう」

「事務所には何も言っていない。マンションのほうは持ち主が帰国するまでは時々様子を見に行くつもりだから、手紙などは問題ないし。今は携帯電話があるからどこにいても問題はない」

「そうか、それで用事は何だ。またケーキの注文か」

「引っ越ししただろう。おばあちゃん達が引っ越しの挨拶はどうしたの、とうるさくて。お前のところで何か用意できるか」

「うちは料理が専門なので、焼き菓子の詰め合わせぐらいしか用意出来ないけど」

「そうだろうなあ。じゃ、それでお願いします。六軒分かな」

「その中に須藤さんという男性が入っているなら、焼き菓子ではない方が良くないか」

「須藤さんは一人暮らしなので聞いてある。知り合いに紅茶が好きな男性がいるので、手土産に調度良いと言っていた」

「そうか、配達先は六個まとめていつもの所でいいのか、それとも個別発送か」

「まとめていつもの所にお願いします。あとは須藤さんに配ってくれるよう頼んであるから」

「わかりました。請求金額はあとでメールします。じゃ、また」


水越の言葉に怒り心頭に発した日以降は何も起こらず、本を借りて、読んで、読み終わったらその本を返して、と毎日のように図書館に通った。予約していた本を毎日のように借りに行く状況だと、本を丁寧に読んでいるというよりも読み飛ばすことになり、読んだはずなのに内容が思い出せないことが多くなってきた。

それがミステリー小説だと物語の発端、死体が出てくるところは覚えているのに肝心の犯人とその動機が思い出せないこともたびたびだった。それで、読書以外の趣味を作ろうかと幸子はカルチャー教室の広告を見ていたが、特に興味がもてそうなものもない。幸子は相変わらず一人だった。

水越には腹が立っていたが、何もやることもないし幸子は片桐君の家の様子は見に行った。

木戸が開いていて、植木屋が庭木の手入れをしていた。

それが植木屋の岩田《いわた》だった。岩田は誰かに頼まれて庭木の手入れをしていたわけではないようだ。片桐君の父親が元気な頃「うちの庭で庭木の手入れの勉強をしていいよ」と言われ、合鍵を渡してもらっていた。その時から時間があると庭に入り、剪定し、雑草を処理し、時には木を植えたらしい。庭は今では片桐家の庭というより岩田の研修所になったようだった。鍵は持っているが、休憩したい時は沓脱ぎ石に座ってペットボトルのお茶を飲んでいた。

幸子は雨戸を開け、縁側に座布団を置き、お茶と梅ノ原の駅前で買ったお団子を置いた。

「よかったら、どうぞ」と幸子が言うと、岩田は座布団が汚れますからと言って座布団を外し、縁側に座った。

岩田と片桐君の父親は同じ小学校だった。父親の方が学年は上だった。

「片桐さんはうちの小学校では有名人でしたよ。うちの小学校は清和学園の近くにありますけど、清和学園に受かった生徒が出たのは久しぶりのことで、これは快挙だと校長先生も喜んでいたとか。片桐さんは本当に良い人でしたので、こんなに早く亡くなるなんて残念でたまりません」

岩田は植木屋の一人娘だったみずきと結婚するため、植木屋になった。

岩田とみずきは高校が一緒だった。植木屋になるつもりはなかった。ただ、みずきとは早く結婚したかった。

みずきの父親の清二《せいじ》は言った。

「いいよ、それだったら植木屋になるしかないね。そうだろう、どうやってみずきに飯を食わせるつもりだ、家賃もかかるだろうし。植木屋になるのだったら、二人で暮らせるだけの給料払ってやるよ、住む家もあるし」

岩田はため息交じりに語った。

「若かったのですね。今だったら、ちょっと待ってと立ち止まるところです。それでみずきと結婚すると同時に植木屋の修業を始めました。あれは辛かった。何もわからない。木の名前すらわからない。それなのに将来は義父の後を継ぐことになる。義父は腕のいい植木職人だったので、たくさんの客がいて当然弟子も多い。義父が厳しく私に接してくれと言ったこともあり、兄弟子たちからは一見いじめとは見えないようないじめを受けました。でも誰にも言えません。

みずきと暮らしてみてわかったのですが、みずきは思っていた以上に勝気で、もし私が愚痴を言ったら、なんて義父に言いつけるかと思うと。そのあとで、また私がいじめられるのですから。一番優しそうな兄弟子にわからないことを聞くのですが、あんまり何回も聞けないし、私と親しくしていると、その兄弟子が他の兄弟子にいやみを言われて、本当にあの頃は泣きました。

本も読みましたが、実際の木を見てみないとわからないですね。それでも私にも意地はあった。ここで逃げ出したら、みずきに意気地なしと言われるようで、逃げられませんでした」

そんな時、岩田は片桐君の父親に出会った。父親の貴裕《たかひろ》は清和学園を卒業後、大学には行かず、家で仕事をしながら祖父母の世話をしていた。今は売却済みだが貸家を何軒か所有していたので、片桐家は経済的には困っていなかった。

岩田の義父の家には、みずきの祖父のやはり植木職人だった武雄《たけお》も住んでいた。足が弱くなった武雄を病院に連れていくのも岩田の仕事だった。片桐の祖父と武雄の病院が同じだった。岩田は病院の待合室で毎月のように片桐たちに会った。つい愚痴を言ってしまった。

「もし良かったら、うちの庭で植木の勉強をして下さい。庭まで手が回らなくて、岩田さんの好きにしていいですから」と片桐が岩田に申し出てくれて、それからは時間があると岩田は片桐家に行った。

書き留めたノートを見ながら剪定をしたり、色々な種類の木を植えて勉強をしていた。剪定がうまくいかず樹形が変になったり、木が枯れてしまったことも度々あったが、片桐は何も言わなかった。反対に岩田が来ていることに気が付くと、片桐はコーヒーを出してくれた。

岩田にとって片桐の庭での作業は、自分とこの庭がこの先どうなるかという楽しみそのものなので、あの時間があったからここまで来られたと片桐には感謝している、と岩田は言った。

幸子は岩田の話を聞いて温かな気持ちになって家路についた。

そんな小さな幸せは長くは続かないもので、月曜日にまた水越から呼び出された。

片桐君の家に行くと、なぜか台所に食器洗い乾燥機、玄関に電動自転車が置いてあった。

なにか幸子に願い事がある時の水越は低姿勢だ。

「先日はありがとうございました。鈴木さんは調理が上手だと西田さんがほめていました。

それで」と本題に入ろうとしている。

「もし鈴木さんがよろしければ、お手数でなければ毎週日曜日に西田さんの夕食をお作り頂けないかというお願いなのですが。日曜日は介護施設やヘルパーさんがお休みなので、お考えいただけないでしょうか」

「昔からお願いは三つまでと決まっております。

一つ、片桐君の食事の世話
二つ、片桐君の家の管理
三つ、先日の西田さんとの食事会
これで三つです」

「それは昔の話です。今は固定観念にとらわれない、柔軟な思考が尊ばれる時代です。時代が違います」

「お言葉を返すようですが、私はその違った時代に生まれ、違った時代に生きております」

さすがの水越も次の言葉が浮かばなかったらしく、おもむろにお茶を飲み、幸子が買ってきた梅ノ原の駅前商店街にある菊屋《きくや》のみたらし団子を食べ始めた。

「わかりました。鈴木さんにご負担をおかけするだけでは申し訳ないので、鈴木さんの困り事を私が解決するのでは、どうですか。何かお困りの事はありませんか」

水越君、君の存在自体が一番の困り事ですと幸子の頭にすぐ浮かんだ。さすがにそれは言えない。水越はしつこいが西田さんの印象は悪くなかった。何もしないと幸子の料理の腕は鈍ってしまう。そんなこんなを考えて、何か水越に出来ることはないかと幸子は考えた。

父親が亡くなり、母親の元子が仕事に出るようになってから、幸子も少しずつ料理のレパートリーを増やしていったが、本格的に料理に取り組むようになったのは、大学生の頃だった。

それまでのように一日中授業があるわけではなく空き時間もあったので、最初はアルバイトをしようかと考えて元子に言うと家事、特に料理のレパートリーを増やして欲しいと返答された。

それではと思い、毎月のように料理雑誌を購入し、色々と作ってみた。あの頃は今のように合わせ調味料のない時代だったし、豆板醤《トウバンジャン》のようなそれまで日本では使用されていない調味料もなかったので手間と時間はかかったが、疲れて帰ってきた元子が「美味しい」と言って食べてくれたのがうれしかった。

料理だけでなく、菓子作りにも凝った。周りには食べてくれる人が沢山いて、隣の中村家の四人、ヒマがあると遊びに来るいとこの英雄、焼き菓子が出来ると元子が病院に持っていって同僚に食べてもらったことも多かった。

雑誌が増えて置き場所に困るようになってからは、使えそうなレシピだけファイルに入れて整理していた。菓子関係のファイルだけでも十冊近くあるし、菓子作りの本もある。

元子が亡くなって、菓子を食べさせたい人もいないので、そのレシピと本を誰かに使ってもらいたいと考えていたが、幸子の周りにはそんな人はいなかった。

このままだと、ゴミになってしまう。幸子にとっては大切なレシピだ。幸子は水越にレシピを使ってくれる人はいないかと聞いてみた。

「私たちはプロなのです。そのような家庭の主婦を対象としたようなレシピはどうでしょうか。でも見てみないと何とも言えませんから、うちの店に宅配便で送って下さい。鈴木さんにとって大切なものだと思いますので、私が責任をもって新しい利用者を捜しますから」

幸子は大丈夫かしらとは思ったが、使ってくれる人が見つからない時はお返し下さいと言って、西田の件は了承した。

「では、交渉成立ということで、日曜日の西田さんの件よろしくお願いいたします」

「はい、はい。わかりました」

調子が良いのだからと思いながら、幸子は餡《あん》の団子を口に入れた。

梅ノ原の駅前商店街にある和菓子店の菊屋の餡の味が幸子は好きだった。幸子は餡の味が和菓子の味を決めると思っているので菊屋の店頭に並べられている餡を使用した商品をよく買っていた。

値段のわりにはいい餡だと思う。菊屋の大女将は薄利多売で貧乏暇なしで太る暇がないといつも嘆いているのだが、大女将の体形を見ながら「説得力がないなあ」と大女将の息子が小さくつぶやくのが常だった。

「じゃ、ついでなので月曜日の私の昼食もお願い出来ると言うことでいいですね」

えっと思ったが、ちょうど団子を飲みこむ寸前だったので、すかさず「それは、却下」とは言えなかった。幸子は日本茶を飲んでから、駅前には天ぷらそばが美味しい蕎麦屋があるのでは、と水越に言った。

食べ物の問題ではありません、業務連絡が必要です、店の休日は月曜日だけですと水越は言った。業務連絡なら携帯電話があるでしょう、今どきわざわざ会う必要もないでしょうと言いそうになって、ついさっき時代遅れを擁護したのは幸子だったと思い、幸子は黙ってしまった。

それで食器洗い乾燥機を買ったのかと最後になって幸子は気が付いた。そんなに気が付く人なのに、幸子の気持ちはわからないようで、幸子は経験がないが離婚裁判が長期化する原因はこんなことなのか、と変に納得した。

次の日曜日に片桐君の家に行ってみると部屋が違っていた。水越がテレビを購入し、西田が楽に座れるよう座椅子もソファーのような形式のものに代えてあった。トイレにも便器から立ち上がる時に支えになるような用具が設置されていた。

水越が購入した電動自転車は思っていたより快適だった。長い坂の上に家があったので、購入したものを持って坂を上るのは大変だった。電動自転車だとあまり頑張ってペダルをこがなくてもスイスイと坂を上っていくので大変助かった。

今日の夕食のメニューは刺身、だし巻き卵、揚げ出し豆腐、大根と油揚げの煮物、わかめとカニもどきの酢の物、味噌汁。今日は水越がいないので、老人食メニューになってしまった。少し量が多いかと思ったが、先日のように介護タクシーの運転手をしている中野が空腹の時のために余分に作った。

夜の六時すぎになると西田が中野の車に乗って家に来た。西田が車から降りてから、家に上がり、座るまでは中野が補助してくれているので、幸子はその間に日本茶の用意をした。

「また、お招きいただきましてありがとうございます。先日は久しぶりに楽しい時間でしたので、お言葉に甘えてまたお邪魔しました」

中野は西田を下ろしたら帰るのかと思っていたら、一緒に食事をするようにと水越に言われたらしい。何またこれかと思ったが、中野がいた方が三人になる、話題に困った時や西田のトイレの見守りの際などにはいいかもしれないと思い直し、それに中野の分の食事もあるし問題はなかった。

幸子はあまり懇意ではない人との話題には困るほうだし、中野もあまり口数が多くはない、当然酒は飲まない。

西田と中野との間には、介護する人と介護される人との関係ではなく、人と人との信頼関係が出来ているようで二人ともゆったりと食事をしているので、幸子は安心した。

夜の八時を過ぎた頃、「久しぶりに落ち着いて、美味しい料理を食べることが出来ました。ありがとうございました」と言って中野は西田を車に乗せて帰って行った。

水越は日曜日の店の仕事が終わると片桐家に帰ってくるようで、お昼ごろになると二階から降りてくる。

焼きうどんを食べ終わり、菊屋の豆大福に手を延ばしながら水越が「例の洋菓子の資料、うちの洋菓子職人にチェックさせています」と切り出した。

その資料をどうするのか、その洋菓子職人に報告させますから夕方まで帰らないで下さいと、水越は話を続けた。また幸子の都合も聞かず決めたようだ。水越の無茶振りにだんだん慣れてきたので、黙って幸子は聞いていた。水越はあんこものが好きなようで、食べているときは顔が少し緩む。穏やかな顔で西田が持ってきた高級日本茶を水越は飲んでいた。

これじゃ結婚出来ないわけだ。こんな息子がいたらこの年になっても家にいて、幸子は毎日その息子のパンツを洗濯することになるのか、思わずため息が出そうになった。

食べ終わると水越は用事がありますので、と言って出かけた。

夕方、その洋菓子職人の田中《たなか》がやって来た。水越は少し変わった奴だと言っていたが、初対面の印象は今風の青年だった。客が来るとは思っていなかったので、急ごしらえで今日仏壇にお供えした豆大福と日本茶を田中に出した。

昨日、急に「鈴木さんに報告に行け」と水越に言われた、と田中は話し始めた。

「宅配便が届いたのは木曜日の夕方でした。それから金、土、日の三日間ですよ。無理ですよう。僕だって仕事があるし、箱も開けてないのですから。でもシェフに『行け』と言われたら『はい、わかりました』と答えるしかないじゃないですか。そういうことで今日来たのですが、すいません怒りますか」と言いながら、しっかり豆大福を食べている。

最近の若い人は変に繊細というか他人のちょっとした言動に傷つきやすいところがあるらしい。田中はどうだろうかと少し気になったが、その心配はいらないようだった。

あの洋菓子のレシピと本が仕事に役に立つか、立たないかの見極めには時間をかけてもかまわない。でも、役に立たないもので、それを使用してくれる人が見つからないのなら返して欲しい、と幸子は田中に言った。

「水越さんは口答えが出来ないほど怖い人ですか」と幸子が聞くと、「怖い人というより先生ですね」と田中が答えた。

料理は材料を焼く、炒める、蒸す、煮る、生食ぐらいしか料理の方法がないし、うちの店の厨房にある材料はシェフだけしか使用出来ないものではなく、誰でも使えるのに、シェフが作ると何か違うんですよ。盛り付け一つをとってもこれはシェフの一皿とわかるんです。今はシェフのそばにいて、色々勉強したいと考えています。――

と、そこまでは殊勝なもの言いだった。幸子の年代の男性だと変にキレて、あやまれ、土下座をしろと言い出す人が最近多いのですが、その世代の女性だと理由がわかれば納得する、ある意味現実的に対応してくれるので問題はないと思って来たのですが、やっぱりそうでしたね、と言って田中は日本茶を飲んでいる。

ある意味醒めているというか、幸子は自分の年を感じた。

豆大福を食べ、日本茶を飲むと田中は立ち上がって「鈴木さんにとっては大事なもののようなので、よく中身を見てみます。来週、また来ますから」と言って帰って行った。

あと二か月もすると母親の元子の命日がくる。月日はボンヤリとしている幸子の気持ちを一瞥もせず幸子のそばを通り過ぎていく。元子が生きていた時は幸子自身の死はずーっと先のことだと、別世界のことだと思っていたが、元子という屋根が失くなって空がすぐ上に見える。次は自分の番なのかと思う。元子が色々な意味で幸子を守っていたのに、自分は元子に何をしてあげたのか。

北は北海道から南は四国、九州と元子を旅行に連れていったが何か違うような、元子の幸せはどこにあったのか、何をすればよかったのか。今となっては聞くことも出来ない。

元子の頑張りに対して、幸子は元子に報いてきたのか、やはり不肖の子供だったという思いがだんだん強くなる。もうどうしようもないのだが。

いままでは元子の法事をいとこの英雄がすべて仕切ってくれていたのだが、来年の一周忌法要は自分で動こうかと思い英雄に電話をした。その件だったら、他のいとこたちには言ってあるし、日にちも場所もほとんど決まっている。寺の住職の予定だけ押さえておいて下さい、と幸子は英雄に言われた。お礼は別にいいのです。おばさんはうちの子供たちにとっても、三人目のおばあちゃんのようなものだから、子供が小さい時はお小遣いをたくさん貰ったし、毎月のようにごちそうもしてくれて有難かった。

一周忌はおばさんやおじさん抜きでやることにしました。風邪でも引かれて、別の法事が増えるといけないから。いとこたちもそうしたいと言っていました。細かい打ち合わせは今度会ったときにでも。じゃ、寺への連絡をお願いします、と言って英雄に電話を切られた。どうもありがとうとしか言いようがなかった。考えてみたら、元子の葬式、四十九日、新盆、みんな英雄が仕切ってくれたのだった。一周忌も、と英雄が思ったのも無理はない。

英雄は叔父や叔母そしていとこたちのことをよくわかっていたので、英雄がやってくれるのなら問題も起きないだろうと幸子は思った。

月曜日

水越が出かけて四時間ぐらいあとに田中がやって来た。日本茶と菊屋のお団子を出した。

「レシピと本は僕の後輩がゆっくり見たいというので、その子に頼みました。ちょっとところのある子なので、少し時間がかかると思います」と炬燵に入ってすぐ田中は話し始めた。

「鈴木さんは、シェフが休日の午後、何をしているか知っていますか。知らないでしょう。店で料理をしているんですよ。シェフって大変ですよ。うちの店が予約の取りにくいフランス料理店として有名なのは、常連さんが多いせいもあるんです。月に一度とか二度、季節が変わるごとにあの料理を食べたいと来店されるお客様もいらっしゃいます。常連のお客様はいつものあの味を求めて店にくる一方、新鮮な驚きも欲しいと矛盾しているんですが、わがままなのです。だから料理をする方も月が変わるごとに、気温や街の風景が変わるごとにメニューを変える必要があります。だからシェフは休日なのに、店に来て新しいメニューを考えているんです。休みの日に忘れ物を店に取りに来たら、シェフが料理を作っていたので驚きました。店の他の人が知っているのかどうか、わかりませんけどね。

最初、シェフに食べてみろと言われた時は緊張しました。感想はどうだと言われ、もっと困りました。ただ美味しいだけではだめなんですよ。でも言葉は浮かばなく黙々と食べました。

次の週も同じ時間に店に行ったら、やっぱりシェフが料理を作っていて、シェフが来るなと言わないので、それから毎週シェフが料理を作っているのを見て、試食させてもらっています。毎週シェフが料理を作っているところを見ていると、天才と言われているシェフでも思うように新しいメニューを作り出せない時があるようで、表情や動作に迷いのようなものを感じる時があります。感じがするだけかもしれないけど、店を続けるって大変ですね。俺に出来るかな。

話は変わるんですけど、このところシェフの様子が変なんです。営業中はいつもと同じでクールな表情なのですが、休みの日のシェフの様子が変なんです。わかりますか。わかりませんよね。なんか変に余裕があると言うか、瞬間的に笑顔を見せることもあるのです。

理由を考えました。ここだけの話ですよ。鈴木さんだから打ち明けるんです。他の人には絶対内緒ですから。シェフに子供が出来たのではないかと思っているんですが」

「どなたか、お付き合いしている人がいらっしゃるの」

「そんな人がいるわけないじゃないですか。店のある日は営業が終わって帰る頃には次の日になっているし、休みの日は店で料理をしているんですから」

「じゃ、どこから子供が出てくるの」

「この世界って意外と狭いんです、それにみんな噂話が大好きだから。シェフの若い頃の話はみんな知っているんです。これはあくまでも噂話ですけど、シェフは高校を卒業してすぐフランスで料理の修業を始めました。シェフってイケメンでしょ。フランスでも東洋から来た美少年と町の評判になって、だいぶもてたようで。若い女性から経験豊富なマダムまでと守備範囲も広かったようで。

これからはうまい言葉が見つからないので、言いますけど、意味を把握したら、すぐ忘れて下さい。いいですか。相手かまわず〝やりまくっていた〟そうです。忘れましたか。だから、シェフにとって女性がそばにいることは普通のこと、よくあることなのです。だから女性と親密になっても、シェフが変わるわけがありません。女性と親密になっても当然のことながら、子供は欲しくなかった。でも相手の女性の方はどうでしょうか。結婚は出来なくてもシェフの子供が欲しいと思うかもしれません。

最初は子供に関心はなかったが、実際に生まれてきた子供を抱いてみると、自分にどこか似ているようで可愛いと思うようになった。シェフも年ですから子供がいても不思議ではない、料理に広がりが出来るかも」

田中の話を聞いているうちに笑い出しそうになった。この話を水越にも聞いてもらいたい。

「お店でもそんな話をするの」

「まさか。うちの店ではシェフは特別な存在ですし、シェフは個人的なことは話しませんから。個人的な知り合いの人から頼まれ事をしたとシェフが話をしたのは鈴木さんで二人目です。一人目は清和学園時代の同級生で、今は弁護士さんの方です。とても良い人です。だから、鈴木さんも良い人ではないかと思ってこの話をしたのです」

「どうもありがとう」としか幸子には返す言葉がなかった。

料理人には「そうぞうりょく」が必要だと思う。その「そうぞうりょく」は想像力ではなく、創造力のほうだと思うのだが、思い込みが過ぎると店のいい経営者にはなれない。

先は長そうだ。

「暗くなってきたので、そろそろ帰ります。それからこれ、うちの店の商売ものです。端が欠けていますが、味は同じなので食べて下さい。美味しいと思います」と言って、クッキーの箱を幸子に差し出し、田中は帰って行った。

次の月曜日
少し肌寒い日が続いていたので、水越にお汁粉《しるこ》を出した。水越は自分で買ったソファーのような座椅子に寄りかかりながら、自分で買った大きなテレビを見ている。甘いものが好きなのか餡が好きなのか、お汁粉を食べている時は顔が緩むようだ。

東京地検特捜部の水越はどこに行ったのか、少し緩め過ぎだ。

十一月に入ると庭の落葉樹もだんだんと葉が落ちてきて、一見枯れたように見える枝が目立つようになってきた。

母の元子は六人兄弟の長女で、元子の下には友子、昭雄、達男、清子、正子と続いていた。

元子は医師になりたかったが、下には五人もの弟や妹がいるし、経済的にもゆとりのある家ではなかったので、看護師になった。

頭の良い女性で、今でも五人の兄弟が集まると一番頭が良いのは元子姉さんで、下にいくほど馬鹿になると言っている。末っ子の正子、英雄の母親も「そうなんだよ」と言って、なぜかうれしそうにしている。元子は兄弟の中でも一目置かれていた。元子は活字が好きで、本を読むことや文章を書くことを厭わなかった。

元子が元気な頃は学生ノートに日記のようなものを書いていたのを幸子は知っていた。元子の部屋の押し入れにはその学生ノートが何十冊とある。そのノートに何が書かれているのか、幸子の知らない元子がそこにいるのか、もしそこに今までの元子と幸子との関係を覆《くつがえ》すような文章があったら、幼い幸子の存在が元子の足枷《あしかせ》になっていたら、そんなことを考えると怖い。いつかは開いてみようとは思ってはいるが、いまのところノートを開く勇気が出なかった。

十年近く前の頭のケガの後遺症のせいか、高齢化のせいか、死ぬ前の元子はかつての快活さが消え、自分の意見を言うこともなくなっていた。元子が日々何を思っているのかわからないままに、元子は亡くなってしまった。元子が幸子の介護に満足していたのか、幸子は元子にどう寄り添えばよかったのか、その採点が何点になるのか、考えれば考えるほど自信がなくなる。幸子の周りの人たちは幸子のように熱心に介護している人はいないと言うが、介護される方の元子の気持ちがわからないので、どうすればよかったのか考え込んでしまう。

自分はやれるだけのことはやったので後悔はないと言う人もいるが、介護されるほうの人間の気持ちがどうなのかはわからないので、申し訳ないが、その考えはその人の単なる自己満足だとしか幸子には思えなかった。


「来月、十二月はクリスマス、忘年会、それに大晦日と行事も多く、予約の客が多いので、なるべく客の要望に応えようと休日はありません。店の中は戦争状態です。それで鈴木さんにもその気持ちで十二月に臨んでいただきたいと思っています」

また、水越がおかしなことを言い出した。風邪でも引いて熱でもあるのかしら。

「私は還暦も過ぎて、言わば退役軍人のようなものなのです。私に出来ることといったら、頑張れ水越さんと言って沿道で旗を振るくらいですけど」

「鈴木さんに厨房に入って下さいと言っているわけではありません。うちのメニューに麺類はないのですから。鈴木さんには私の昼食の用意をお願いしたいのです。鈴木さんは料理の腕を存分に振るえるし、私は鈴木さんの作った昼食を食べて元気に仕事をすることが出来ますし、お互いにウインウインの関係かと」

何がウインウインだ。すこしでも疲れを軽減しようと、昼食を作る時間を睡眠時間にあてたいだけでしょうに。

「職種が違いますね。私は『食事処鈴木』の料理人で、ヘルパー派遣所の従業員ではありません。私には健康管理に関するノウハウがありませんので」

「そうきましたか。なかなか手ごわいですね。三つのお願いも使いましたし」と言いながら水越は急須に湯を注いだ。

「わかりました。十二月三十一日に私が焼いたローストビーフを鈴木さんの指定する場所に配達します。ただ配達先は東京二十三区内にお願いします。ローストビーフだけでは不満でしたら、他になにか付けますけど。これならいいでしょう」

　食い気で攻めてきたか。高いローストビーフだ。

「お店でも洋風おせち料理の販売もしているのですか」

「そんなことはしていません。店の客をさばくだけで精一杯です」

　水越が焼いたローストビーフは美味しいかもしれないが、幸子一人では食べるのがもったいないし、正月、隣の中村夫婦は息子夫婦と温泉に行っていないし、どうしたものかとつい水越の顔を見ながら考えてしまった。

「私の顔が気に入りましたか」

「まさか、自分でもイケメンだと思っているのですか」

「この顔で良かったことは特にないです。顔でソースの味が決まるわけでもないし」

　口では水越に負けていないと思うのだが、どうも年が親子ほど離れているせいか、しょうがないかと最後は思ってしまう。何しろ幸子は暇すぎる。

結局、十二月はなるべく片桐君の家に来て、水越の昼の食事の世話をすることになった。

ローストビーフは、いとこの英雄一家に届けてもらうことにした。

もちろん交通費は水越持ちだ。

今年は英雄一家には色々とお世話になったし、男の子が三人もいて、喜んで食べてくれるだろう。


水越が出かけると、しばらくして田中が来た。

幸子の洋菓子のレシピと本は後輩がチェックしているのでもう少し時間を下さい、と田中は言った。

また、田中の話が始まった。

「去年、同じ学校の後輩で岡部《おかべ》という奴が、うちの店に入ったのです。シェフが将来のことを考えて、菓子職人がもう一人店に欲しいと言うのです。俺が学校の先生や生徒の話を聞いて、岡部を推薦しました。岡部は、慣れるまでは反応が遅いというか、例えば先輩にカスタードクリームと言われると、まず頭の中でカスタードクリームを作る作業をして、うまく出来ると体と手が動き始めるのです。もちろん何分もじっとしているわけではないのですが、忙しい時はみんな殺気立っているので、動きの止まってしまった岡部は目立ってしまいます。

でも、岡部の手先の動きはすっごく繊細なの。プチケーキなんか作らせたら、きれいに作るんです。そのことは学校の先生方に聞いていたけど、岡部が慣れるまで俺がカバーするからいいかと思ってシェフに推薦しました。

でも、短気な人はいるから、岡部は時々俺に泣き言を言うんです。シェフもそのことを知っているので、何も言わないから気にするなと言っているのですが、やっぱり愚痴が止まらない。

俺は店では、シェフ以外の人がなんか言ったら取りあえず、すいませんと言うけど。自分でも間違った時はやばい、この次は気を付けようと思っているので、小学生じゃないのだから、それをぐちゃぐちゃ言われても、お互い時間の無駄、言われたことはすぐ忘れる。俺が岡部にそう言ったら『田中さん、人間はいくつになっても修業させてもらっているという気持ちを忘れてはいけません。自分の行いを注意して下さる人がいたら、ありがたいと思いましょう』と岡部、俺に言うの。岡部が愚痴を言うから慰めていたのに、そう思うなら岡部も先輩に何か言われたら『気を付けます。ありがとうございます』と言って、そのあとすぐ忘れればいいのに。

わけわかんない。でも後輩がいるのは良いですね。馬鹿な子ほど可愛いというか。

来月は店が忙しくなるので、お休みがありません。今から予約が一杯で断るのに苦労しているみたいで、難癖をつけて色々と言ってくる客だったら、なんとか怒りを鎮めることが出来るけど、わかりましたと言って、もう二度と店を使わなくなる客もいるので、それが怖い。今はインターネットで拡散されるとどうしようもない。若い担当者だけだと心配なので、この時期になるとベテランの接客担当者が交代で電話を取っています」

田中の話は続く。

「俺のひいおばあちゃんは俺が幼稚園の頃まで生きていました。俺は幼稚園から帰るとすぐ、ひいおばあちゃんの部屋に行って今日幼稚園であったことをみんな話していました。ひいおばあちゃんは俺の話を聞き終わると、お前は賢い、良い子だねえと言って、いつも頭をなでてくれました。日本茶を飲んで、どら焼きを食べて、鈴木さんと話をしていると、ひいおばあちゃんといるような気持ちになります。

俺たちいい関係ですね。鈴木さんのほうがひいおばあちゃんより美人ですけど。鈴木さん、昔はすごい美人だったでしょう」

ここまで話を聞いていた幸子は可笑しくてたまらなかった。

寅さんじゃないけど、田中が幸子の子供だったら「馬鹿だねえ、この子は」と言っていた。馬鹿な子ほど可愛いか、そうかもしれない。

田中がここ何年も寿司を食べていないと言うので二人で「魚新」に行って、田中がこれをと言った刺身を少し多めに買って持たせた。早めのボーナスと言ったら、うれしそうに坂を下って行った。

日曜日

「すいませんねぇ、息子と二人でおじゃましまして。これからの季節、ママ友の会が多くて。ママ友だけの会、子供とママ友の会と色々です。うちの奥さん、人とおしゃべりするのが大好きで、お客さんと電話で話すことも多いので、人あしらいになれているせいか、色々なところから誘われることが多くて。今日は、あれ何だっけ」

植木屋の岩田が隣に座っている息子の健《けん》に聞くと健が小声で答えた。「お姉ちゃんのバレエ教室の友達との会だそうです。正月前は忙しいです。庭をきれいにして、正月を迎えたい人が多いみたいで。植木屋は雨が降ると出来ません。

毎日、天気予報を見て明日の予定を立てているのです。息子は去年までは、お姉ちゃんと一緒にママ友の会に参加していたのに、急に今年は行きたくないと言って、私一人ならカップラーメンでもいいのですが、息子がいるとそういうわけにもいかず、困っていました。

鈴木さんがどうぞと誘ってくださったので助かりました」

岩田とその息子の健を日曜日の夕食に招くことは水越にも話をした。取りあえず水越が片桐君の家の管理責任者なので、もちろん西田の了解も取った。

水越が「子供がいるならエビフライとチキンライスだな」と天才シェフにしては定番のメニューを幸子にアドバイスしてくれた。どうせ水越の財布から費用が出るのだからと「魚新」の主人に言って大きいエビを用意してもらった。

結局、子供中心のメニューになった。エビフライ、メンチカツ、コロッケ、チキンライス、健が味噌汁を飲まない時を考えて、コーンスープも用意した。

それにいつもの湯豆腐とお刺身とブリ大根。

岩田は車なので、お茶を飲んでいる。

介護タクシーの運転手の中野の分もあるのだが、呼び出されて仕事に行ってしまった。

介護タクシーの予約は迎えの時間と帰りの時間と両方予約することが通常である。

例えば通院ならその予約時間から逆算して迎えの時間が決まるのだが、帰りの時間は病院の患者の数が多くて診察時間が後ろにずれ込んだり、そのあとに会計、薬の受領が重なると、次の客の予約時間に食い込んでしまうことも度々ある。

これがタクシー会社の介護タクシーなら別の介護タクシーを派遣すればいいのだが、中野のように個人で介護タクシーをしていると一人では対応のしようがない。

それで個人の介護タクシーの運転手は何人かでグループを作り、助け合っていた。

中野が西田を席に座らせて、食事をしようかという時に仲間から連絡が入り、中野は出かけて行った。

「美味しいお刺身ですね。健もお刺身が大好きなので、よかったな健」最初はなかなか食事に手を出さなかった健も、岩田が健の取り皿にいろいろ載せてくれるので食べ始めた。

「門松も作られるのですか」と西田が聞くと、

「作ります。ああいう作業が好きな奴がいて、毎年そいつにまかせるのですが、きれいに作りますよ。鈴木さん、この前も言いましたけど、門松は買わないで下さいね。毎年片桐さんには、小さいのですがうちで門松用意していますす。今日のお礼に大きいのを作りますから」

健は黙々と食べている。刺身が好きなようで、大人たちが話をしている間も刺身を取り皿にとってしっかり食べている。

「息子さん、おとなしいですね」

「お姉ちゃんは家内に似ておしゃべりですが、息子はあまりしゃべりませんね。うちでは、女性たちが勝手にしゃべって、勝手に納得して、おやすみなさいで一日が終わります。高校を卒業した時はそうじゃなかったのですが、こっちは口のきかない植物を相手にして、お客さまも私の両親より年上のおじいちゃん世代の人が多かったので、どうしても話がゆっくりになって。上方漫才の『大助花子』ですか、うちも私がアワアワ言っているうちに、奥さんがいなくなっていることが多いんです」

岩田は高校を卒業してすぐ植木屋の親方の一人娘のみずきと結婚、義理の両親である親方夫婦と同居した。親方も五十代とまだ若くまだまだ元気なので、上の女の子が小学校に入学した頃、親方と別居してマンション暮らしを始めた。

親方の元には、住み込みの弟子が何人かいるので、親方夫婦は結構にぎやかに暮らしているらしい。

食事が終わって、子供の喜びそうなテレビの番組が終わった頃、健が緊張疲れからか、うとうとし始めた。

「すいませんね。息子が眠くなってきたようで」

岩田親子は食べるものを食べると帰って行った。

「ちょっと慌ただしかったですか、疲れましたか」

「私は接客の仕事が長かったので、人がいることに慣れていますから。鈴木さんが一緒に食事をしても良いと思っている人がいるなら、私に遠慮なく誘って下さい。それに小さなお子さんと一緒に食事をするなんて何十年ぶりかですよ。今日も楽しかった」

テーブルの上をきれいにして日本茶を出した。西田が持ってきたもので、とても良いお茶だ。

「西田さん、お正月はどうします。初詣に行きますか。それともテレビで箱根駅伝を見ますか」

「お正月は毎年行くところがあって、しばらく旅に出かけます」

「旅ですか。お一人で大丈夫ですか。水越さんはそのことご存じなのですか」

「毎年のことなので、以前から礼さんには話をしてあります。介護タクシーの中野さんが毎年一緒に行ってくれているので、一人ではないので心配しないで下さい」

西田の年齢で真冬の旅行はどうだろうかとは思ったが、西田との距離はまだまだ遠いものだったので、幸子はその件は水越に聞いてみることにした。

「ちょっと、時間あるか」

「どうぞ。でも珍しいね、お前から電話がかかってくるなんて。店、忙しいだろうに」

「忙しいのには慣れているから。それより高城、お前正月はどうするの」

「正月は梅ノ原ですよ。大家さんと須藤さんと三人でおせちを食べます」

「暮れにローストビーフとあと二、三品作るんだけど、大家さんにも食べさせたいか」

「忙しいからと暮れに洋風おせち料理を作るのは断っていたんじゃなかったか。断れない客でもいるのか」

「おばさんですよ。おかめそばのおばさん」

「おばさん。水越、お前私に嘘を言っていただろう。お前が言っていたおばさんって、鈴木さん、鈴木幸子さんという人だろう」

「本田に聞いたのか」

「鈴木さんに寺で会いました。大家さんと鈴木さんの家の寺は一緒なの。それに鈴木さんの母親も看護師で、大家さんと同じ梅ノ原の個人病院に勤めていたんです。二人が話をしているのを聞いていて、この人がお前の言っていたおばさんだとすぐわかりました。きれいな人じゃないか。年は大家さんと同じぐらいのようだが、ちゃんと化粧をして、それなりのかっこうをすれば五十代と言ってもいいくらいだ」

「見かけはともかく、親子ほど年が離れていることに変わりはないでしょうが」

「何がないでしょうがだ。お前、今あせっただろう、言葉遣いが変だ。それより遠くから見ていたら、長い時間墓の前でボンヤリしていたようだったが、大丈夫なのか。母親が亡くなって大分精彩を欠いていたようだった、と大家さんが話をしていたが」

「それは私も気が付いている。時々ボンヤリとしていて、頼りない感じの時もある。でも私が話しかけると、おばさん私たちより長く生きているし、本も大分読んでいるので話題というか語彙が豊富で、それに頭の回転も速いのですごいピッチャー返しが返ってくる」

「私のほうも気になることがあって。大家さん、今仕事を軽くして時間があるせいか、ご主人を亡くされた寂しさを強く感じるみたいで、仏壇の前に座ってブツブツ言っているのをよく見かける。私に出来ることもあまりないし、人の生き死にはどうしようもないな。まあ取りあえず、ローストビーフはいただきます」

「配達先はいつもの所でいいか」

「いつもの所だとおばあちゃん達が見ているので、いつもの所の隣に高橋という家がある。そこが下宿先なのでそこにお願いします。念のため、須藤さんにも話をしておきます」

「請求書は後日メールするのでよろしく」

「金を取るのか」

「当然でしょ。おばさんには色々お願いしているからタダですけど」

「本当にしょうがない奴だ。でもお前の作ったローストビーフなら美味しいだろうし、大家さんも須藤さんも喜んでくれるから、まあいいか」

「お前って本当に良い奴だな。向井にお前の爪の垢でも飲ませてやりたいよ」

「向井は相変わらず来るのか」

「一人でも客は客なのでいいのだが。あいつだけは何とかならないかと、いつもあいつが来店するたびに同じ学校の卒業生として恥ずかしいよ」

「まあ、頑張れ。鈴木さんと言葉のキャッチボールをするという楽しみも出来たことだし、来年は良い年になるよ」

「おばさんのくせ玉を受けるのは大変だよ。じゃ」


十二月に入り、水越は休みの日がなくなった。店が終わると鷹羽のマンションではなく、片桐君の家に帰ってきているようで、幸子が片桐君の家に来て部屋が温まった頃になると二階から降りてくる。疲れているようで幸子に対する遠慮もなくなってきたようだった。

起き抜けのせいか、幸子の入れたコーヒーを飲みながらボンヤリとテレビを見ている。

「これは何ですか」

「お粥です。お米から炊いたので美味しいですよ。不味かったら蕎麦の用意もしてありますので、一口食べてみて下さい」

粥の上の溶き卵の色がきれいだった。米から粥を作ると何やかんやで一時間以上かかるが、とても美味しく出来る。

水越は幸子の顔をしばらく見ていたが、しょうがないと思ったか食べ始めた。

「如何ですか。やはりお蕎麦のほうが良いですか」

「まあまあです」

可愛くない奴だ、水越に出す前に少し味見をしてみたが美味しく炊けていた。

食べても、食べなくてもいい、水越が食べなかったら今日の夕飯にしようと思い、テーブルの上に料理を並べて置いた。白身魚の煮つけ、豚の角煮、高野豆腐といんげんの煮物、ぬか漬けの大根、味噌汁。少しずつ料理の味見をしていたが、高野豆腐、ぬか漬けの大根と味噌汁が気に入ったようだった。取りあえず粥は完食した。

「お疲れですか。お体大変ですか」

「休みがなくても、ひと月ぐらいなら大丈夫です。気を張り過ぎているせいか、いつも以上に神経が過敏になっているようで、人の動きがやけに気になります」

「私が担当した銀行の仕事はグループで行う作業ばかりでしたが、行員の力量はバラバラでした。中には非正規雇用の方より仕事が出来ない人もいて困りました。残念なことですが、それはどの職場にもある悩みです」

「そうですね。それより鈴木さん、高橋さんという看護師さんをご存じですか。この前、寺で会ったとか」

「高橋さん、時子さんのことですか。水越さんは時子さんとお知り合いですか」

「高橋さんという人は知りません。高橋さんのそばに、私と同じ年ぐらいの男性がいませんでしたか。あれ、私の学園時代の同級生なのです。イケメンだったでしょう」

「男の人はいましたが顔までは。眼鏡をかけて、風邪でも引いていたのかマスクをしていましたから。じゃ、あの男性が相馬さんの息子さんですか、相馬さんの墓にお線香を上げていましたから」

「あいつは相馬ではありません。高城といって、今は高橋さんの家の下宿人です。鈴木さん、相馬の家と親しかったのですか」

「相馬さんとは個人的なお付き合いはありません。ただ相馬さんの家の欅はあの辺りでは有名でした。とても大きな欅の木で、若葉の頃はとてもきれいで、よく相馬さんの家の前で欅の木を見ていました。でも二、三年前に切ってしまって、それからすぐ相馬さんの奥様が亡くなられたとか。相馬さんの奥様はとてもきれいな方で、まるで女優さんみたいだと母がよく噂をしていました。時子さんの家は相馬さんの家の隣ですから、その縁でその男の方は相馬さんのお墓にお線香を上げていたのですね」

「世の中は狭いものですね」

「でも、その男性が水越さんのお知り合いなら、もう少し着る物に注意したほうがいいと、それとなく言ってあげたほうがいいと思います。お節介とは思いますが」

「高城、そんなにひどい恰好でしたか」

「全体に統一感がないというか。特にパンツがひどいかと」

昔、母の元子は中平病院に勤めていた。中平病院を退職後、元子が通院のために中平病院へ行く時は幸子がいつも付き添っていたので看護師の高橋時子とは顔なじみだった。

幸子は墓参りの際に高橋時子と出会った。時子は幸子の知らない若い男性と一緒だった。その男性は、水越より少し身長が高い人だったが、眼鏡とマスクをしていたので、顔はよくわからなかった。ただその男性の身なりは人目を引くものだったので、印象には残った。

コートはツイード素材でだいぶ歳月が経った風合いだったが、その歳月を経て生地に落ち着いた色合いが出てもう少し年配の男性であれば、より素敵な着こなしが出来るようなものだった。ただパンツがそれ人前で着ますかというものだった。リフォームしたのだと思うが、手塚治虫のひょうたんつぎを連想するような、継ぎはぎのせいか、色のバランスが少し変だった。それを何回も洗濯したのか、生地もよれよれで大分薄くなっているようだった。

靴は高そうなスニーカーだったので、眼鏡とマスクをして顔を隠したくなる気持ちが幸子にもよくわかる装いだった。

「ひょうたんつぎですか。見てみたいな、携帯で写真撮りましたか」

「まさか、そんな失礼なこと」

「そうですか、写真がないのが残念だ。ちゃんと高城には注意しておきますから」

と言ってうれしそうに、あんこ玉を食べていた。

何がうれしいのか幸子にはわからないが、仕事に出かける前に疲れた顔をされるよりいいかと思い、幸子は紅茶を飲んだ。


水越が仕事に出て、しばらくしてから「魚新」から電話が来た。幸子の知り合いだという人が来たので、坂の上ですと教えた、すぐ着くと思うので家の前で出迎えてくれ、と言われた。

家の前に立っていると、黒いコートを着て、キャリーバッグを引きずってくる女性の姿が見えた。背中まで伸びた髪を一つにまとめ、女の人にしてはいかり肩の女性が幸子の前に立った。幸子と同期入行の、こけしだった。

「こけし、どうしたの。取りあえずここは寒いから中に入って」

幸子とこけしは家の中に入り、幸子はこけしのコートを受け取り、炬燵に入ってもらった。

「寒かったでしょう。お茶どうぞ。お腹空いてない」

「突然お邪魔してすいません」とこけしは言った。

こけしは幸子と同期入行で、課は違ったが、最初同じ支店に配属された。

こけしはニックネームで、銀行の先輩が名づけたものだった。銀行の制服のベストは生地の素材がしっかりしたものだったので、誰が着てもウエスト部分のくびれが出ない直線的な形になるものだった。それに加えてこけしの肩はいかり肩だったので、ベストを着たこけしの後ろ姿は体の線が直線だったのでこけし人形みたいだと先輩は思ったようだった。

ひどい言い方だと思ったがこけしは気にしていないし、先輩達もこけしの素直で純朴な性格が気に入ったらしく、優しくしてくれているようだったので、同期のみんなもこけしと呼ぶようになった。

こけしは短大卒なので、幸子より二歳年下だ。こけしは結婚のため銀行を退職、相手は茨城の農家の長男だった。結婚式には幸子も呼ばれた。

結婚後、こけしは義理の父親、母親とこけし達夫婦の四人で暮らし、こけしも農作業を手伝っていた。何年かするうち、最初に義理の母親が亡くなり、こけしの夫、最後に義理の父親が亡くなり、こけしは一人になってしまった。

一人になった頃、実家の母親の介護が必要な状況になったので、茨城の家はそのままにして、母親の介護のため実家に戻り、ほとんど一人で母親の介護をしている。

いつも電話で話をしていて、こけしに会ったのは久しぶりだった。少し太ったようだ。

「今日は法事なの。お母さんの世話はだれがしているの。ショートステイに行ってもらっているの」と幸子は聞いた。

「鈴木さん、お母さん死んじゃったの」と言って泣き出した。

そういえば、最近は物とその際の簡単な手紙のやり取りしかしていなかった。

「ごめんね。何にもしてあげられなくて。電話してくれれば、すぐ行ったのに」

こけしは泣き止まない。この家にいるのは幸子一人だ。好きなだけ泣かせてやろうと思い、テーブルの上にティッシュペーパーを置き、こけしのそばにゴミ箱を置いた。

気持ちが落ち着いたらしく、かなり時間が経ってから、こけしは泣き止んだ。

こけしの父親はすでに亡くなっている。こけしの母親は夏頃から以前にもまして食が細くなり、デイサービスに行っても寝ていることが多くなった。亡くなる最後の頃はアイスクリームやプリンをスプーンで一口か二口食べるともうお腹いっぱいと言うようになった。

こけしは母親の治療を訪問医療、訪問介護に切り替えていた。最後は物を食べることが出来なくなり、医師が点滴を処方したが、それは脱水症状を起こさないためのもので、延命効果はなかった。

十一月に母親の葬儀が行われた。兄と兄嫁から、母親は亡くなったので四十九日の法要が終わったらなるべく早く茨城に帰ってくれ、とこけしは言われた。母親の遺産相続でも色々言われたらしい。

こけしは茨城に帰れば、住む家はある。こけしの夫が亡くなった時、義父が自分の年では農業をするのが無理、自分の家の農地が欲しいと言う人がいるので売却する。

そのお金は使わないで貯めておくし、自分が亡くなったら親戚のものによく頼んであるので、そのお金と今までの蓄えで何とか生活できると思う、心配することはない、と義父に言われたらしい。

こけしが自分で食べるくらいの野菜を作る場所は残してある。それにいとこ達はみんな親切だ。茨城に帰ってもなんとかなる。

兄と兄嫁に、母親の遺産は放棄するが母親の部屋にある母の遺品は全部自分が整理するので一旦すべて茨城に送りたい、とこけしは言った。兄と兄嫁も母親の部屋には金目のものがないとわかっていたし、二人とも遺品整理は面倒だと思ったらしく、それで話はすぐにまとまった。

茨城の親戚が車を出してくれたので、母の部屋にあったものは、すべてこけしの家に運び込まれた。

母親の四十九日の法要が終わり、茨城に帰ろうかと上野の常磐線のホームの椅子に座ったら、急に泣きたくなった。そういえば幸子が管理を頼まれている家はこのあたりだと思い出して上野からタクシーで清和学園まで来たが、家の名前を聞いていなかった。

今日幸子は携帯電話を家に忘れてきてしまったので、こけしは幸子とは連絡が取れなかった。それでも幸子の手紙に書いてあった「魚新」を見つけ、こういう人を知らないかと尋ねて、片桐君の家にたどり着いたようだ。

「こけし、大変だったね。よかったら、夕飯食べていって」

「鈴木さんのほうが親切ですね。兄は母の介護をしていた時は何もしてくれなくて、母が亡くなったらすぐお金の話をして。本当に母親が可哀相です。若い頃は人一倍働いて、私達を育ててくれたのに、本当に親不孝者です。母が可哀相です」

よほど、兄夫婦の仕打ちに腹が立ったらしく、その後もこけしは「母が可哀相です」の言葉を何度も口にした。

「こけしが来るとは思わなかったので、いいお茶菓子がないんだけれど、夕飯は頑張るからゆっくりして」

「相変わらず、鈴木さん優しいですね。そんなにかまわないで下さい。カップ麺でいいですから」

「お茶、熱いのに代えようか」幸子はこけしの前に温かいミルクティーを置いた。

「そういえば、もう一人の鈴木さんはどうしていますか。鈴木和子さんは」

「和ちゃんはまだ銀行で働いているよ。嘱託だけど」

「鈴木さんのお父さんはお元気ですか」

「年相応かな。お父さんも、自分がいなくなったら和ちゃん一人になるので、健康には気を付けているみたいだけど」

「年を取っておじいちゃんになった親でも、親がいるっていいですね。鈴木和子さんがうらやましい。私は親を四人も亡くして、主人もいないし、一人になってしまいました」

「こけしも何か仕事をしたら。体を動かすことが大好きでしょう」

「そうですね。でも、他人の家を二軒も管理をするって大変ですね。この家古そうですし」

「この家、出るの」

「何が出るのですか」

「日付が変わる頃にすごいイケメンの男の人がどこからともなく現れるの」

「またまた。鈴木さん、以前もおかしなこと言っていましたよね」

「なんだっけ」

「大学生の時、サークルの先輩が女の人が泣いている時は抱いてやればいいと言っていた。介護で疲れが溜まって泣き出しそうな私に鈴木さんは、こけし抱いてやろうかと言いました。本当に馬鹿馬鹿しい。入行した時は清楚な女子大生という感じだったのに、いつのまにかおばさんになってしまって」

電話口だから、幸子もそんなセリフも言える。面と向かってこんなことを言えるわけがない。

「おばさんになるのはしょうがないよ。私はおじさんにはなれないから」

「また、そんなこと言って。鈴木さん、上手ですよね。

私が感情的に母の介護の愚痴を言っても、いつも最後まで聞いてくれて。

私が力一杯直球を投げても、ふんわりと受け止めてくれて、私が笑えるような、ちょっと面白いことを言って返球してくれた。だから電話を切った後は、いつもスッキリした気持ちになって。いつも感謝していました」

「どうしたの、今生のお別れみたいで。これからも何かあったら電話して下さい。母がいなくなったので、困ったことがあったら茨城にも行けるから」

「どうもありがとうございます。あれ電話、ちょっと失礼します」

こけしは縁側の方に出て、誰かと電話で話し始めた。

電話が終わると「すいません、鈴木さん。今日茨城の家に帰ると、親戚の人に言ってありました。それで親戚の人が食事の用意をして私を待っているのに、いつまで経っても私が帰ってこないので、どうしたかと電話をくれたみたいで」。

「大変、それならすぐ帰らないと。電車がなくなるといけないから」

「茨城は田舎ではありません。電車はまだたくさんあります。常磐線に乗れば茨城はすぐです」

「わかっております。これからもお世話になるので親戚の人に何かお土産が必要かな。ちょっと待って、何かあると思うから」

幸子は水越用にと用意していた梅ノ原の和菓子店、菊屋の和菓子と煎餅を適当な箱に詰めてこけしに渡した。

「これ親戚の人にどうぞ。これからもこけしがお世話になると思うので」

「本当にすみません。こんなつもりじゃなかったんですが、兄たちの前では意地でも泣きたくなかった。それに鈴木さんにも久しぶりに会いたかったので。……すみませんでした」

こけしはその後も「すみません」の言葉を何回も言った。

「そうだこけし、私の母親は干し芋が好きだったから、時間が出来た時でいいので送って。仏壇にお供えするから。お金は後で振り込みますから」

「美味しい干し芋はたくさんありますから送ります。お母さんにお供えして下さい。お金はいいですから。茨城の干し芋は日本一ですから」

タクシーが来た。スーツケースと幸子の渡した紙袋を車に乗せて、こけしは、また電話しますと言ってタクシーに乗り込んだ。

タクシーが見えなくなるまで幸子は手を振り続けた。

最近の水越は遠慮がなくなったせいか、幸子の前でもシャワーで濡れた髪の毛をバスタオルで拭いている。この分だと、夏になったらパンツ一枚で出てくるようになるのかと思い、幸子は気が重くなってきた。今日は肉南蛮うどんにした。疲労回復には肉がいいかと思いそれにした。

食事のあとで、水越が干し芋を食べながら「何か面白い話とか、なんかありませんか」と言った。

「水越さん、ここは令和の日本でアラビアンナイトの時代とは違います。それに水越さんは王様でもないし」

「そうきましたか。鈴木さん、本田のマンションに住んでいた時は本田には非常に気を遣っていて、本田には優しい対応でしたよね。僕と本田とどう違うのですか、これは差別です」

「本田先生は母の主治医でいらして、生前の母が大変お世話になった方です。母が亡くなっても先生は先生です。私と母は水越さんとの特別な関係はありませんので、これは差別ではなく、区別です」

「ああ言えばこう言う、おばさんは手ごわい」

「何か、言われましたか」

「いいえ、何も言っておりません。耳はいいんだ。では僕が太っ腹だということを鈴木さんに見せましょう。鈴木さんが面白い話をしてくれたら、そのお礼として駅前の本屋で鈴木さんの読みたい本を一冊プレゼントします。ただ、今は忙しいので、一緒に本屋に行くのは来年になりますけど、これでどうですか」

悪い話ではない、幸子が面白そうだと思った本の広告が今日の新聞に載っていた。あの本を水越に買ってもらおう。物に釣られるようになったかと我ながら情けない気持ちではあるが本は読みたいし、水越も今月は無休で働いているので、少し気分転換がしたいのかもしれない。それで水越に、幸子が今になっても不思議だと思っている元子の話をすることにした。

「わかりました」

二〇一一年の夏に幸子の母親の元子は転倒して脳出血を起こし、入院した。転倒した際は意識もハッキリしていたのだが、時間が経つにつれ脳出血を起こし歩けなくなり、車椅子が必要になってしまった。

それに頭にダメージを負ったせいか、時々変なことを言うこともあった。

元子の病室は六人部屋で、高齢者の女性ばかりで、みな誰かの介助を必要とした。元子の隣のベッドの女性が一番症状が重く、ベッドから起き上がれない上に、言語障害があるためか口が利けず、食事も口からではなく胃瘻《いろう》をしていた。

幸子は毎日のように元子の見舞いに行っていた。

ある日の午前、いつものように元子の病室に行くと、元子が昨夜のことを話した。

「隣の人、ウーウーといつも唸っていてうるさいだろう。だから昨日の夜に言ったんだ」

午後九時の消灯時間が過ぎると看護師がベッドの周りのカーテンは閉めてしまうので、よほど大きな声を出さないと隣の女性には聞こえない。

母さん、また変なことを言うのかと幸子は心の中で思ったが、元子の話の続きを聞くことにした。

「なんでそんなにウーウーとうるさくしているの」

　と元子が隣の女性に言うと、

「こうしていないと自分が誰だかわからなくなっちゃうのよ」

　と女性が答えた、と元子は言った。

　幸子はとても驚いた。隣の女性が言葉を話しただけではなく、その内容があまりにも中島《なかじま》敦《あつし》の「山月記」を思い出させるものだったので。

　中島敦の「山月記」は高校の教科書には必ず採用されている作品だ。

　唐の時代、若くして科挙に合格し役人になった主人公が役人を辞めて詩人になろうとするのだが、詩人としても名を上げることも出来ず、役人時代のかつての同僚は出世をして、妻子を困窮させている自分との差が歴然と出てしまい、ついには発狂してなぜか虎に変身してしまうという物語だ。

　姿形は虎になったがまだ心は完全に虎になっておらず、人としての心が残っている時にかつての同僚に出会い、今までのいきさつを話すのだが、身体はベッドから離れられないし、言葉は話せなくても動けない身体の中には人としての自分がいるという点が虎に変身した主人公の気持ちと重なるようだ、と幸子はその時に思った。

　その時から十年以上が経ち、元子は亡くなってしまったが、幸子はあれはどういうことなのか、不思議なことだ、という思いが今も続いている。

幸子の話が終わると水越は「本当ですか、お母さんは本当にそんな話をしたのですか」。

「これは本当の話です。母親は真面目な人で作り話をする人ではありません。ただ、あまりに不思議すぎて今まで誰にも言っていませんでした。それでは本のこと、楽しみにしていますから、来年になりましたらよろしくお願いいたします」

「話の内容はともかく、何か損した気持ちになるのはどうしてでしょうか」と水越は干し芋を食べながら、幸子が聞こえるように独り言を言った。

幸子は聞こえない振りをし、交渉は成立しているのに、まったく思い切りの悪い、ちっちゃい男だと思いながら、幸子は芋けんぴに手を延ばした。

水越はしばらくブツブツ言いながら干し芋を食べていたが急に話題を変えてきた。

「それより、鈴木さんは結婚しようと思ったことはないのですか」

「○勝二・五敗です」

「何ですかそれは。意味不明です」

若い頃の幸子は人見知りが激しくて、なかなか人と仲良くなれなかった。

相手に好意を持つと一層緊張して、どうしていいかわからなくなって苦しくなり、相手から遠ざかってしまう。これでは相手の男性も幸子は自分に関心がないと考えて、他の女性に近づいていってしまう。

「若い頃と比べると鈴木さんは大きく変わられたのですね。今だったらその鉄の心と語彙の豊富さで男なんて軽いものでしょう。連戦連勝ですよ。でも〇・五敗ってなんですか」

「相手のことが好きか嫌いかよくわからないうちに、相手が海外に転勤してしまいました」

「そうですか。これから結婚のご予定は」

「ありません。この年からだとすぐ老老介護になりますし、今のところ自分一人で精一杯です」

なにが連戦連勝だ。普通だったら聞きづらいことを水越は全く遠慮がないというしかない。でもずーっと昔の若い頃の話で、自分でもそんなこともありましたと冷静に考えられることだったので、幸子は水越の質問には素直に答えたのだった。

銀行に勤めていた頃の幸子は冬になると何度も風邪を引いた。それで銀行の行き帰り、休みの日でも外出時はマスクを付けていた。水越が風邪を引くといけないので、お店の行き帰りにはマスクをするように言い、帰ってくると手洗い、うがいをするように言った。

「まるで、幼稚園児ですね」と水越に言われた。銀行に勤めていた時はひと冬マスクをし続けていたので風邪は引かなかった、と水越に言い返した。マスクは玄関の目に付く所に置いた。最近は黙っていても、水越はマスクをしていくようになった。

ビッグイベントのクリスマスと大晦日がだんだん近づいている。

——忙しい？——　と田中にメールを送ると、

――忙しい。岡部と一緒に頑張っています――　とメールが返ってきた。水越の店は忙しいようだった。

朝起きた時に今日はこれをするというものがあるのはうれしいことだ。これが水越ではなく、母親の元子のために何かをするのだともっといいのだが。死んでしまったら、どうしようもないか。毎朝仏壇に線香を上げる時に元子に話しかけるのだが、当然のように返事はない。

今日も一人の時間が始まる。

片桐君の家に入ると部屋が温まっていて、水越が炬燵で寝ていた。炬燵の上にはペットボトルの水が置いてあり、テレビは点けっぱなしで、二度寝したようだった。

日本茶とコーヒーを入れてから水越を起こした。しばらくはボーッとしていたが、コーヒーを飲んで頭が動き出したようだ。

「昨日の夜思ったのですが、鈴木さんおせち料理はどうなっていますか」

「今年は母が亡くなったので、お正月の祝いごとは行いません。お正月はひっそりと過ごします」

「鈴木さんはそうでしょうけど、心配しているのは私の分ですよ」

「水越さん、お正月は各々のテリトリーで過ごしましょう。あなたは鷹羽で私は梅ノ原で」

「十二月三十一日に今年一年の仕事が終了して、心身ともに疲れてヨレヨレですよ。それでこの長い坂を上るのですよ。もし暮れに大雪でも降って、疲れから足元が覚束なくなって、足を滑らせて動けなくなったら、どうします。

三好達治《みよしたつじ》の、太郎の屋根に雪ふりつむじゃないですけど、私の上に雪がしんしんと降り積もり夜が明けると人形《ひとがた》をした雪の山が出来ている」

水越は疲れで頭が変になったのか、壊れたラジオのようにピーピーと一人でしゃべり続けている。

坂を上るのが大変ならば鷹羽のマンションに帰ればいいだけのこと。

それにどこからおせち料理の話になる。だんだん頭が変になりそうだった。

幸子は、寅さんの香具師《やし》の口上を思い出した。「けっこう毛だらけ猫灰だらけ」次から次と言葉が滑らかに流れだし、口先三寸の営業術。それと同時にそんな甥をもった、おじちゃんやおばちゃんの気持ちもよくわかった。映画では「馬鹿だねえ」の言葉のあとで、寅さんがまた旅に出て行くのだけれど、幸子のほうがどこかに行きたくなった。

水越の話を止めるスイッチも見つからず、話を止めさせたくて「わかりました」と幸子はつい、言ってしまった。

「その代わり、元日はお墓参りに行くので、水越さんは梅ノ原に来てください。お泊りセットも忘れずに」

「了解です。おせち料理は通販で用意するのではなく、自分でちゃんと作って下さい」

「わかりました。他にお話はありますか」

「食事にして下さい。お腹が空きました」

「わ・か・り・ま・し・た」

時間も足りないし、元気も出ないので、何かの時にと思い買い置きしていた冷凍の鴨南蛮そばを出した。それと菊屋で買ったシベリアを出したら「シベリアですか。珍しいですね」と言って水越はうれしそうに食べている。自分の言い分が通ったせいか冷凍鴨南蛮そばでも文句は言わなかった。

大晦日の少し前に西田は沖縄に旅立った。何で沖縄へとは考えたし、八十歳を超えた西田には沖縄は少し遠いようにも思ったが、幸子が西田と知り合ったのはほんの二か月ぐらい前のことで、親密とは言えず黙って送り出した。

そのへんのところを水越は知っているのに、幸子に返ってくる返事は曖昧だ。

西田に同行する介護タクシーの運転手をしている中野は、介護士の資格も持ってはいるが、中野一人の見守りだと西田が一人になる時間も出てくるので、幸子は心配をしている。中野に連絡はこまめにするように何度も言った。

西田は旅立った。

大晦日の紅白歌合戦が終わった頃になっても水越は帰ってこない。

水越の「お泊りセット」は、水越の知り合いだという大木《おおき》というタクシーの運転手が幸子の家に持ってきた。その人は様々な色と共に玄関に飛び込んできた。毛糸のジャケットに毛糸のスカート、スカートの下にはスパッツ、靴は短めのブーツを履いていた。毛糸の色は冬なので暖色系が多いのだけれど、その中に緑や黒なども使われている。色数が多い割にはバランスの取れた色合いで、その人が大柄なこともあり洋服に負けていなかった。

顔立ちが整っているというわけではないが、全体的な印象はきれいな人だと思う。いまのような暗い冬の季節、町中でその人が歩くとみんながその人に目を奪われる。そんな人だった。

水越用に二階の一部屋を片付けて、その部屋に水越の荷物を置いた。

元旦の午前一時を過ぎた頃、水越が帰ってきた。寝ますと言ってすぐ部屋に入ってしまった。

朝になっても水越は起きてこない。今年は年賀状も来ないので、やることが思い浮かばないし、あまり食欲も湧かない。結局トーストと紅茶で朝ごはんを済ませた。

昼近くになって水越が起きてきた。幸子の家も冬には畳を上げて掘炬燵にするのだが、座椅子がない。パジャマとカーディガンのまま着替えもせずに、水越は猫背気味に炬燵に入ってコーヒーを飲んでいる。

あまり食欲がないというので雑煮と日本料理店「吉岡」の主人が作った黒豆、数の子、千枚漬けなどを出した。十二月を無事に乗り越えて気が抜けたせいかボンヤリしているし、疲れが取れないせいか黙って食べている。

水越は食べ終わると座布団を枕にして寝てしまった。風邪を引くといけないので毛布を掛けて、テレビを消して、幸子は正月の分厚い新聞を一枚ずつ丁寧に読み始めた。

夕方、水越を起こして幸子は墓参りに行くことにした。

幸子が車で行きますと水越に言うと、「鈴木さん、最後に車を運転したのは何時ですか」と質問された。店の一月の予約は一杯ですとか、身体が資本の商売ですからとブツブツ言って車で行くことに抵抗した。

「お寺までの道路の制限速度は三〇キロメートルですし、心配ならお寺で交通安全のお守りを買ってあげますから」

「帰りはお守りがありますが、行きはどうするのですか」

「それは大丈夫です。毎日仏壇の両親に今日も一日無病息災、交通安全をお願いしていますから」

「でも、祈りの対象は鈴木さんだけで、私のことは祈っていないでしょう」

「帰りに駅前の菊屋で甘いものを買ってあげますから、それならいいでしょう」

お守りとか甘いもので釣るとはまるで幼稚園児を相手にしているようで面倒くさい男だ。

元旦は墓参りに行くと言っておいただろうに。

結局、水越は幸子の車に乗ったが、車の中では一言もしゃべらなかった。

「水越」

墓参りが終わって、帰ろうとしたところで水越は呼ばれた。それは水越の清和学園時代の同級生だった高城の声だった。

「お前も牛に引かれての口か」

「大家さんのお供で毎月来ている。大家さんは住職に用事があるというのでここで待っていたら、お前の姿が見えたから」と高城が答えた。

水越が幸子に高城を紹介して、幸子と高城は「初めまして」と言葉をかけ合った。

「高城、ローストビーフはどうした」

「紅白歌合戦を見ながら食べました。大家さんも須藤さんも美味しいと褒めていたよ」

「鈴木さん、高城が今夜の食事がないのでうちで食べたいと言っていますけど、どうします。高城の分の食事ありますか」と水越が言うのを聞いて、幸子は心の中で「またか」と思った。

高城は「お前」と水越に言い、「私はそんなこと一言も言っていませんから」と幸子に慌てて弁解した。

「水越さんにちゃんと作れと言われたので、品数はあります」

「じゃ、決まりだな」

「決まりだなんて、正月だから大家さんの意向も聞かないと。それに須藤さんが何か用意しているかもしれないし。私一人ではないので」

「大家さんと須藤さんに確認してくれ。久しぶりにお前と酒も飲みたいし、酒は用意するから、手ぶらでいいよ。大家さんは鈴木さんの家は知っているのか」

「高橋時子さんなら鈴木元子さんの家と言えばご存知かと」

高城は水越の無茶振りに慌てたし、面食らっていた。水越は少し偏屈なところがあり、人間嫌いとまでは言えないが、他人と関わることを避けていた。

それなのに、正月はあの女性の家で過ごすらしい。水越とあの女性の関係は男と女の関係ではないことはあの女性の様子からわかるのだが。

あの女性は水越の無茶振りにも慌てず、高城に同情的な視線を投げかけていたことから、あの女性にとっては水越の無茶振りはよくあることのようだ。

水越はこの前まではあの女性のことを「おかめそばのおばさん」と呼んでいたのに、高城は困惑するばかりだった。

お守りを買っても菊屋で甘いものを買っても、帰りの車の中でも水越は黙っていた。

よほど幸子の運転が怖いようだ。

車から降りると水越は「食事が足らないと困りますので、何を用意したのか教えて下さい」。

「足らない時は水越さんが作るのですか」

「私はプロです。営業以外の料理は作りません。鈴木さんが頑張るのです」

フライパンでぶん殴ってやろうかと思った。幸子の意向も聞かないで他人を招待して、正月はゆっくりしたかったのに腹が立つ。

そうは言っても客に罪はない。何とかしないと。

幸子はこういう時の頭の切り替えは早かった。銀行に勤めていた時は、全力で走りながらあちらこちらから投げつけられるボールを打ち返していた。幸子の仕事は集団作業でバトンリレーのようなものだったので、自分一人が立ち止まることは出来なかった。一人が立ち止まれば、それが回り回って客の滞留を引き起こすことになる。あんなに頑張ってやる必要もなかったかと思うが変に真面目な性格のせいか、もう一度若くなってもまた全力で頑張ることになるような気がする。

正月三が日、買い物に出かけなくてもいいように食料品は買い置きしておいた。足りなければ二日か三日に食べようと予定していたメニューを前倒しにすればよかった。

水越は菊屋の羊羹を食べて、また寝てしまった。寝る子は育つではなく、寝る子は良い子にならないかな、ならないだろうな。ただただ、ため息が出るばかりだ。

高城が下宿している家の大家、看護師の高橋時子が住職との話を終え高城のところに戻ってくると、学生時代の友人と偶然に会い、夕食の招待を受けたがどうするかと高城に聞かれた。

幸子の母親の元子は幸子が銀行に就職すると同時に大病院を退職し、梅ノ原にある中平病院という個人病院に勤め始めた。元子が高齢になってからは、元子は中平病院に通院していた。時子は中平病院に勤めているので元子のことはよく知っていたし、元子の通院の時には娘の幸子がいつも付き添っていたので、幸子の顔は知っていた。

だが幸子は元子の家族というだけの存在だったので、時子は幸子と話をすることもあまりなかったし、元子の診察の順番を待っている時の幸子の印象はいつも本を読んでいる人というものだった。最初は高城一人で行ってもらおうかと考えていたが、意外なことに須藤が大人数で正月の食卓を囲むことに「うれしいことです。正月はいつも一人だったので」と言い出して、まさか時子だけが行かないのも変かなと思い、三人で幸子の家に出かけることになった。

最初、高城は弁護士の顔で時子の前に現れた。時子や時子の周りにいる岡沢、初江、春姫、須藤と接するうちに、高城の本来の性格である誠実さや優しさが出てくるようになった。

時子が高城を時子の家の二階に住まわせ、須藤が忙しい高城に代わって高城の用事を片付けているのも、高城という人物に信頼を寄せている表れだと思っている。

ただ一つ不思議なことは高城の家族関係がわからない。出身地はどこで、家族は何人で誰がいるのかという話を高城はしない。今日だって普通元旦は実家に戻って、そこで正月を家族の人たちと祝うと思うが、実家に帰る話は全くと言っていいほどなかった。

　自分は天涯孤独の身だと須藤は言っているので、その須藤に高城の家族のことを聞いてもらうのもどうかと思っていた。学生時代の友人ならばそのあたりの話も出てくるかもしれない。


「高城は量さえあれば問題ない。特に食にはこだわらないから」

　今日のメニューは水越に食べてもらうというより、久しぶりにこれを作ろうと思って作ったもので、牛すじと牛テールを煮込んで作る、いわば肉の煮こごりとハムのテリーヌ、豚肉をオーブンで焼いてそれを柚子醤油に漬け込んだものと鷹羽の日本料理店「吉岡」の主人が作ってくれたおせち料理。

　会社を退職したかつての「吉岡」の常連の方々の中には、妻を亡くして一人暮らしになった方や、退職後の人間関係が変化したことにより一人暮らしの人も何人かいた。そういう方のうちの何人かの人には正月用にと「吉岡」の主人はおせち料理を作っていた。

　長年の礼ということでおせち料理の代金は貰っていないが、「吉岡」の女将に「お年玉」だといってポチ袋を出すひと、ワインやウイスキーなどちょっとしたものを用意してくれるひと、「ありがとう」の一言で深く頭を下げるひとと人生はいろいろです、と「吉岡」の女将は幸子に語った。

そのおせち料理が幸子一人なら丁度いいぐらい余ったと言って「吉岡」の女将から連絡がきたので、幸子はありがたくそのおせち料理を貰った。

「料理のバランスが悪いですね。野菜が足りない。幼稚園児のお絵描きではないのですから、何でも作ればいいというものではありません」

自分でも脈絡のない話のようなメニューだと思っていたので、水越の意見を拝聴した。追加のメニューはもやしのカレー風味サラダ、ふろふき大根、肉や魚が入っていない石狩鍋風の味噌味の鍋。肉や魚は入っていないが油揚げが美味しいので白菜、きのこ類、豆腐そして油揚げをたくさん入れた。

夜の七時少し前に三人が来た。急なことなので何もなくてすいませんと言って、時子はリンゴとミカンを幸子に手渡し、三人で仏壇に線香を上げてくれた。

掘炬燵は四面しかないので、幸子と時子が並んで座った。

水越の「お泊りセット」の中には、だれがそんなに飲むのというぐらい酒がたくさん入っていた。最初、水越はシャンパンをテーブルに出してきた。当然幸子の家にはシャンパングラスがないので、使い捨てのコップで乾杯した。使い捨てのコップを用意していたところを見ると最初からシャンパングラスは期待していなかったらしく、何も文句は言わなかった。

そのあとはワインを飲んだ。幸子も一口だけ飲んだ。水越が幸子のグラスに注ぎ足そうとしたので、幸子が首を振るとそれ以上は酒を勧めなかった。

幸子、水越、時子、高城、そして須藤と、今まで別々の人生を歩んできた五人が一緒に元旦のテーブルを囲んでいる。時子は一人で過ごした去年の正月を思い出した。

時子の隣に住んでいた相馬八重が亡くなり、その家は八重の息子が相続した。ただ八重と息子の間は長い間疎遠になっていたので、現在の家の様子が息子にはわからなかった。

息子は清和学園時代の友人であった弁護士の高城に家の様子の確認を依頼した。そういういきさつで時子は高城を知るようになった。

八重が亡くなり息子が相続するまで何かあった時のためにと、八重から合鍵を渡されていたこともあり、時子が家の管理をしていた。八重が亡くなった後もリフォームの仕事をしている岡沢は毎日のようにミシンを踏んでいるし、近くに住んでいる初江はお昼を食べに八重の家に来て、おやつを食べ、昼寝をして夕方自分の家に帰って行く。

岡沢と初江の食事の世話は去年の三月まで高校生の春姫がやっていて、今は須藤が二人の食事の世話や二人からの用事を頼まれている。今後八重の家がどうなるのかわからないが、今のところ八重が生きていた頃と同じように家の中の様子は変わらなかった。

それでも正月三が日は八重の家を閉めていたので、時子は去年の正月は一人で過ごした。

生まれも、育ちも違う五人が集まってどうなるのかと思ったが、テーブルが気まずい雰囲気に包まれることはないようだった。相変わらず須藤は人見知りをしないというか聞き上手だ。高城や水越の清和学園時代の話をうまく二人から引き出している。

寄せては返す波のように、少しずつ少しずつ相手に近づいていく。気が付くと須藤は隣にいて、柔和なまなざしを岡沢、初江、春姫そして時子に向けている。本人は天涯孤独の身と言っているが、不思議な人だ。

幸子は母親の元子の付き添いで中平病院に行っていたので、看護師の高橋時子のことは知っていた。高城は水越の清和学園時代の友人で現在は時子の家に下宿しているらしい。

高城は東大出の弁護士だ。幸子の常識から言えば高給取りのはずなのに下宿とは不思議なことだった。

時子とは親戚関係にあるわけではないのに時子と高城の人間関係が幸子にはよくわからなかった。それ以上にわからないのは須藤だ。須藤は時子とも高城とも親戚関係にあるわけでもないのに、元旦から一緒に食事をするとはよほど時子や高城とも親しいようだ。

須藤は天涯孤独の身で学校もろくに出ていないと言っているが、変に卑屈になることもなく、高城や水越との会話もうまくいっているし、二人も清和学園時代の頃の話をするのが楽しいようだった。

「これ美味しい。初めて食べた。水越が作ったのか」と高城が幸子の作った牛肉の煮こごりを食べながら言った。

「いいえ、鈴木さんです。私はこんな物もあるよとレシピを見せてあげただけです」

プッ。水越の言葉に驚いて、口からエノキダケが飛び出しそうになった。

またた。水越、お前はＮＨＫの職員かと幸子は思った。牛肉の煮こごりはＮＨＫが発行している「きょうの料理」という本に載っていたレシピだった。

「料理はすべて美味しいですね。正月早々こんなに大勢の人とごちそうを頂いて、今年はいい年になりそうです」と何かを感じたのか、須藤が話題を変えた。

幸子も今年も我慢、我慢と思って水越の方を見ると、水越は涼しい顔をしてワインを飲んでいた。

食事が終わると須藤と高城がテーブルの上のものを流しに運んでくれた。水越は動かない。

コーヒーと菊屋の羊羹を出した。

「この羊羹、美味しいですね」と、今まであまりしゃべらなかった時子が言った。

「これは知り合いから貰ったものなのです」と幸子は答えた。水越にはしゃべるなと目で伝えた。

　菊屋は親戚や知人への年賀にと、暮れになると羊羹を作っていた。幸子の母親の元子が菊屋の大女将と懇意にしていたので、「羊羹の切れ端で申し訳ない」と言って暮れになると菊屋から羊羹が届いた。元子が亡くなっても、羊羹の縁は切れなかった。

　羊羹があまりに美味しいので売ったらと元子が大女将に言ったところ、「材料代を考えるとうちの商品にしてはひどく高いものになるし、羊羹を作ると他のものが作れない。うちは超零細企業だから」と大女将は言ったらしい。

来年もこの美味しい羊羹を食べるためには羊羹の製造元は秘密にしなければならなかった。

「貰い物ですか」と時子が少し残念そうに言った。

「羊羹はだめでも、雛祭りの頃になったら高城が超・超高級ケーキを用意してくれると思いますので、それを楽しみにしていて下さい」と水越にしてはまともなことを言って時子を慰めた。

「何が超・超高級ケーキだ。結局お前のところが儲かるだけじゃないか」と高城が話を続けてくれたので、座が盛り上がった。

日本茶を飲むと夜も大分遅くなっていたので、三人は帰って行った。

帰る際に水越が「ふつつかな奴ですが、高城のことよろしくお願いいたします」と言って、水越の店の焼き菓子の詰め合わせを時子に渡したので、高城はビックリしていた。

こんな気配りが出来るのなら私にもっと気を遣ってほしいと幸子は思った。

三人が帰ると「疲れました」と言って、水越は横になりそうになった。

「水越さん、洗い物がありますけど、これが終わるまでは寝られませんから」と言って幸子は水越を寝かさなかった。水越がブツブツ言ってはいたが、最後まで手を休めることはなかった。

片付けが終わると水越は風呂に入り、二階に上がって行った。

去年の正月、母親の元子はまだ生きていた。ほとんど食べられなくなっていて、寝ていることが多くなった。最後の一週間は寝ているだけだったが、幸子が元子の手を握って「母さん」と言うと、軽く幸子の手を握り返してくれた。元子が元気な頃は頻繁に幸子の家を訪れていた、いとこの英雄一家も子供が成長して色々と忙しくなってきたらしい。

それもあって今年の正月、幸子は一人で過ごすつもりだった。墓参りも水越と一緒だとゆっくり出来ないし、今日は長い一日だった。

明日二日は、青山にある銀行の先輩である岸本家の墓参り、そのあとで片桐家の墓参りと予定を立てている。天気予報では明日の夕方くらいから雪になるというので、墓参りは午前中に終わらせたい。

水越は久しぶりに高城とゆっくり酒を飲み、ワインの瓶が何本も空になった。明日は二日酔いだろう。起きてはこないと思うので、そうなったら置き手紙を書いて一人で行くことにした。

母親の元子は元旦にはいつも赤飯を炊いていた。元子が高齢になってからは幸子が炊いていたのだが、喪が明けない今年はさすがに赤飯を炊くことが出来ない。料理一つでも元子のことを思い出してしまう。やはり元子が懐かしい。

時間を巻き戻しても、時間が進めば、また元子と別れることになる。七十歳近いこの年になって、この先他人を煩わすことなく動き回れる時間がどのくらいあるのかわからない年齢になって、家族もなく一人になるとは若い頃は考えもしなかった。

人生って最後まで生きてみないとわからないものだ、と幸子は思った。


時子の家の前で須藤と別れた。

「今日はすいませんでした。疲れませんでしたか」と高城が時子に言った。

「大丈夫、今日は食べているだけだから。それに変わった料理もあって美味しかった」

少し飲み過ぎたので風呂はいいですと言って、高城は二階に上がってしまった。

高城と水越の話から高城の学生時代の様子が少しわかった。高城は一人剣道部だったらしい。

清和学園には剣道部がなかった。かといって部を立ち上げる気持ちもなかったらしく、高城は時間があれば一人で木刀の打ち込みをしていた。一人で木刀を振っているうちに、中学生活、高校生活が終わったらしい。それがどうして弁護士になったのか、人生の不思議ということか。少しワインを飲み過ぎたらしく、時子の頭の中に色々な光景、言葉が脈絡もなく浮かんできた。

こんなにお酒を飲んだのは何時以来だろう。時子の母親が亡くなって、和男と二人になってからと和男の病気になってからの間のどこかだと思うのだが、思い出せない。和男が亡くなってからこっち、情けないほど気が抜けてしまったようだ。看護師の仕事が忙しい時は気を張っていたが、仕事を抑えている今、自分を情けないと思うばかりだ。
何か考えないと――。時子は和男の残していった時刻表をジッと見つめた。

正月二日の朝、水越はやはり起きてこなかった。水越に置き手紙を書いて、岸本家の墓がある青山に向かい、その後は片桐家の墓参りに行った。念のため岸本の家のチェックもした。特に問題はなかった。いつも岸本家の庭や外回りを確認してくれている岸本の幼馴染の若林電機店は正月休みのようだった。

家に帰ると、水越は箱根駅伝を見ながら寝てしまったようだ。

テレビを消して、紅茶を飲みながら本を読んでいると幸子の家の固定電話が鳴った。いとこの英雄の妻の良子だった。今年の正月は幸子一人で大丈夫かと英雄が心配したようだった。

「暮れに頂いたローストビーフありがとうございました」

「美味しかった？」

「とても美味しくて、うちは男の子三人なので、あっという間になくなりました。幸子さん食べていないのでしょう。すいません。来年は幸子さんが召し上がって下さい」

「来年も貰えるかわからないけど。それよりヒデはどうしたの、出かけたの」

「それが珍しいことに二日酔いで。昨日英雄さんの実家に行ったら、珍しいことにお姉さんたちではなく、お義兄さんたちが集まっていて、お義父さんが喜んで大変だったんです。それで、つい飲み過ぎてしまって、今は布団の中で唸っています」

「お姉さんの誰か病気なの」

「お姉さんたち、正月は何もしたくない、ゆっくりしたいというので、お義母さんを連れて健康ランドのショーを見に行ったようです。そうなるとお義父さん一人になるので、お義兄さんたちが集まったみたいです」

　幸子のいとこの英雄には姉が三人いる。英雄の実家に長女一家が入り、両親の世話をしている。二女と三女も実家の近くに住んでいるので、二人の姉たちは毎日のように実家に集まり、ほとんど一日中実家にいる。三人の姉たちはみな口が達者で、さすがの英雄も三対一では苦戦を強いられていた。英雄の父親は女四人の中で日頃から疎外感を感じていたようだった。正月、息子四人が集まったので、テンションが上がり酒が進んだようだった。

「でも、そうすると誰が台所に立つの、良子さんなの」

「今日は男性だけというので私は早々に帰らされました。今は電話一本で何でも注文出来るみたいで。みなさん食べるより日頃の鬱憤《うっぷん》を晴らしたいようだったと英雄さんが言っていました」

「なるほど、鬼の居ぬ間のなんとやらですか。私のほうは大丈夫だからヒデにもそう言って下さい」

「わかりました。何かありましたら連絡して下さい。英雄さんも心配していますので」

「もう年なのだから酒もほどほどに、とヒデに言っておいて下さい」

「よく言っておきます。失礼します」と言って良子は電話を切った。

「またね」と言って幸子も電話を切った。

「鈴木さん、片桐のおばあちゃんみたいですね。電話に頭を下げて」

水越は電話の音で目を覚ましたようだった。

幸子は銀行時代もそうだったが、今も電話を切る時あたかも目の前に相手がいるように無意識に頭を下げてしまう。

みんな電話だからと油断しているようだが、電話の仕事を長くしていると相手の気持ちや人柄が電話の声や調子でよくわかることがあるので、幸子は水越の言葉を無視した。

「出かけるのなら、私にひとこと言ってから出かけて下さい」と水越が言った。

「朝の八時に起こしたら機嫌よく起きてくれましたか」

水越も言い負かされるのはいやなようで、幸子の質問には答えなかった。

「それよりお茶を入れて下さい。あの羊羹、高城たちがみんな食べてしまったのですか。高城ならどら焼きでも良かったのに」

「高城さんは大切なお友達でしょう。水越さんもちっちゃい男ですね」

「僕はこれでも身長は一八〇センチぐらいあるのです。かなり大きいほうでしょう」

水越と話をしていると自分が浪花の売れない漫才師になったような気がしてくる。

「でも身長なら高城さんのほうがあるでしょう。それに背筋が伸びていて、なかなかのイケメンですよね」

「高城は子供の頃から木刀を振り回していて、大人になったらどうするのかと思っていたら弁護士になってしまいました。うちの学園の人たちのほとんどは『頭の良い人＝先生と呼ばれる職業』と考えているようで。せっかく優秀な頭脳を持って生まれてきたのならば、もっと独創的な、世の中を変革するような仕事をしたらいいのに。弁護士なんて、月並ですよね」

その後も水越はグダグダと話をしているので、お茶を入れようと台所に向かった。

「甘酒を作りましたから、良かったらどうぞ」と言って、水越の前に日本茶と甘酒を出した。

「甘酒なんて子供だましですね」と言いながら水越は甘酒を飲んだ。「この甘酒、酒入れすぎじゃないですか」。

冬になると幸子の母親の元子は、スーパーでよく見かける酒粕ではなく、袋を開くと酒の芳醇《ほうじゅん》な香りが漂うような酒粕をどこかで見つけて幸子に甘酒を作ってくれた。

水に酒粕を入れて砂糖と塩と美味しいと言われている日本酒をたっぷりと入れていたので、身体は温まるし、よく眠ることが出来た。甘酒は幸子の冬の楽しみの一つだった。

「美味しいでしょう。それを飲むとよく眠れますよ」

「まあまあですね」水越は幸子が何を作っても美味しいとは言わない。

「水越さん、明日の夜には隣の中村さんが温泉から帰ってくるので、そろそろ鷹羽のマンションにお帰り下さい」

「どうしてですか」

「温泉から帰ってくると中村さんは、もしかしたら息子さん二人もお土産を持って家に来ます。その時水越さんがいるとこの人は誰ということになって面倒ですから」

「よくわかりませんけど、七日から店が始まるし、いつまでも鈴木さんの見守りも出来ませんから帰ります。荷物もあるので迎えに来てもらいますから明日の夕食は二人分追加して下さい」

「水越さん、これは簡単な引き算で〈2－1＝1〉になります。明日の夜は久しぶりに一人で紅茶を飲みながらゆっくり過ごすつもりです」

「鈴木さん、数式が違っています。〈2＋2－3＝1〉です。二人で僕を迎えに来て、三人で帰ります。どちらの式でも明日の夜、鈴木さんは一人になるのですが、答えが合っているのかではなく、考える道筋が大事です」

「なんで、二人なのですか。迎えに来るなら一人で十分でしょう」

「明日になればわかります」

　だんだん、寅さんの妹さくらの夫の博の気持ちがわかってきた。博のような常識人には寅さんを理解するのは難しかっただろうし、妻のさくらのように肉親の情で、理屈抜きに寅さんをいとおしむことも出来なかっただろう。取りあえず水越を追い出したい。

「料理はどうします。お正月用の特別メニューは高城さんたちに出してしまいましたが」

「量さえあればいいので中華にしましょう。肉と野菜を炒めたり、煮たりして、スーパーで売っている合成調味料を加えれば二、三品すぐ出来るでしょう。ただアイスクリームが大好きなので、アイスクリームはたくさん用意して下さい」

「わ・か・り・ま・し・た」

「甘酒を飲んだので眠くなってきました。夕食までちょっと寝ます。鈴木さんが出かけている間に何かあるといけないので、僕も一人で頑張って留守番していました。夕食は七時でいいですから」と言って水越は二階に上がって行った。

何が一人で頑張りました、だ。寝ていただけではないか。

正月三日の夜、二人の人間が水越を迎えに車でやって来た。

中華でいいと水越は言ったが、冷蔵庫の中のものをみんな出してみた。いとこの英雄の三人の息子が好きなので牛すじ肉と大根の韓国風煮込みをよく作っていたので、冷凍牛すじ肉がいつも冷蔵庫にあった。今晩はそれを作ることにした。

去年の暮れに「魚新」の主人から今日は早く店を閉めたいので、安くするから買ってくれと押しつけられたエビがあったので、それとブロッコリーを足して作ったエビマヨで二品目。あとはチャーハン、かぶの甘酢漬け、それに水越の言っていた肉野菜炒め。

牛すじ肉と大根の韓国風煮込みは鍋一杯分あるのでかなりのボリュームになるが、見た目ほど脂っこくないので、英雄の三人の息子たちはよく食べてくれていた。酒は車なので用意しなかった。

一人は去年の暮れに水越のお泊りセットを運んでくれた、普段は介護タクシーの運転手をしている大木だった。大木も女性にしては身長が高いが、大木の後ろにいた男性はかなりの身長だった。幸子の家の玄関に頭をぶっつけるのではないかというくらいの身長だった。

その男性は片岡《かたおか》と名乗った。大木は去年の暮れに幸子の家に来たときは上下ニットだったが、今日は二人とも革ジャンにジーパンだった。片岡の革ジャンは黒だったが、大木の革ジャンは赤色にオレンジ色を少し混ぜたかそれともピンク色を混ぜたのか、それを水で薄めたような色で、とてもきれいな色なのだが何色かと言われると説明に窮するような色だった。

革ジャンは着られないがこの色のハーフコートなら着てみたいが、とても高い買い物になるように幸子は思った。二人とも革ジャンの下は半そでのTシャツだった。

幸子は人見知りするほうなので、知らない人と食事をするのが苦手で、どうなるかと思った。片岡は仕事で日本中を飛び回っているらしく、その話を色々してくれているうちに時間が過ぎていった。

片岡や大木と話をしている時の水越は普通の青年という感じで、ときたま笑顔も見せていた。幸子一人が水越に振り回されて、貧乏くじを引かされているのか。世の中理不尽なことばかりだ。

アイスクリームを食べ終わると三人は車に乗った。車に乗る前に水越が封筒を出した。

「これは高城たちが食べた分の食事代です」

「暮れに約束した本代は別ですね」

「なんと欲深いことで。ベニスの商人もビックリです」

何か言い返そうかとは思ったが、取りあえず水越を帰らせるのが先だと思い聞こえないふりをした。

「ごちそうさまでした。お土産までいただき、ありがとうございました」と片岡が言って、ドアを閉めた。

片岡と大木が牛すじ肉と大根の韓国風煮込みが美味しいと言ったので、鍋に残ったそれをパックに詰めて二人に渡していたのだ。車が出て行くと幸子は家の中に入り、洗い物を始めた。やっと一人になれる。これからが本当のお正月だと思い、幸子は一人でにんまりとした。

次の日の朝、温泉地のお土産を持って、夫の年男がやって来た。いつもは年男と恵子の二人で幸子の家に来るのだが、今朝は年男だけなので幸子は少し心配した。

「恵子さんはどうかしましたか」と幸子は年男に聞いた。

「お母さんは疲れたようです」

年男と恵子には息子が二人いる。今回は息子夫婦二組と年男と恵子の六人で温泉に出かけた。ただ、お正月のことで部屋が二部屋しか取れず、男性三人と女性三人で部屋を分けたらしい。年男は自分の息子なので、いつもと同じで良かったが、恵子の方は息子の嫁二人に気疲れしたとのことだった。

「息子たちが色々と気を遣ってくれているのがよくわかるので、こちらも楽しんでいるようにしていないと悪いからね。この年になると楽しくても疲れる時は疲れるので。旅行には行きたいので息子たちの気持ちは有難いが年には勝てないから。

今はお母さんと二人だからいいけど、一人になったら困るね。愚痴を言うひとがいない。お母さんに私が先に行きますから、お父さんは最後まで頑張って下さい、と言われました。頑張ってと言われてもねぇ」と言って、年男はお土産を置いて帰っていった。

八日から水越の店が始まったが、西田が片桐君の家に来ない。幸子が中野にメールを送ると、〝西田は旅行で少し疲れたようですが、取りあえず元気にしています。少し片付けたいことがあるのでそれが片付いたら伺います、と西田さんが言っております〟と中野から返事が来た。

西田のマンションは千代田区の一番町にある。超高級マンションですが、私はマンションの管理人のようなものですから、と西田はいつも言っていた。立ち入った話を聞けるまでの仲とまではいっていないので、その辺の事情については幸子は知らなかった。

水越の店が始まってからの最初の月曜日。

「新刊の本を一冊と思っていたら、古本とは信じられません」

「誰も新刊の本とは言ってなかったでしょう。三冊も買ってあげて僕って太っ腹」

「でも、三冊で三三〇円です」

「三冊なら三倍楽しめます。どこに問題があるのですか」

以前あった駅前の書店は牛丼屋になってしまい、駅前には古本屋しかなかった。それで仕方がないので、幸子は古本屋で本を買うことにしたのだが、あの本が読めるという期待が大きかったので、腹の虫が治まらない。

茨城のこけしが送ってくれた芋けんぴを口に運び、時々日本茶を飲みながら、水越は幸子の言葉をのらりくらりとかわしている。

しばらくすると、用事があると言って水越は出かけて行った。

夕方になると、田中が久しぶりにやって来た。

田中がいつものように休日の店に行ってみると鍵が閉まっていた。鍵を持っていなかったので、しばらく裏口で水越を待っていたのだが水越は現れなかった、と田中は言った。

これをどうぞと田中は大学いもをたくさん差し出した。茨城のこけしから芋けんぴの他にさつまいもを一箱送られてきたのだが、一人暮らしの幸子には多すぎた。

隣の中村にも分けたが使い切れなくて、水越の店のまかないに使ってもらうことにしたのだった。

「大学いもをこんなにたくさん。どうもありがとう」

「大学いも、焼きいも、芋羊羹、さつまいもの団子、プリンと、岡部が暴走して大変でした」

宅急便で送られてきたさつまいもを、好きに使っていいからとだけしか水越は言わなかったらしい。

「さつまいもはフランス料理ではあまり使いませんし、まかないで使えばいいのですが、今までこのようなことがなかったので、何となくみんなどんなものかと様子見していました。岡部は素直な性格のせいか、水越の言葉をそのまま受け取り、嬉々として作り始めました。

岡部は、自分がまかない当番だということを忘れたようなので、俺が急遽まかない飯を作りました。まかない飯を作らなきゃいけないわ、あちこち汚すといけないので岡部の使った用具の洗い物をするわ、岡部が同時に何品か作っているので火の加減を見るわ、と俺は忙しい思いをさせられました。

シェフが何も言わないので、他の人は黙って見ていました。岡部も半分プロなので、どれも美味しく出来ました。そうしたら、みんな急に寄って来て、あっという間になくなりました。ちょっと、みんなずるくありません。俺だけが忙しい思いをして」

岡部に鈴木さんの分は残すようにと言っておいたものが、幸子に渡したそれだった。

「でもどれもフランス料理とは関係ないのが面白い」

「岡部、鈴木さんのもらった和菓子のレシピに興味を持ったらしく、これがさつまいもではなく小豆だったら、あんこものの和菓子のオンパレードですよ」

この後も岡部の話が止まらない。

岡部の家は母親が女王様で兵隊なのだという。母親が先頭になって働き、仕事のこと、家のこと一切を仕切ってきた。

「じゃ、お父さんは」

「旅人だそうです。毎日、夜遅く帰ってきて、翌日またどこかに出かける人だと岡部は言っています。岡部の家は男、女、岡部、男、女の五人兄弟です。今の時代、東京で五人兄弟なんて多くないですか」

岡部以外の兄弟はみんな大学に行っている。岡部の父親にしてみれば、なんと言われようと四人分の大学の学費を稼ぐのは大変だ。家でゆっくり出来ないだろうし、父親にしたら辛いところだと幸子は思った。

「岡部はとろいので子供の頃からよくいじめられていました。岡部の母親は負けない人なので、何かあるといじめの実態を学校やいじめっ子の家に行って訴えたそうです。あんまり頻繁にクレームするので、いじめっ子の親たちもうんざりして、岡部には近寄るなと子供たちに注意したそうです。いじめはなくなりましたが、岡部はいつも一人になってしまいました。

中学を卒業する時、高校に行っても一人なら行っても仕方がないと岡部は母親にそう言いました。岡部の母親は、人間とはうまくやれないのならば他の生き物と関われればいいと考え、茨城県にある農業高校の畜産科に岡部を入学させました。牛や豚や鶏との相性は良かったみたいで、生まれて初めて学校に行くのがイヤでなかった、と岡部は言っています。でも、牛はともかく豚や鶏は食用ですから、それは辛かったようです。

高校を卒業する時、岡部は菓子職人になりたいと母親に言いました。料理学校って、材料代があるので授業料が高いのです。岡部は相変わらずとろいので、途中で授業についていけず授業料が無駄になる、と家族のみんなは反対しました。岡部の下にはまだ弟や妹がいましたから。岡部の母親は生まれて初めて岡部がこれをやりたいという意志表示をしたので、金の問題ではないと言って岡部を菓子学校に入学させました。

最初の一年目は大変だったみたいで、他の生徒についていけずいつも居残り続きで。でも、幸か不幸か岡部は子供の頃からいつも一人だったので、一人で居残りしてもあんまり苦にならなかったようで、時間がかかっても課題は提出しました。少しずつ慣れてくると岡部の手先の繊細さを先生方もわかってきてくれて、岡部は卒業出来ました。

授業料の返済のため、岡部は毎月の給料の一部を母親に返しているのですが、これがかなり厳しい取り立てで水戸黄門に出てくるお代官様のようだそうです。暮れのボーナスもかなり持っていかれたようです。

岡部、さすがに母親には何も言えず、俺にブツブツ言うので仕方がないので焼肉をおごってやりました。岡部が焼肉を食べながら、最初の友達は牛の桃子で、二番目は先輩ですと言いました。俺、どうしようかと思いました。取りあえず『ありがとう』とだけ言いました。泣いていいのか、喜んでいいのか、困りました。本当に疲れます」


もし鈴木さんのご都合がよろしければ次の日曜日にお伺いしたい、とのメールが中野から来た。もちろん、大歓迎ですと返事のメールを中野に送った。

日曜日、西田は中野の介護タクシーに乗ってやって来た。

特に、顔色は悪くないし、以前と変わった様子はなかった。

沖縄土産だといって西田からパイナップルとシークワーサーが入った焼き菓子を幸子はもらった。西田の体調がわからなかったので、今晩の献立は西田の好きな刺身と身体が温まるようにうどんすき、高野豆腐の煮物にした。

中野が撮った沖縄の写真の中に一人の高齢の女性の写真があった。

「この方はどなたですか」と幸子は西田に尋ねた。
「この方は久美子《くみこ》さんと言って、私の友人の奥様です。今は沖縄の老人介護施設で暮らしています。毎年正月には久美子さんに会いに沖縄に行っておりましたが、私ももう年なので沖縄へ行くのはだんだん大変になってきました。それで東京を離れて、久美子さんと同じ老人介護施設に入居しようかと思っています」

幸子はエッと思い中野の方に視線を移し、首をかしげた。幸子は今の西田さんしか知らなかったので「そうですか、それは急なことです」としか言葉が出てこなかった。

幸子の困惑している表情を見た中野が「鈴木さん、心配は無用ですよ。実は私も沖縄に移住することに決めましたので、西田さんのお世話は任せて下さい」と言い出して、幸子は一層混乱するばかりだった。中野は独学ながらギターを弾く。旅行中の西田の世話をしていた中野は沖縄でなじみの居酒屋を見つけた。その居酒屋の客の何人かと意気投合したらしい。その客の一人が三線を演奏するので、中野も沖縄に行った時は必ず彼と会って三線を教えてもらっていた。そんなこともあって中野は沖縄を気に入ったようだ。西田が沖縄に引っ越すと聞いて、家族のいない中野も〈沖縄。いいなあ。俺も行こうか〉と思ったようだった。

超高齢化社会に向かう日本では、介護士の資格さえあればどこでも仕事はある。中野も沖縄へ引っ越すことを決めたとのことだった。それからは幸子の知りたい西田と久美子の話ではなく、中野の沖縄の話になってしまい。結局幸子は最後まで西田と久美子の関係がわからないまま、西田と中野は沖縄に引っ越ししてしまった。

月曜日、水越は梅ノ原の菊屋の草餅を黄粉《きなこ》をつけて食べている。菊屋の草餅は幸子の春の楽しみの一つだ。それが菊屋の店頭に並ぶと春の訪れを感じる。菊屋の草餅は母親の元子も好きだったので仏壇にお供えをして、片桐家の仏壇にもお供えをした。

水越は西田と久美子との関係を知っているようだが、詳しい話を幸子にはしてくれない。幸子はそれとなくその方向に話が行くように水越に話を持っていった。

「西田さんも沖縄でやっと長年の重荷を降ろしていますよ。だから鈴木さんも西田さんのことを心配することはありませんから。それに中野さんもいるので大丈夫です」

水越の話はよけいに幸子の疑問を深くさせるだけだった。

「徳川家康が言っているでしょう、人の一生は重き荷物を背負うがごときものだと。それは家康だけではないのです。誰でもそうです。人は自分の命、人生を背負っているのですから、命は重いものです。でも最後の最後には重荷を降ろしたいと思っているので、今頃西田さんは久美子さんのそばでホッとしていますよ」

水越にしてはまともなことを言ったので、幸子は水越の顔をまじまじと見てしまった。

「何ですか、私の顔に黄粉がついていますか」と言って、水越はティッシュで口の周りを拭いた。

「最近、片桐君からは何か連絡はありましたか」

「英語の生活は大変みたいですが、頑張っているようです。鈴木さんはどうしていますかと聞いてきたので、おばさんは元気ですとメールしておきました」

「おばさんですか」

「片桐君の年からしたら私でさえおじさんですから、おばさんでしょう。それともマダムとメールしたほうが良かったですか」

江戸の敵を長崎で、か。以前、幸子が鷹羽の本田先生のマンションに住み、本田先生、水越、片桐君、幸子と四人で食事をしていた際に水越が幸子のことをおばさんと言った。

「水越さんもフランス料理人なのですから、おばさんではなくマダムと言ったほうがいいかと」と幸子が水越に言い返したことをまだ水越は根に持っているようだ。

幸子は知らなかったが、普段の水越はなるべく他人と関わらないようにしているのだが、一度相手に心を許すと相手が困惑するほどに相手に近づいてしまう。

まるでペットの子犬が主人が出先から帰ってくると喜びのあまり、体をぶつけるように走り寄り、主人が抱きかかえると主人の顔を舌でペロペロなめるようにしているようなものだ。

そんなことを知らない幸子は、最近の水越の言動に面喰らってしまうことが多くなった。

本田先生の鷹羽のマンションで幸子の作った昼食を食べていた水越はこれ以上近寄るなのオーラを発散させていたのに、この頃の水越はどうしたのだろうか。

変に遠慮がなくなって、幸子に対しては親戚のおばさんに接するような言動をとる。どこかで頭でも打ったのかしらと色々と考える幸子だった。

幸子の勤めていた銀行は一部上場の大手銀行だった。どうしてこの人より自分の給料が安いのだろうかと思える上司の下で働くことも度々あった。大企業なので頭の良い人はたくさんいたが、人間としてこの人はすごいと思える男性は五、六人しか思い浮かばない。この経験から、世の中には自分には理解出来ない、わけのわからない人はたくさんいると幸子は思っていた。幸子に対して遠慮のなくなった水越に対しては、まあ世の中にはこのような人もいると思い、しょうがないと諦めるのだが、鷹羽時代の水越と比較すると、どうしたのだろうと思う幸子だった。

結局、西田と沖縄に住む久美子との関係の話を引き出すことは出来なかった。

草餅を食べ終わった水越は、また来週と言って出かけた。

水越の店で働いている田中からは今日は用事がありますとのメールを受け取っていたので、幸子は戸締りをして片桐家を出て、梅ノ原の自宅に戻った。

幸子の母親の元子の一周忌が近々行われる。そんなことを考えていると元子とのことを色々と思い出してしまう。ヒデの家族や隣の中村夫婦が元子の介護の手助けをしてくれていたので、他の人よりは恵まれていたとは思うが、最後は幸子が決めなければいけない。どこかで判断を間違えたような気がする時がある。

幸子が判断を間違えなければ、母はもう少し長生き出来たのではないかと、でもどこがいけなかったかがわからない。もう一人、女の姉妹でもいればよかったのにと思う。

幸子がそれを言うとケアマネージャーは「介護に正解はないのです」と言った。

幸子は正解が欲しいのではなく、元子に幸せに生きていて欲しかっただけなのだ。

元子を介護していて、いくら良いお医者さまに診てもらっても、いい薬を飲んでも、食が細くなった元子の栄養を補うため栄養補助ドリンクを飲んでも、それでも元子が衰えていくのを止めることが出来ないと最後の最後にわかった時が一番辛かった。

あんなに頑張って元子のことを介護して、何かあると馬鹿みたいに病院に行っていたのに、あの頑張りはなんだったのかと思うと、最後はどうなるのかわかっているのに、どうして無謀な戦いを挑んでしまったのか――。

夕方、梅ノ原の自宅に戻った幸子の家に須藤が訪れた。

「先日は急に三人でお邪魔して申し訳ありませんでした。そろそろお母さまの一周忌と伺いまして、心ばかりのものですがお供えいただけますか」と言って須藤は線香と紅茶を幸子に差し出した。須藤は幸子の家に入ると真っ先に仏壇の前に座り、線香を立てた。

幸子は日本茶と菓子をテーブルに出した。

「私はお母さまからよくお茶やお菓子を頂いておりました」と須藤は意外な話をし始めた。元気な頃の元子は家の近くを散歩していた。梅ノ原の駅前から広い道路を真っ直ぐ歩いて最初の交差点を左に曲がると幸子の家のほうになるし、右に曲がると時子や須藤の家のほうになる。その頃、時子の家の隣には大きな欅の木があり、その欅の木の少し先に小さな公園があった。本当に小さな公園で三メートルぐらいの木が数本とつつじがあるくらいで、遊具はなくかろうじてベンチが一つあるだけのものだった。

そんな小さな公園でもゴミを捨てる人は途切れず、須藤は時間があると公園の掃除や草むしりをして公園をきれいにしていた。

母親の元子は欅の木を見に散歩に出かけ、疲れると公園のベンチで休んでいた。須藤が公園をきれいにしているのを元子は見ていた。それからは須藤を見かけると元子は「ご苦労さまです」と言ってペットボトルのお茶や菓子を須藤に渡していたらしい。

「先日、仏壇のお写真を拝見してもしやと思ったのですが、今日ゆっくり拝見させていただいて、やはりあの方だと思いました。別に何かを期待しているわけではないのですが、ご苦労さまと言われるとうれしいものです。お母さまは優しい人でした」

須藤の言葉で幸子は泣きそうになった。母親の良さを認めてくれる人がいることは、子供としてこの上もなくうれしいことだった。

その後も母親の元子とのエピソードをいくつか幸子に話をして、須藤は帰って行った。

正月休みも終わり、高城は仕事に出かけた。岡沢はミシンの仕事に追われているし、初江は寒いせいか一層動かず、うつらうつらしている。須藤は相変わらず元気に動いている。みんな少しずつ年を取ってきているが、今のところ何も変わらない。

元旦に高城と墓参りに行くと高城の学生時代の友人の水越と出会った。水越は元子の娘の幸子と墓参りに来たようだった。どうしてそういう話になったのかはよくわからなかったが、時子と高城と須藤の三人で幸子の家に夕食を食べに行くことになった。

正直、時子は気が進まなかった。須藤はしょうがないとしても正月は気心の合った人とゆっくり食卓を囲みたかった。

須藤もそうだと思い、須藤が行かないならば時子も家にいることにしようと思った。須藤にその話をすると「高城さんも久しぶりにお友達とお酒が飲めて良い正月になりますね」と言って、須藤は行く気になっていた。

元子が娘の幸子は色々な料理を作ってくれると言っていたが、食卓の上の品数は多かった。時子が考えてもどう作るのかわからないような料理もあったが、元子の娘の料理はどれも美味しかった。

久しぶりに会った高城と水越も楽しそうだったが、須藤の純朴さというか誠実さを水越も理解したようで男三人の話は弾み酒もかなり進んでいた。

時子が勤めている中平病院の中平医師が、元子が亡くなり娘の幸子は大分元気がないようだと言っていたが、時子が見た感じでは特にそんな様子もなかった。元子が亡くなって、そろそろ一年が経つので幸子の気持ちも落ち着いてきたのか、幸子も大人なので人前では普通に振る舞っているのか、時子には判断が難しかった。

ただ不思議だったのは、水越と幸子の関係がよくわからないことだ。元子の兄弟は多いことは知っていたので、その兄弟の誰かの孫なのか、高城は二人の関係を知っているようだが、どうもわからなかった。

高城もイケメンだが、水越もイケメンなので、この二人の間に時子が入り写真を撮って、和男に見せたら和男はどんな顔をするかと考えて、時子は一人でこっそり笑ってしまった。

正月のテレビで箱根駅伝を見ていたら、炬燵から和男がむっくりと起き上がって「春になったら、箱根に行こう。大涌谷で黒玉子を食べたいね」と言い出したことを思い出した。

「箱根もいいけど、熱海と伊豆で今度はゆっくりしたい」と時子は答えたのだった。

和男と時子の新婚旅行は和男の両親、時子の母親も一緒だったので、二人は大変だった。

二人が結婚した時、和男も時子も六十歳前後だったので、二人の親たちは八十歳を過ぎていた。移動が大変なので、和男の車で熱海と伊豆に出かけた。

二人は常に親たちに「トイレは大丈夫。のどは渇いていない。お腹は空いていない。疲れていない」と聞いていていて、まるで幼稚園の遠足のようだった。

車を一人で運転していた和男も大変だったと思うが時子も常に親たちの様子を見守っていたので、無事に帰ってきた時は正直ホッとした。

でも親たちがとても喜んでくれて、よく食べ、よく話をし、よく笑ってくれていたので時子は幸せだった。親たちが亡くなって二人だけになったのでゆっくり旅行も出来るかと、あの時は時子も思っていたのだが。

「熱海と箱根なんて近いよ。山を越えればすぐさ。ほら、見てごらん」

和男は元の国鉄、今のＪＲに勤めていたせいか、常に時刻表を手元に置いていた。

和男は時刻表を開いて説明し始めたが、あの頃の時子は時刻表には全く興味がなかったので、話の半分も聞いていなかった。こんなに早く和男が亡くなるのなら、黒玉子でも何でも食べさせてあげればよかった。

熱海と箱根は近いのかと時刻表を開いてみると、熱海と箱根の間はバスで一時間ぐらいだ。それなら電車で箱根に行って、大涌谷で黒玉子を食べ、箱根から熱海はバスに乗り、伊豆へは熱海から電車に乗ればいいのか。帰りは横浜の中華街で焼き栗か肉まんを買って、高城や須藤の土産にすればいいし、横浜からは私鉄電車で帰ってくれれば梅ノ原は近い。

実際は一筆書きのようにうまくいくとは限らないが、たまには和男に新しい話が出来るかもしれない。さすが仏壇の和男や親たちも毎日同じような時子の愚痴ばかりでは気が滅入るかもしれないし、心配しているかもしれない。春になって季節が良くなったら、出かけてみようか。一人だし、疲れたら少し大きな駅で降りれば、泊まるところはあるだろう。

それまで、時刻表で他にも良いコースがあるか調べてみようか。

「一周忌の打ち合わせがあるのでしばらく片桐君の家には伺えません」と幸子が水越にメールをすると、水越から「わかりました。何も問題はありません」との返事が返ってきた。

母の元子は六人兄弟の一番上で、五人の弟や妹はまだまだ元気だったが真冬の一周忌法要で外出して風邪でも引いたりしたら申し訳ないと思い、今回はいとこ達に出席してもらうことにして、場所も日本料理店に決めた。

今回は英雄の息子たちも出席しないので、出席者は十二、三人ぐらいだろう。寺で住職に経を上げてもらい、そのあとは日本料理店の送迎バスが寺まで迎えに来てくれる。

会が終われば最寄りの駅に送迎バスで送ってもらえる交渉を英雄がやってくれた。酒を飲むことになるので、ほとんどの出席者は家族の者に寺まで送ってもらうようだ。

幸子は寺の本堂のイスに座り、住職が現れるのを待っていた。幸子の視線の先には母親の元子の遺影が置かれていた。

亡くなる前は存在していた温もりのある母の身体は今はどこにもない。母は写真の人になってしまった。どんなに思っても、母が帰ってくることはないようだ。そろそろ母が帰ってくることはないのだと諦めなくてはいけない。

幸子が若い時代は、女性が二十五歳を過ぎても結婚していないと「売れ残り」と言われていた。

だから、学生時代の幸子も大学を卒業後二、三年は会社に勤めて、結婚し専業主婦になる。その後は以下同文のような、毎日これと言って変化のない人生を送ると思っていた子供だった。

銀行は、社会は、人生はそれほど甘くはなかった。山あり谷あり、落とし穴あり、それでも家に帰れば母の元子がいて、夕食は出来ているし、お風呂も沸いていた。家の中だけは世間の雨風とは関係がなかった。変化はないが穏やかな生活だった。母が世間の雨風から幸子を守っていてくれたことに気が付かなくて、出来の悪い娘だった。ごめんなさい、母さん。

住職とその息子が法衣をまといゆっくりと進み、住職は本堂の中心に、息子は住職の左側に座り、読経が始まった。天井の高い本堂に二人の経が厳《おごそ》かに調和している。経の途中で住職に促され、焼香台の前に立ち、最初は右側の親族、次は左側の親族に頭を下げた。

焼香台の前に立ったが、写真の母親が安心するような言葉が浮かばない。

「ありがとう」と頭を下げることしか、出来なかった。幸子が席に座ると次々といとこたちが無言で焼香に立ち、本堂には二人の僧の経を読む声だけが響いていた。

取りあえず一周忌、それから三周忌、七周忌と続くうちに、元子のいない一人の生活に慣れていくのか。

これからの自分の生活を思い浮かべることの出来ない今の幸子には、心身ともに健康であればいいとぐらいしか思いつかなかった。

梅《うめ》ノ《の》原《はら》物語《ものがたり》

著者

野上《のがみ》とも

発行日

2024年1月30日

発行　株式会社新潮社 図書編集室

発売　株式会社新潮社

〒162-8711　東京都新宿区矢来町71

電話　03-3266-7124

印刷所　錦明印刷株式会社

製本所　加藤製本株式会社

ISBN978-4-10-910270-4 C0093

価格はカバーに表示してあります。